À PROPOS DE L'AUTRICE

Amy Hopper est déjà l'autrice de trois romances contemporaines à succès. Aimant défricher sans cesse de nouveaux territoires, elle a toujours rêvé d'écrire une romance historique pleine d'aventure et de passion. Elle adore les personnages hauts en couleur, les relations tumultueuses et mettre une touche de féminisme dans tous ses récits.

Une lady intrépide

Collection : VICTORIA

HARPERCOLLINS FRANCE
83-85, boulevard Vincent-Auriol, 75646 PARIS CEDEX 13
Service Clients — www.harlequin.fr
ISBN 978-2-2804-9097-9 — ISSN 2493-013X

Composé et édité par HarperCollins France.
Imprimé en janvier 2024 par CPI Black Print (Barcelone)
en utilisant 100% d'électricité renouvelable.
Dépôt légal : février 2024.

FSC www.fsc.org MIXTE Papier issu de sources responsables FSC® C159065

Pour limiter l'empreinte environnementale de ses livres, HarperCollins France s'engage à n'utiliser que du papier fabriqué à partir de bois provenant de forêts gérées durablement et de manière responsable.

AMY HOPPER

Une lady intrépide

Victoria

HARLEQUIN

Partie 1

À la dérive

Prologue

Le cordage, humide, lui glisse des doigts. Il serre plus fort. Il sent sa paume s'érafler au fur et à mesure que la corde tente de s'échapper. Il ne lâche pas. Il ne lâchera jamais.

Autour, c'est le chaos. La mer n'est plus qu'une nappe d'écume. Les vagues – montagnes d'eau furieuses – s'abattent avec fracas sur le pont. Chaque fois, il doit baisser la tête pour les laisser passer, s'accrocher avec la hargne du désespoir, prier pour ne pas se faire emporter. Le sel lui pique les yeux mais il n'a plus de mains libres pour s'essuyer.

Ça crie, ça jure, ça implore, ça hurle des ordres, ça espère un miracle.

Une nouvelle vague arrive, le bateau penche, les hommes penchent, le mât semble vouloir venir caresser la mer. Cette fois-ci, il se demande si ses doigts ne vont pas lâcher. Il est minuscule en comparaison de la fureur du déluge, de la colère du ciel, de la violence du vent.

Il va sombrer dans la mer, être englouti à jamais dans les flots, ne faire plus qu'un avec l'océan. C'est son destin. Mourir à dix ans, avalé par Poséidon.

— Viens ici tout de suite, Leo.

Il lève la tête. La pluie, le vent et le tumulte ne lui permettent de distinguer qu'une vague silhouette, mais il n'a pas besoin de voir, il reconnaît la voix.

— À l'abri, immédiatement. C'est un ordre.

La voix de son capitaine.

Puis une main massive se pose sur son épaule. Bien plus puissante que la sienne. Une main qui commande.

Il lâche le cordage.

Qu'il en soit ainsi ! Un autre destin.

Il a un autre destin.

1

Province de Londres, 1808

Assise sur les froides planches du parquet, devant le miroir, Eleonor tira sur le début de boucle qui se formait et se déformait au bout de sa mèche. À ses yeux, tout paraissait froid à présent. Le vent, les murs de pierre, les promenades dans le jardin, la demeure trop grande, les tentures de sa chambre, sa tante acariâtre. Elle avait froid en dedans, perpétuellement, comme si son sang s'était glacé depuis qu'elle avait traversé l'Atlantique pour rejoindre le sol de la mère patrie. L'Angleterre, sa bruine incessante et ses ciels lourds, éternels dégradés de gris.

Elle ferma les yeux, laissa de côté son reflet qui lui rappelait tant le changement, le renoncement et la perte. Elle ferma les yeux et, comme souvent, essaya de reconstituer l'odeur douceâtre des fleurs, la texture du sable qui crisse sous les doigts, le visage de son oncle, buriné par le soleil, aux rides tombantes, aux yeux rieurs. Elle pouvait les reconstituer dans sa tête, parfaitement, comme s'ils faisaient partie d'elle. Mais, chaque fois qu'elle rouvrait les yeux, elle était saisie de terreur d'un matin les oublier. Son corps se redressait et son passé s'éloignait tous les jours un peu plus.

Le soleil par la fenêtre continuait son ascension. Il ferait bientôt complètement jour. Eleonor se décida à s'habiller, non pas pour commencer sa journée – qui serait invariablement la même que la veille – mais pour que sa femme de chambre n'ait pas le temps d'arriver et d'exiger de le faire. Elle pouvait se débrouiller avec les rubans de sa robe, elle avait relevé plus grands défis. Le jour où sa tante, Lady Herbert, l'avait surprise en train de se contorsionner, tirant sur l'un des lacets avec ses dents, la vieille tante n'avait même pas été horrifiée : la stupeur avait pris le dessus. Elle avait fait demi-tour en secouant la tête puis avait refermé derrière elle la porte qu'elle venait d'ouvrir.

Les nombreux individus qui arpentaient la demeure – en allant des domestiques à sa tante, en passant par sa dame de compagnie aux joues trop roses et aux cheveux trop lisses – étaient trop occupés à ne pas comprendre qui elle était pour avoir le temps d'être outrés. On n'attendait rien d'elle, hormis de gagner quelques kilos pour remplir ses décolletés et d'accepter le premier époux qu'on lui proposerait. Une faveur, disait sa tante, il lui ferait une faveur celui qui accepterait de la prendre pour femme. Mieux valait que personne ne la connaisse avant de la fourrer entre les bras d'un homme qui, prisonnier d'un contrat, serait bien obligé de faire avec.

D'ici là, Eleonor tirait sur sa boucle, attristée de devoir redevenir ce qu'on attendait d'elle mais pressée de changer de prison.

Un homme seul ne pouvait pas être si difficile que ça à naviguer. Il ne pouvait surtout pas être pire que sa tante. Du moins, elle l'espérait.

Elle enfila ses mille couches de vêtement – qui ne la réchauffaient pas pour autant –, momentanément rassurée par l'illusion qu'elle se racontait.

Tandis qu'elle parvenait enfin à nouer le dernier nœud, la porte s'ouvrit avec fracas. S'apprêtant à expliquer à sa femme de chambre – avec un brin de fierté – que ce n'était plus la peine et qu'elle était prête, elle se retourna. Mais c'est sur le visage émacié, quasi maladif, de sa tante qu'elle tomba. Celui-ci avait pour une fois pris une étonnante teinte rosée, comme si Lady Herbert avait couru. Si elle en était capable, du moins, ce dont Eleonor doutait fortement.

— Eleonor ! Asseyez-vous ! ordonna sa tante, le souffle court.

La jeune fille obtempéra. Mais, avant que son fessier touchât le fauteuil, Lady Herbert se mit à agiter frénétiquement les bras.

— Non, levez-vous ! Ce moment inespéré mérite que vous soyez respectable pour l'accueillir. Et tenez-vous droite, bon sang !

Eleonor se redressa, maintenant intriguée par le comportement fiévreux et inaccoutumé de la vieille chouette qui lui tenait lieu de tante. Cette dernière s'approcha puis se mit à scruter la jeune fille de bas en haut, redressant la robe par-ci, dépoussiérant la manche par-là. Puis elle tira sans ménagement sur une mèche d'Eleonor, en soupirant exagérément.

— Ça devra faire l'affaire. Nous n'avons pas le choix. Demain nous sommes attendues pour le thé chez Lord Evans, comte de Richmond. Vous entendez ? Lord Evans… Un comte !

Eleonor entendait parfaitement mais ne percevait pas ce qui, dans le discours de sa tante, était censé la renverser de joie.

— Je ne sais pas par quel miracle, mais il a accepté de vous rencontrer. Vous. Malgré le fait que vous soyez une inconnue et malgré votre piètre dot. Ou si, justement, grâce à votre dot. Il possède le domaine de Richmond, voisin de votre propriété. Je ne vois pas en quoi ça pourrait l'intéresser, vu l'étendue de ses terres et la pauvreté des vôtres. Mais grand bien lui fasse, il a accepté de vous rencontrer.

L'hystérie dans sa voix, portée par un corps sec et aride, donnait au tableau un air burlesque qui la rendait presque sympathique. Bien entendu, Lady Herbert n'avait que faire du bien-être d'Eleonor. En revanche, trouver quelqu'un de convenable qui ne salirait pas sa réputation de vicomtesse et qui, au passage, la débarrasserait de cette encombrante nièce aux manières déplorables, ça, ça lui importait. Un comte, c'était bien au-delà de ses espérances.

— Il n'est pas trop vieux ? s'enquit Eleonor d'une toute petite voix.

Les yeux de tante Herbert se noircirent comme la houle en haute mer une nuit sans lune. Du haut de son mètre cinquante, la vieille chouette aurait pu intimider l'amiral en chef de la Couronne britannique. Eleonor se tut et serra les dents.

— Vous prendrez qui daignera vous accepter ! En l'occurrence, peu importe son âge, ni même sa réputation – qui n'est pas flatteuse, je vous l'accorde. Vous devriez vous sentir bien heureuse que je vous aie trouvé un prétendant. De ce rang-là, qui plus est. Et vous avez intérêt à vous tenir convenablement. Je ne veux pas de ces épaules courbées qui vous donnent l'air d'un paysan à la taverne. Et vous ferez l'effort de vous exprimer avec distinction. En fait non, mieux vaut que vous n'ouvriez pas la bouche.

Elle inspecta de nouveau la robe que portait Eleonor avec son habituel air de dépit, comme si le monde – à l'exception des princes de sang – était une éternelle déception à ses yeux.

— Comme vous êtes incapable de prendre cinq malheureux kilos, on rembourrera un peu tout ça… Et je vais vous commander une nouvelle tenue.

Cette perspective ne réjouit pas plus Eleonor. Malgré ses vingt et un ans, elle n'avait que faire des toilettes, d'autant plus de celles que lui dégotait sa tante, toujours épaisses, à traîne, accompagnées d'un corset à double baguette pour l'obliger à se tenir droite. Si se plier aux évolutions des pratiques du grand monde n'était pas si important aux yeux de Lady Herbert, elle passerait outre à la nouvelle mode Empire et lui ferait porter des robes à corset, de ceux qui enserrent la taille jusqu'à aspirer la dernière once de souffle des femmes.

Un comte. Eleonor soupira. Elle se fichait bien qu'il soit comte. Tout ce qu'elle espérait était qu'il ne soit pas trop vieux ni trop intéressé par sa propre épouse. Si les lois de succession n'étaient pas si rigides, si le monde n'était pas si obsédé par les hommes, elle-même serait Eleonor Thomson, vicomtesse de Wallington. Elle avait hérité du titre, du domaine et des terres par son père. Mais le domaine était resté à l'abandon treize ans durant, ses terres étaient en friche, et le titre n'était que de passage entre ses mains : seul l'homme qu'elle épouserait pouvait prétendre le porter. Tout ce qui lui restait, c'était le droit d'utiliser l'appellation de lady, ce dont elle se fichait éperdument. Elle aurait préféré hériter d'un peu d'argent et d'un manoir en bon état. Elle aurait pu rester vieille fille, être la risée de la contrée, mais une risée heureuse, un bouffon libre.

Seulement, la fortune familiale avait été quasiment dilapidée par ses parents avant leur mort, et personne ne s'était intéressé à ses terres durant son absence : aucune source de revenus n'avait renfloué les caisses. Elle se retrouvait avec des robes trop rêches achetées par une tante avare et les vestiges de sa maison d'enfance quelque part dans la vallée – décombres qu'elle n'avait pas même eu le droit de visiter. Si ce comte en était le voisin, peut-être accepterait-il de la rénover et de lui redonner son lustre d'antan ?

Comme elle en avait pris l'habitude depuis un an, elle s'efforça de repousser le vertige et l'angoisse générés par sa situation, de rester positive et de continuer d'espérer. Hier avait été glorieux, aujourd'hui était plongé dans le noir, demain serait peut-être un dégradé de gris, comme ce ciel d'Angleterre – jamais vraiment triste, jamais vraiment en joie, toujours un brin en colère.

Elle se redressa un peu plus encore et esquissa un sourire forcé.

— C'est une magnifique nouvelle, ma tante. Je tâcherai de me présenter au mieux. Merci infiniment pour les efforts que vous faites pour moi.

Pour vous. Merci de tout faire pour me libérer de vous. Je prendrai ce qu'on me donnera.

2

Les sourcils de Matthew s'arquèrent malgré lui. Il espérait simplement qu'elle ne serait pas trop laide, elle s'avérait absolument ravissante. Quoique cela ne changeât pas grand-chose. La fonction d'une épouse n'était pas d'être séduisante.

À ce mot, il sentit son estomac se serrer. Pour la centième fois depuis son décès, il maudit intérieurement son père. Un maître dans l'art de la manipulation, capable d'obtenir ce qu'il désirait même après sa mort, même allongé dans un cercueil.

Il secoua la tête le plus discrètement possible tandis que Lady Thomson, Lady Herbert et Lady Wharton entraient dans la pièce. Il les invita à s'asseoir. Lady Wharton prit ses aises dans le fauteuil vert, comme à son habitude. Lady Thomson alla pour s'asseoir sur le bord du sofa, aussitôt reprise par sa tante qui, d'un geste de la main – discret bien qu'extraordinairement autoritaire –, la rabroua et lui indiqua le centre dudit sofa. La jeune fille s'exécuta et plaça les deux mains sur ses genoux. Puis elle se redressa brusquement, comme si elle avait été frappée par la foudre – ou qu'elle s'était soudain rappelé la posture à tenir. Matthew ne put dire si elle semblait mal à l'aise ou en colère, mais une lueur inattendue brillait dans ses yeux. Comme ceux d'un cheval qu'on venait de débrider et qui acceptait bon an mal an de se plier à l'autorité des hommes.

Le thé et les biscuits arrivèrent aussitôt.

— Bienvenue à vous toutes. Merci de me faire l'honneur de votre présence.

Lady Wharton ricana. Comme à l'accoutumée, elle n'avait pas eu le temps ou l'énergie de se retenir. C'est ce qui la rendait si sympathique aux yeux de Matthew : elle était duchesse, veuve, elle n'avait plus rien à gagner et plus rien à perdre. D'ailleurs, elle n'avait rien à faire de ses journées non plus, ce qui la poussait à jouer les entremetteuses à ses heures perdues. Surtout pour le fils de feu le comte de Richmond, son si cher ami.

— Lord Evans, tout l'honneur est pour nous, répondit Lady Herbert. Quel plaisir de vous rencontrer ! J'ai beaucoup entendu parler de vous, et j'ai eu la chance de croiser votre père à quelques occasions mondaines. Un homme charmant.

Matthew eut envie de rire. « J'ai beaucoup entendu parler de vous. » Voilà bien une expression toute faite qui, lorsqu'elle était employée à son égard, dissimulait généralement un double sens. Surtout dans la bouche d'une vieille vicomtesse. Son histoire, comme son mode de vie, faisait jaser la contrée d'aussi loin qu'il s'en souvienne. Maintenant c'était lui le comte, une couche de vernis qui le protégeait de la puissance des médisants, mais ne lui épargnait pas l'hypocrisie et les ragots.

Il jeta un regard à cette prétendante qu'on lui amenait comme on présente une marchandise, ses cheveux aux reflets dorés, sa posture certes droite mais un brin forcée, le chignon d'où de légères boucles s'échappaient. Pourquoi elle plutôt qu'une autre ? Parce qu'elle possédait la demeure adjacente à la sienne ? Parce que Lady Wharton l'avait décrite comme originale ?

Parce qu'il fallait bien qu'il en prenne une, voilà tout. Le plus vite serait le mieux.

En vérité, afin de s'épargner la saison à Londres et tous ses froufrous, il était prêt à épouser la première venue.

— Votre demeure est sublime, enchaîna Lady Herbert. Et effectivement, quel hasard heureux qu'elle jouxte le domaine de Wallington ! Un beau domaine autrefois. Si seulement mon frère n'avait pas été emporté par la variole…

La vicomtesse soupira comme si c'était la chose la plus triste au monde, comme si la perte la tiraillait encore. Mais tout sonnait faux dans sa bouche et dans ses efforts pathétiques. Elle essayait de lui vendre une demeure en ruine. Il allait épouser une femme, pas un tas de pierres.

— Peut-être vous en souvenez-vous ? À l'époque vous étiez vous-même un enfant...

— Je me souviens effectivement du Lord Thomson et de sa femme. Des gens charmants.

Des originaux, eux aussi, aurait dit son père.

— Et d'une très jeune fille en robe jaune se cachant sous la table.

Il posa les yeux sur Lady Thomson. L'anecdote arracha à cette dernière une esquisse de sourire, très vite réprimée par un coup de coude de sa tante. Matthew décida qu'il était temps de s'intéresser à la raison de leur présence ici.

— J'ai cru comprendre que vous aviez grandi dans les colonies, Lady Thomson ? Cela devait être trépidant.

Avant que la jeune femme ait le temps d'ouvrir la bouche, Lady Herbert enchaîna à sa place :

— Oh oui ! À la mort malheureuse de ses parents, elle a rejoint son oncle, le frère de sa mère, un riche marchand distingué installé aux Antilles. En revanche, à part les moustiques, la flore et la faune locales, aucune aventure. Bien heureusement.

Matthew crut percevoir un début de sourire sur le visage d'Eleonor.

— J'ai toujours voulu aller visiter les îles. Cela ne vous manque pas trop ? tenta-t-il à nouveau.

— Si, beaucoup. Même les moustiques me manquent. La chaleur surtout. Et la...

— Oh ! je ne sais pas comment vous avez supporté une chaleur pareille, la coupa sa tante. Vous êtes d'un courage, ma chère. C'est une jeune fille très résistante derrière sa frêle carrure. Vous excuserez son teint encore hâlé, ajouta-t-elle d'un air désespéré. Il semblerait que dans ces contrées lointaines il soit impossible de se protéger de l'impétueux soleil. Il laisse ses griffes sur les jeunes visages tendres avec plus d'ardeur qu'un tisonnier.

Eleonor s'affaissa un peu puis se redressa de nouveau.

Pour la première fois, Lady Wharton s'immisça dans la

conversation. Elle avait avalé la moitié des biscuits disposés dans une assiette sur la table basse et pouvait à présent prétendre s'intéresser à la discussion.

— Personnellement, j'ai toujours aimé de légères couleurs sur les joues d'une jeune fille. La majorité d'entre elles ont l'air malades à force de cultiver leur blancheur. Qui voudrait d'une femme malade pour épouse ? C'était le cas de votre mère, Lord Evans, et vous avez vu comment ça s'est terminé...

Matthew ne fut ni surpris ni outré par cette anecdote fort inappropriée. Plus rien ne l'étonnait venant de Lady Wharton. Et c'était chose connue que Lady Evans était d'une constitution fragile, au point de mourir dans l'année de sa naissance. Le scandale de son histoire ne se situait pas dans ce fait, loin de là.

— Je suis d'accord, duchesse. Le soleil est déjà rare en Angleterre. S'il faut en plus s'en cacher quand il pointe son nez.

Lady Herbert remua, mal à l'aise. Lady Thomson semblait hésiter à intervenir, et Lady Wharton replongea dans les gâteaux. La scène était ridicule, toute cette situation était absurde. Matthew eut soudain envie de les congédier et de jeter aux oubliettes cette histoire de mariage. Tant pis, il n'hériterait pas de la compagnie maritime de son père. Il en établirait une autre. Puis l'image de son cousin George lui apparut : il était hors de question de lui offrir sur un plateau la compagnie et le pouvoir qui allait avec. Il essaya de concentrer son attention sur la jeune fille devant lui. Elle non plus ne semblait pas ravie d'être ici, alors même qu'on lui proposait d'épouser un comte. Lui qui savait d'ordinaire si bien lire les gens, cela le contrariait de ne rien comprendre à ce qui émanait d'elle.

— Je vais être direct : Lady Thomson, êtes-vous à la recherche d'un époux ?

La jeune femme le regarda droit dans les yeux. Des yeux verts, francs, assurés, mais qui criaient le désarroi. Elle entrouvrit la bouche, comme si elle cherchait ses mots, mais rien n'en sortit.

— Bien sûr qu'elle est à la recherche d'un époux, s'exclama finalement la tante, agacée.

— Qui ne l'est pas à cet âge-là ? renchérit Lady Wharton.

Lady Thomson referma la bouche. Néanmoins, elle ne baissa

pas les yeux. Elle n'avait pas l'air d'être de ces jeunes femmes effacées qui laissent les gens parler à leur place et, pourtant, elle n'avait quasiment pas prononcé un mot depuis son arrivée, acceptant de se faire rabrouer sans vergogne par sa tante.

Matthew prit une gorgée de son thé pour s'offrir le temps de la réflexion. Il aurait préféré un brandy, pour être honnête – il préférait toujours un brandy, c'était bien son malheur. Il se rendit alors compte que Lady Thomson n'avait pas même touché à sa tasse, encore moins aux biscuits. Elle n'avait pas bougé d'un millimètre. Et cela le frappa soudain...

Résignée. Voilà ce qu'elle était. Voilà la lueur dans ses yeux. Une jeune femme résignée. À la bêtise de sa tante, à se tenir droite, à se faire couper la parole. Résignée à la situation.

Il pouvait prendre une femme effacée, mais pas une femme contrainte.

Il se leva brusquement.

— Mesdames, si vous n'y voyez pas d'inconvénient, je désirerais m'entretenir seul avec Lady Thomson. Que nous ayons le temps de faire connaissance...

— Seuls ? s'exclama Lady Herbert

Matthew réprima un soupir : que pouvait-il bien se passer d'inconvenant pendant quelques minutes dans un salon ? Les bigotes et autres aristocrates compassées l'exaspéraient. Mais le monde en était rempli. Alors il se tourna et s'adressa à son majordome posté à la porte.

— Jacob, pourriez-vous faire venir Miss Cooper, s'il vous plaît ? Et Douglas.

Le silence qui s'ensuivit pesa comme une chape de plomb. Matthew debout dans la pièce, Eleonor dubitative mais intriguée, Lady Herbert mal à l'aise, ne sachant si elle devait se lever ou non, et Lady Wharton ne se souciant pas plus de ce qui était en train de se jouer que de toute la conversation qui avait précédé. Heureusement, la situation ne dura pas, et Jacob revint avec la femme de chambre et le valet de pied.

— Voilà, nous ne sommes plus seuls, annonça Matthew. Nous avons non pas un mais deux témoins. Jacob va vous conduire toutes les deux dans la bibliothèque de mon père, je suis sûr qu'elle va vous fasciner, Lady Herbert.

Il doutait que cette femme ait déjà lu un livre, surtout un roman, mais cela lui importait peu.

Cette dernière se leva, toujours sceptique devant cette requête peu conventionnelle. Cela étant, elle voulait marier sa nièce à tout prix, cela se voyait dans ses manières outrées à l'excès et la note aiguë qui faisait vibrer sa voix. Lady Wharton la suivit, se levant avec difficulté. Son dos la faisait souffrir, et c'était avant tout avoir à changer de pièce qui la dérangeait.

Il essaya de lire quelque chose dans les yeux de la jeune fille, immobile, postée sur son sofa. Il crut voir de l'amusement : elle n'aimait pas sa tante, ça, c'était sûr, et il aurait parié qu'elle s'amusait de la voir rabrouée par plus puissant qu'elle.

La porte se referma derrière tante Herbert, et le silence prit une tout autre texture.

L'homme qui se tenait devant elle n'avait pas l'air gêné, comme si jamais rien ne pouvait l'atteindre. Il semblait laisser le silence parler à sa place. Comme Lord Evans ne bougeait pas, Eleonor finit par se lever elle aussi. Elle était bien décidée à se saisir de l'occasion qu'il venait de leur offrir, à plonger la tête la première. Elle verrait si nager dans cette eau trouble était possible.

— Pourquoi me prendriez-vous pour femme ? demanda-t-elle sans détour.

La question était assez abrupte pour laisser l'homme sans voix une petite seconde.

— Pourquoi pas ?

— Vous êtes riche, séduisant, vous pourriez avoir n'importe qui. Une femme qui offrirait un meilleur apparat que moi. Une meilleure dot.

— Je n'ai pas besoin de faire valoir. Encore moins d'une dot.

— Alors de quoi avez-vous besoin ?

— J'ai besoin d'une épouse, répondit-il de but en blanc. Cela étant, la question n'est pas seulement ce dont j'ai besoin mais tout autant ce dont vous avez besoin, vous. Et, d'après ce que je comprends, vous avez besoin d'un mari.

Cette phrase la crispa. Elle se redressa, non pas par bienséance cette fois-ci, mais pour gagner en prestance, en hauteur. Dominer le terrain, voilà bien quelque chose que son oncle s'était évertué à lui enseigner.

— Je n'ai pas besoin d'un homme pour commander mes faits et gestes, et prétendre me protéger tout en se soûlant à la taverne du coin à la première occasion venue.

Le comte sembla amusé par la franchise de sa réplique.

— Et moi je n'ai pas besoin d'une femme pour me broder des mouchoirs et me rapporter les ragots du voisinage. J'ai besoin d'une épouse et vous d'un époux. Ce n'est pas la même chose.

Il la regarda un instant comme pour la jauger. Elle en fit de même. Au moins, il n'était ni vieux ni laid. Au contraire, il était extraordinairement séduisant. Mais Eleonor n'en était que plus suspicieuse, elle avait appris à se méfier de ceux qui avaient toutes les cartes en main et le savaient.

— Le mariage est un contrat, ajouta-t-il. Peut-être pouvons-nous établir notre propre contrat ?

Elle réfléchit un instant.

— Dont les termes seraient… ?

— Je n'attends rien de vous, si ce n'est que vous jouiez l'épouse modèle en société. Vous n'attendez rien de moi, hormis de pourvoir à vos besoins. Comme vous avez dû le remarquer, ce n'est pas l'argent qui me manque.

Cette proposition la prit de court. Elle regarda autour d'elle, les tapisseries, la multitude de portraits d'ancêtres aux murs dont elle ignorait l'identité, la hauteur sous plafond vertigineuse, les fauteuils placés aux quatre coins de la pièce qui semblaient n'attendre personne pour s'y asseoir. Toutes les maisons de nobles étaient surchargées. Les pièces pouvaient avoir la taille d'un cottage qu'elles arrivaient tout de même à être étouffantes. En revanche, non, il n'avait pas de problème d'argent, c'était certain.

— Être votre épouse en société et rien de plus ? répéta-t-elle en appuyant sur la fin de sa phrase

— Rien de plus...

Elle avait beau réfléchir, elle ne voyait pas comment formuler une phrase qui permettrait de confirmer qu'ils parlaient bien de la même chose.

— Je n'exigerai pas de partager votre lit, si c'est ça qui vous inquiète, ajouta-t-il de lui-même. À part si vous voulez enfanter.

Donc, oui, il avait compris. Son esprit continua de se contorsionner pour trouver comment s'exprimer.

— Les hommes ont des besoins, dit-on...

— Les hommes ont une multitude d'endroits où assouvir leurs besoins. Ce n'est pas vraiment pour ça qu'ils prennent une femme.

— Vu la fréquentation des maisons closes, je veux bien vous croire.

La phrase était sortie toute seule. Eleonor se mordit les lèvres. Cela la rassurait de voir que Lord Evans était direct et ne s'embarrassait pas de faux-semblants, mais cela ne voulait pas dire qu'elle avait le droit de faire de même. Une lady ne mentionnait pas les bordels dans sa première conversation avec son hypothétique futur époux. Cependant, encore une fois, Lord Evans parut plus intrigué que choqué. Un demi-sourire amusé se dessina sur ses lèvres, puis il secoua légèrement la tête comme pour revenir au sujet.

— Alors ? Qu'en dites-vous ?

Eleonor réfléchit.

— Je ne pourrai pas les broder, dit-elle soudain.

Le comte ne sembla pas comprendre.

— Vos mouchoirs, je ne pourrais pas les broder même si vous le vouliez... Je ne sais pas broder.

— Vous ne savez pas broder ? s'étonna-t-il.

Eleonor réfléchit à une réponse qui ne trahirait pas son passé, sans être pour autant un mensonge éhonté.

— Je n'ai pas appris, répondit-elle simplement.

Il fronça les sourcils.

— Mais je sais parler français, italien, un peu espagnol, ajouta-t-elle gênée. Et j'ai des notions de grec...

— Vous ne savez pas broder mais vous savez parler espagnol et grec ?

— Un peu. Oui.

— C'est plus utile que de savoir broder, cela dit, lui accorda-t-il.

— Pour une lady, pas vraiment...

Il se tut, elle aussi. Il était grand, étonnamment brun pour un Anglais, la peau légèrement tannée. Il la regardait droit dans les yeux, avait l'air de ne pas être complètement noyé dans les convenances, et il ne semblait pas la prendre pour une imbécile. Surtout, il lui avait demandé son avis. C'était déjà plus que ce qu'elle espérait d'un époux potentiel.

— Le contrat me convient, annonça-t-elle. Devrait-on le rédiger et le signer ?

— Je pense qu'une poignée de main suffira.

À sa grande surprise, il lui tendit sa main qu'elle attrapa et qu'elle s'efforça de serrer avec poigne – comme un homme.

— Si je fais une demande exceptionnelle, le mariage peut avoir lieu la semaine prochaine ou la suivante. Cela vous convient-il ?

Plus vite elle serait partie de chez sa tante, mieux ce serait.

— Parfaitement.

Une réalité pathétique la traversa.

— Je n'ai pas de témoin..., avoua-t-elle, embarrassée. Je préférerais que ça ne soit pas ma tante.

Le comte se tourna vers les domestiques qui se tenaient près de la porte, tellement discrets qu'Eleonor avait oublié jusqu'à leur existence.

— Miss Cooper, voudriez-vous bien servir de témoin à Lady Thomson pour le mariage ?

La femme de chambre acquiesça d'un signe de la tête.

— Voilà qui est réglé. Je vous tiendrai au courant de la date et de l'heure d'ici la fin de semaine. Douglas va vous raccompagner auprès de votre tante si vous n'y voyez pas d'inconvénient.

Eleonor opina du chef. La situation était surréaliste et, à l'intérieur d'elle, tout n'était que brouillard.

Au moment d'atteindre la porte du salon, Lord Evans s'arrêta brusquement puis se retourna. Eleonor se rendit compte à quel point il était grand. Des hommes massifs et impressionnants, elle en avait connu, mais pas des comtes, pas dans des demeures aux airs de châteaux. Une lueur espiègle traversa le visage du comte.

Tout semblait l'amuser...

— J'oubliais..., dit-il avec une fausse gravité.

Il s'inclina légèrement.

— Me feriez-vous l'honneur de m'accorder votre main ?

Soudain, même si la question se voulait boutade, Eleonor fut frappée par l'étendue de ce qui était en train de se jouer : elle allait prendre époux.

3

Il détestait les bigotes, les curés, les vicaires et les textes liturgiques, mais il aimait les églises. En particulier celle-ci, petite, sans prétention, celle où Ruth l'amenait de gré ou de force tous les dimanches. Depuis son enfance, rien n'y avait changé, pas le moindre détail. Tous les objets étaient disposés à l'identique, le vicaire qui la tenait était le même, les cheveux blancs et le dos courbé en plus. Les églises avaient cette propension à ne pas être touchées par le temps qui passe, comme existant dans une temporalité parallèle, hors du monde.

Il se tourna vers son ami Clayton. Visiblement, la migraine due à leurs excès de la veille ne l'empêchait pas de trouver tout cela très amusant. Son ami était allé jusqu'à sortir ses plus beaux habits, une redingote gris pâle, alors même que la cérémonie se tenait en plein après-midi un samedi, sans public, sans fioritures. « En l'honneur de ma fonction de témoin », avait-il déclaré, « car jamais je ne pensais que ce jour arriverait, que le tristement célèbre Matthew Evans, à présent comte de Richmond, finirait pris dans les filets de l'union matrimoniale. » Puis il les avait resservis en porto et avait porté un toast en l'honneur du mariage, pour la dix-septième fois de la soirée. Oui, tout cela l'amusait beaucoup.

Aujourd'hui, Matthew ne riait pas. Les portos de la veille n'étaient plus là pour coiffer la réalité d'un voile de facétie. Ils étaient devenus des marteaux qui, tambourinant dans sa boîte crânienne, lui rappelaient que tout cela n'était pas un jeu. Il s'apprêtait à se lier pour toujours à une jeune femme qu'il ne connaissait pas. Il s'apprêtait à perdre la liberté qu'il chérissait tant.

Il avait toujours eu une haute estime des femmes, mais perçu le mariage comme un boulet au pied des hommes. Un boulet qu'il était sur le point d'enfiler lui-même à sa propre cheville.

Il leva les yeux sur le vicaire, qui commençait à s'impatienter. Miss Cooper franchit la porte de l'église, mais aucune Lady Thomson n'apparut à sa suite. La tête baissée, elle s'approcha de lui. Il avait beau lui expliquer depuis des mois qu'elle n'avait pas à baisser la tête en sa présence, rien n'y faisait.

— Lady Thomson est-elle prête ?

— J'peux pas dire, milord. Elle, euh..., bredouilla la domestique. Elle s'est assise dans l'herbe. Et je...

— Elle s'est assise dans l'herbe ?

— Oui, je... Elle...

Matthew n'attendit pas qu'une réponse cohérente sorte de la bouche de la jeune fille. Il se dirigea vers la sortie, s'efforçant d'ignorer l'expression hilare de son ami au passage.

Une fois sur le perron de l'église, il repéra Lady Thomson, effectivement assise dans l'herbe derrière un bosquet dénudé. À sa vue, la jeune femme sauta sur ses pieds. Une panique franche avait retiré toute la couleur de ses joues.

Il s'approcha, elle recula d'un pas.

— Tout va bien ?

— Oui, milord. Non... Je...

Puis elle ne dit plus rien. Il était hors de question qu'il l'oblige à l'épouser. Mais ils étaient là à présent, elle avait donné son accord et semblait consentante à cette union lors de leur rencontre.

— Vous me voyez obligé de vous poser la question : désirez-vous vraiment ce mariage ?

— Non, souffla-t-elle.

La réponse le prit de court.

— Enfin si... Juste, je ne m'étais pas bien rendu compte jusqu'à présent. J'ai besoin d'une petite minute pour me ressaisir. Je suis désolée.

Matthew la regarda un instant se tordre les doigts, les yeux plongés dans l'herbe. Il prit conscience qu'elle était relativement jeune. Jeune et perdue probablement. Lui non plus ne s'était pas rendu compte de la situation jusqu'à il y a quelques minutes à peine. Et lui non plus ne se réjouissait pas franchement de cette union. Il pouvait bien lui laisser un instant pour se préparer à franchir le pas.

Puis elle leva ses yeux verts et brillants sur lui.

— Le vicaire, il va nous parler de cette histoire d'Ève qui mange la pomme ?

Sa question, aussi saugrenue fût-elle, semblait sincère.

— Non... Pourquoi parlerait-il du fruit défendu à un mariage ?

— Je ne sais pas. À chaque fois qu'un homme de Dieu m'a adressé la parole, c'était pour me raconter cette histoire de pomme, avoua-t-elle, mi-lasse, mi-honteuse.

Matthew ne put s'empêcher de rire. Lady Thomson se détendit un peu.

— Non, je vous promets, il ne va rien dire de la sorte. C'est une histoire pour décourager les jeunes filles de croquer dans la pomme avant le mariage. Dans une heure vous ne serez plus une jeune fille...

Lady Eleonor ne sembla pas convaincue.

— Et personne ne vous obligera à manger aucun fruit, sous aucune forme, ajouta-t-il.

Elle secoua la tête et prit une inspiration. Cette jeune femme dégageait une étrange force malgré son désarroi manifeste. Elle n'avait rien d'une naïve demoiselle et, pourtant, elle ressemblait présentement à un animal perdu en terrain inconnu. Lady Wharton avait raison, elle n'était pas comme les autres.

— Très bien, annonça-t-elle.

Elle défroissa sa robe du mieux qu'elle le put, tira sur ses jupes pour vérifier qu'elles n'avaient pas été tachées. Puis elle se redressa et le regarda dans les yeux.

— Je suis prête.

Aussi prêts qu'ils pouvaient l'être l'un comme l'autre, ils se dirigèrent vers l'église, remontèrent l'allée, passèrent les bancs vides et s'immobilisèrent devant le vicaire, qui prit alors un air solennel.

L'heure n'était plus à l'amusement, et même l'inénarrable Sir Clayton ne riait plus.

Le vicaire lut les quelques textes liturgiques adaptés à la situation, marmonna des choses en latin et enchaîna des gestes aussi incompréhensibles que mécaniques. L'homme d'Église avait dû célébrer tant de mariages que tout n'était plus qu'automatismes : il avait l'air de davantage se préoccuper de ce que sa bonne allait lui préparer pour le dîner que du sacrement qu'il était en train de célébrer devant Dieu. Il lut finalement les devoirs mutuels des époux, comme s'il lisait les attendus d'un procès ou les clauses d'un contrat. Ce qui, dans le fond, était assez cohérent avec la situation.

Une sensation de perte de la réalité s'empara de Matthew qui ne vit pas la cérémonie passer, cérémonie que le vicaire s'efforça d'écourter au vu du peu d'importance que le comte paraissait y accorder. Tout du long, Eleonor ne bougea pas d'un millimètre. Elle semblait s'être fondue dans les pierres multicentenaires de l'édifice dans lequel ils se trouvaient. Ce n'est qu'à la toute fin, lorsque le vicaire leur demanda de répéter leur engagement mutuel, qu'elle se tourna et s'obligea à lever les yeux sur lui.

Puis il les déclara mari et femme.

Matthew n'essaya pas de deviner ce qui se jouait en elle, il avait assez à faire avec ses propres émotions – émotions qui n'étaient plus qu'un grondement indistinct tapi au fond de lui. Miss Cooper essuya une larme, Clayton lui offrit une tape dans le dos, et ils prirent le chemin de la sortie.

Dehors, un soleil pâle, peu habituel en cette saison, recouvrait le parvis du petit édifice religieux. Le vicaire montra d'un geste la place baignée de lumière et dit aux époux que Dieu lui-même semblait heureux de cette union. Matthew garda pour lui la réplique cinglante qui lui vint spontanément.

Durant tout le trajet en calèche, ni l'un ni l'autre ne dirent mot.

Lorsqu'ils se trouvèrent debout sur le perron de sa demeure, le domaine de Richmond, la jeune femme s'immobilisa un instant et sembla contempler le manoir comme si elle le découvrait. Matthew regarda sa maison, celle qui l'avait vu grandir, celle dont il connaissait tous les recoins, des sous-sols aux greniers, et en perçut l'oppressante majesté pour la première fois.

Surtout ce n'était plus la demeure de son père, c'était la sienne à présent. Dont, d'un geste de la main, il fit passer le seuil... à sa femme.

4

— Suivez-moi. Vos affaires ont été apportées dans votre chambre.

Eleonor eut envie de rire. Elle n'avait pas vraiment d'affaires, hormis les quelques tenues que sa tante lui avait achetées et les maigres souvenirs qu'elle avait réussi à sauver de son ancienne vie. Au regard de la maison dans laquelle elle venait d'entrer, elle ne possédait rien – la comparaison était écrasante. L'idée que, dans une certaine mesure, elle possédait tout ça à présent lui traversa l'esprit une seconde, mais elle la chassa aussitôt. Le vertige était trop grand.

Elle suivit l'homme qui était à présent son mari dans le dédale de couloirs et d'escaliers, jusqu'à ce qu'il s'immobilise devant une porte.

— Vous pourrez choisir une chambre plus à votre goût si vous voulez. Il y en a onze autres, sans compter le quartier des domestiques. On vous a installée dans celle-ci en attendant.

Il ouvrit la porte et la laissa passer.

À la vue de la chambre, Eleonor eut immédiatement envie de demander s'il était possible de visiter le quartier des domestiques, s'ils n'avaient pas une mansarde à lui octroyer. Elle aimait le bois, le cuir, les matières qui pouvaient se toucher, qui vivaient. Ici tout était doré, soyeux, imposant.

Elle se retourna pour le remercier. Mais, au lieu de sortir, il resta immobile sur le pas de la porte. Une gêne s'installa. Pour la première fois, Lord Evans avait l'air embarrassé.

Finalement, il ferma la porte derrière lui. Tout le corps de la jeune femme se crispa. Il avait pourtant été clair, deux fois de suite : il n'exigerait pas de partager son lit. Or, si elle ne connaissait pas grand-chose aux usages, elle savait qu'un homme ne s'enfermait dans la chambre d'une femme que pour une unique raison.

Devant la panique flagrante d'Eleonor, le comte leva la main dans sa direction, un geste ferme mais rassurant, comme pour calmer un cheval qui s'emballe. Il avança de quelques pas dans la chambre, puis s'arrêta.

— Il faut garder les apparences, si vous voulez bien. Un mari est censé passer quelques heures dans la chambre de sa femme après le mariage. Les domestiques parlent entre eux... Ils ne sont pas les derniers à colporter les commérages.

Il avait raison, sans aucun doute, mais elle ne sut que répondre.

— Nous pouvons repousser la mascarade à ce soir, demain soir même, si vous préférez. Mais j'ai pensé qu'il valait mieux s'en débarrasser au plus vite...

Il n'avait pas l'air tout à fait sûr de lui, ce qui soulagea Eleonor. Jusqu'à maintenant, la jeune femme avait été passablement irritée par le contraste entre son assurance d'homme – sa désinvolture presque – et son malaise à elle. Comme si le reste du monde maîtrisait le cours de son existence tandis qu'elle ne faisait que suivre sans regarder où elle allait.

À cet instant précis, prise d'une saine colère, elle se décida à être autre chose qu'une demoiselle en détresse. À redevenir un peu la jeune fille qu'elle était autrefois.

— Bien sûr. Entrez.

Elle se décala et tendit le bras pour l'inviter à avancer.

— Je vous dirais bien « faites comme chez vous », mais en l'occurrence vous êtes chez vous.

Il sourit et s'enfonça dans la pièce.

— En l'occurrence, vous êtes également chez vous à présent...

Elle balaya de nouveau la chambre des yeux, immense, scindée en deux espaces. Ils étaient visiblement dans la partie « salon » de la pièce, comme si la demeure ne possédait pas assez de salons comme ça.

— Alors je vais choisir mon fauteuil préféré, annonça-t-elle avec emphase. Les femmes distinguées adorent avoir des fauteuils préférés.

Elle s'approcha d'un premier, bifurqua vers une marquise, puis se retint de pouffer, parce que des fauteuils, il y en avait bien trop et qu'elle n'avait pas le moindre avis sur la question.

— Pour pouvoir mieux y broder des mouchoirs pour leur mari, renchérit Lord Evans.

Elle leva les yeux sur lui et comprit qu'il plaisantait. Elle prit place là où elle se trouvait, ne sachant plus que faire de son corps, tandis qu'il ôtait sa veste. Il entama de retirer son foulard – par habitude probablement – mais s'arrêta net, tourna sur lui-même à la recherche d'un emplacement et s'assit finalement sur le premier siège venu lui aussi.

Un silence s'installa. À quoi étaient-ils censés occuper leur temps ? Combien de temps étaient-ils censés s'occuper d'ailleurs ?

— Lord Evans, combien de temps selon vous, nous devrions...

— Appelez-moi Matthew, s'il vous plaît. D'une part, vous en avez gagné le droit il y a une heure, d'autre part, je déteste qu'on m'appelle Lord Evans.

— Pourquoi ?

— À mes yeux, il s'agit toujours de mon père.

— Et vous ne voulez pas être votre père.

— Dieu m'en préserve.

— C'était un homme désagréable ?

— Non. En revanche on ne peut pas dire que c'était un homme agréable non plus...

— Et votre mère, la comtesse ? Elle n'est plus parmi nous ?

Matthew hésita un instant, comme si la question s'avérait compliquée.

— Elle est morte l'année de ma naissance, finit-il par dire.

— Je suis désolée.

— Les choses qu'on n'a pas connues ne peuvent pas vraiment nous manquer. Vous avez vous-même perdu vos parents, c'est bien ça ?

— Oui. Nous avons donc un point commun : nous sommes

tous deux orphelins. J'espère que nous en trouverons de plus joyeux…

Eleonor ne put interpréter la crispation sur le visage de Matthew. Elle s'en voulut soudain d'avoir dit une chose si mièvre. Elle n'avait en aucun cas prévu de nouer des liens avec son mari. Ils avaient signé un contrat, un arrangement. Il ne semblait pas désirer plus et c'était très bien ainsi.

— Je peux vous poser une question ? demanda-t-elle cependant.

Il acquiesça.

— Pourquoi étiez-vous si pressé de vous marier ?

Au point de m'épouser, moi, se retint-elle d'ajouter.

— Mon père possédait la majorité des parts d'une compagnie maritime, que je gérais à ses côtés les dernières années. À sa mort, j'ai hérité de son titre, car c'était hors de sa portée de m'en déshériter. En revanche, il a conditionné l'héritage de ses parts dans l'entreprise au fait que je me marie. Dans la noblesse.

— Vous savez pourquoi ?

— Oui.

Elle voulut le presser de répondre, mais s'abstint. Le silence qui suivit le fit pour elle.

— Il désapprouvait mon mode de vie et rêvait de me voir me ranger.

— Votre mode de vie ?

Eleonor comprit qu'elle n'en obtiendrait pas plus sur la question.

— Vous n'avez pas eu l'occasion de me répondre la dernière fois : que vous manque-t-il le plus de votre vie dans les colonies ? Ce ne sont pas vraiment les moustiques, j'imagine.

— Mon oncle, répondit-elle sans avoir besoin de réfléchir.

— Celui qui vous a élevée ?

— Celui-là même.

— Il était marchand ?

Eleonor, inquiète d'où pouvait mener la conversation, tenta de la faire bifurquer.

— Oui, il n'était pas noble. Mon père, vicomte, avait épousé en dessous de sa condition, une roturière. Oncle Miles était le grand frère de ma mère. C'est lui qui m'a récupérée à la mort de mes parents.

— Ce n'est pas Lady Herbert ?

Eleonor pouffa discrètement.

— D'une part, ma tante ne se serait jamais embarrassée de moi. Elle ne voulait pas d'enfants. Je ne sais pas comment elle a fait mais, alors même qu'elle était mariée, elle a réussi à ne jamais en avoir. Ce n'était pas pour élever celui d'un autre. De plus, mon père et elle ne voyaient pas le monde de la même façon, disons. D'après ce que l'on m'a raconté, ce sont mes parents qui ont appelé mon oncle à leur chevet lorsqu'ils étaient malades, lui faisant promettre que s'ils venaient à mourir il me prendrait en charge. Ils ne voulaient pour rien au monde que je sois élevée par tante Herbert.

Le visage de l'oncle Miles apparut soudain à sa mémoire, un dessin parfait de chacun de ses traits, de ses sourcils toujours froncés, de ses yeux pétillants, de ses rides devenues crevasses avec les années.

— Et il l'a fait, ajouta-t-elle. Du mieux qu'il le pouvait.

— Votre père était bien différent du mien. Vous envoyer auprès de votre oncle à l'autre bout du monde au lieu de vous faire élever dans la noblesse anglaise, voilà un choix étonnant de la part d'un vicomte.

— Du peu de souvenirs que j'en ai, c'était un original, oui.

Matthew la regarda un instant en silence.

Elle s'efforçait de dire sans trop en dire. Un exercice éreintant auquel elle se pliait avec difficulté depuis un an.

Elle entreprit alors de rediriger la conversation sur un sujet neutre et le questionna sur la compagnie maritime de son père. Elle avait été créée par feu le comte de Richmond et son frère lorsque le monopole d'État avait été levé. Le frère était décédé depuis longtemps et c'était maintenant le fils de son oncle, son cousin George, qui avait hérité des parts. Quelques investisseurs possédaient le reste de la compagnie, qui était basée à Liverpool et comptait huit navires. Rien qui rivalisât avec la Compagnie britannique des Indes orientales, mais une des plus importantes d'Angleterre tout de même, dont le plus gros du commerce s'était établi avec le sud des États-Unis d'Amérique. Leur conversation s'étira assez pour que, quand le silence reprit enfin sa place, il ne parût pas peser. Eleonor fut rassurée de voir qu'ils n'avaient pas trop peiné à tuer le temps. Peut-être qu'ils n'étaient pas obligés de devenir mari et femme, ni même de s'apprécier, mais qu'ils fussent en mesure de converser sans trop de difficultés était rassurant pour l'avenir.

— À notre arrivée, vous m'avez posé la question du temps que nous devions rester ici. Je pense qu'il est largement écoulé à présent.

Matthew se leva.

— Vous ne possédez pas de couteau ni de ciseaux dans vos affaires, je suppose ?

Eleonor leva un sourcil en guise de réponse.

Matthew traversa la pièce, passa dans la partie chambre. Il ouvrit tiroirs et commodes, et finit par trouver une paire de ciseaux rouillés. Il s'approcha du lit et, devant les yeux interrogateurs d'Eleonor, ouvrit les draps, tira sur sa manche puis, grâce à la pointe des ciseaux, traça une entaille au niveau de son avant-bras. Enfin il laissa tomber quelques gouttes au centre du lit. C'est à la vue de la tache rouge vif qui se forma sur les draps de coton immaculés que la jeune femme comprit la raison de son acte.

Garder les apparences, jouer la mascarade, jusqu'au bout.

Puis il dénoua sa cravate de soie d'une main, avec le naturel que seuls des gestes répétés mille fois peuvent charrier. Un geste qui donna à Eleonor l'impression, pendant une seconde, de voler un instant de vérité à ce Matthew, un bout d'intimité.

Pour finir, il déboutonna son gilet tout en se dirigeant vers la porte.

— Merci pour la compagnie.

Il hésita un instant, se demandant visiblement s'il devait ajouter quelque chose.

— Je ne serai pas là ce soir, j'ai à faire en ville. Encore une fois, faites comme chez vous, vu qu'en l'occurrence c'est chez vous, Lady Evans.

À sa réflexion, qui se voulait une plaisanterie, il parut lui-même halluciné et sortit.

5

La table avait beau être immense, les feuilles étalées dessus la recouvraient presque. Mrs Downey finit par trouver ce qu'elle cherchait et brandit la page noircie sous les yeux d'Eleonor.

— Comme je vous le disais, les menus larcins sont de plus en plus courants. Pas de ça chez nous, bien sûr, mais le thé et la viande sont sous clé. En revanche, cela fait un certain temps que nous avons des problèmes de fournisseurs. Ils ne livrent pas toujours ce qu'ils facturent. Il était temps qu'une maîtresse de maison vienne mettre de l'ordre. Regardez.

L'intendante fit glisser sur la table un tableau à multiples entrées, rempli de chiffres et de denrées. Eleonor y jeta un œil mais n'eut pas le temps d'y comprendre quoi que ce soit car Mrs Downey le lui retira aussitôt.

— De plus, les demandes de congés s'accumulent. J'ai attendu votre arrivée pour les valider. Vous connaissez le personnel, s'ils peuvent en faire le moins possible… Lord Evans insiste pour que les domestiques les prennent tous, mais comment veut-il que nous tenions la maison si tout le monde est en vacances ou malade ?

Eleonor réprima un rictus. Elle avait parfaitement conscience de la dureté du métier de domestique et du besoin de repos qui en découlait.

— D'ailleurs, je dois vous parler de Miss Juliet, notre blanchisseuse. Toujours malade, celle-là. Il faudrait la licencier si vous voulez mon avis. Mais Lord Evans refusait jusqu'alors. À présent, c'est à vous que revient la décision.

Au cours de ces trente interminables dernières minutes, Eleonor s'était rendu compte qu'effectivement c'était à elle que revenaient toutes les décisions – décisions qu'elle était bien incapable de prendre tant elle ne comprenait ni le système ni les enjeux. En revanche, voilà un sujet sur lequel elle pouvait avoir un avis.

— Je suis d'accord avec Lord Evans. Je préférerais regarder au plus près la situation avant de licencier qui que ce soit.

En réalité, elle serait bien incapable de licencier une domestique, même si elle lui volait toute l'argenterie. Mais Mrs Downey l'impressionnait, avec son accent irlandais, sa tenue noire et sa droiture excessive. Cette dernière grimaça, mais se retint de faire un commentaire.

— Très bien. Il ne nous reste plus qu'à reprendre ensemble les factures pour la cuisine, définir le menu de la semaine, l'achat de cire et de nappes, l'embauche d'un jardinier pour le potager. Ah, et bien sûr, l'organisation d'une réception. J'ai pensé qu'un bal serait peut-être approprié, mais monsieur n'apprécie pas trop les bals. Peut-être maintenant qu'il a une épouse ?

Eleonor devint blême. Organiser un bal ? Une réception ? Elle n'était déjà pas en mesure de planifier le dîner du soir, comment diable pourrait-elle mener à bien un bal ? La panique enfla en elle comme un ballon.

— Peut-être pouvons-nous repousser un peu l'organisation d'une réception ?

Au vu de son visage plus crispé encore que d'ordinaire, l'intendante désapprouvait clairement. Eleonor se rendit soudain compte que si elle n'y comprenait rien, c'était elle qui tranchait et que tout le monde devait obéir. Elle détestait cette sensation, mais décida de s'en servir à son avantage.

— Mrs Downey, si vous voulez bien, nous continuerons demain. J'ai une migraine qui s'installe, je vais prendre un peu de repos.

Jouer la demoiselle aux vertiges, voilà qui marchait toujours. C'était ce qui était attendu d'une lady, surtout aussi menue qu'Eleonor. Peu importe l'image qu'elle renvoyait, elle aurait tout fait pour échapper à cet amoncellement soudain d'attentes et de devoirs.

Eleonor se leva tandis que son intendante, qui servait au manoir depuis plus de dix ans, hochait la tête sans dissimuler son mécontentement. Elle avait rêvé d'une maîtresse de maison et avait hérité d'une incapable qui, depuis deux jours, errait dans le manoir sans se soucier de diriger la maisonnée. Mrs Downey avait fini par la piéger et lui mettre la réalité sous le nez. Réalité qu'Eleonor était bien décidée à esquiver tant qu'elle le pouvait.

Tout était trop et allait trop vite.

Eleonor sortit de la salle à manger, mais ne prit pas le chemin de sa chambre. Discrètement, elle se dirigea vers les jardins, seul endroit de la demeure qui lui semblait respirable. Plutôt que de s'enfoncer entre les arbres, elle décida de visiter la partie ouest du domaine qu'elle ne connaissait pas encore. Très vite, elle tomba sur une grande structure de bois qui, au vu de la taille et de l'état bourbeux de son sol, devait être les écuries. Ravie, elle s'approcha tout en évitant tant que faire se peut les mares de boue, afin d'épargner ses souliers. Chaque jour ses tenues lui paraissaient un peu moins confortables que la veille, et rien n'y faisait, elle ne s'y habituait pas. Elle pénétra sous l'immense auvent et s'approcha des box. Le souffle des chevaux et l'odeur de purin, plutôt que de la rebuter, insufflèrent en elle un sentiment de quiétude. Elle admira les bêtes une à une jusqu'à ce qu'un bruit de ferraille heurtant le sol la fasse sursauter.

Derrière elle se trouvait un jeune garçon, figé par la surprise. Sa peau était noire, ses yeux immenses, ses cheveux coupés court. La fourche qu'il venait de lâcher gisait au sol.

— Bonjour. Je m'appelle Eleonor, tenta-t-elle.

Le garçon ne répondit rien, il regarda la tenue de la jeune femme de haut en bas, s'arrêtant sur ses chaussures déjà mouchetées de terre.

— Je suis la femme de Lord Evans.

— Ma'me..., finit par bégayer le garçon en baissant la tête.

— Et tu es ?

— Je suis Tom, ma'me.

— Le garçon d'écurie ?

— Oui, ma'me.

— Enchantée. Je viens admirer les chevaux. Ils sont magnifiques.

Les yeux de Tom prirent un éclat soudain.

— Oh oui ! M'sieur Lord Evans a de beaux chevaux.

— Tu en as un préféré ?

Tom hésita un instant puis pointa un doigt en direction de la croupe d'un cheval entièrement noir. Eleonor s'approcha, suivie de Tom.

— Pourquoi celui-là ?

— C'est un étalon, ma'me, il va vite ! Si vite qu'on ne peut pas l'atteler avec les autres. Et puis il est noir.

— Comme toi ? tenta-t-elle avec délicatesse.

— Oui, ma'me. Comme moi.

Il baissa de nouveau les yeux, honteux, et Eleonor regretta sa réflexion qui se voulait pourtant bienveillante.

— Il est magnifique. Quelle robe !

La jeune femme commença à ouvrir le box. Tom s'approcha d'un bond, paniqué.

— Vous allez vous blesser, Lady Evans. Vous z'êtes pas censée être là !

— Ne t'inquiète pas. Je sais y faire avec les chevaux. Et tu peux m'appeler Eleonor si tu veux.

— Oh non, j'pourrais pas.

— Quand on est seuls peut-être ? Tu veux que je t'avoue un secret ? ajouta-t-elle en ouvrant la barrière et en se faufilant à l'intérieur.

Le garçon hocha la tête, vigoureusement, happé par la perspective d'une révélation.

— Ce n'est pas mon véritable prénom, du moins pas le seul. Mais je l'aime bien tout de même. En revanche, je n'aime pas trop Lady Evans. Je ne suis pas habituée.

— C'est quoi vot' vrai prénom ?

— Je te le dirai un jour, promis. Quand on sera amis.

Puis elle disparut derrière la bête immense qui se mit à remuer devant l'intrusion d'un étranger dans son box. Elle posa la main sur le haut de son dos puis caressa sa croupe et sa crinière tout en émettant plusieurs « chut ! » d'affilée. L'étalon se calma.

— C'est vrai que vous savez y faire, dis donc. Il est difficile, Tonnerre.

— Il s'appelle Tonnerre ? Ça lui va bien. On peut le brosser peut-être ?

Tom s'empressa d'aller chercher deux brosses mais, une fois revenu devant sa maîtresse, il regarda la seconde, réalisant à quel point la situation était inappropriée. Une lady ne brossait pas les chevaux les pieds dans la boue. Eleonor ne lui laissa pas le temps de changer d'avis et lui attrapa la brosse des mains. Encore plus embarrassée par sa tenue que d'ordinaire, elle ramassa sa petite traîne et la noua pour qu'elle cesse de balayer le sol, elle se défit de son châle qu'elle posa sur la paroi du box, puis elle entreprit de brosser la bête. Tom la suivit, mi-ravi mi-perplexe.

— Tu es né dans les colonies ou en Angleterre ? lui demanda-t-elle au bout d'un moment.

— Je sais pas...

— Comment ça tu ne sais pas ?

— J'ai pas bien connu mes parents. C'est M'sieur Taylor qui m'a recueilli quand y sont morts. Je me souviens pas.

— M. Taylor ?

— C'est le palefrenier. Il est gentil, vous savez.

Tom réfléchit un instant.

— M'sieur Evans aussi. Il a accepté de nous embaucher.

— Pourquoi n'aurait-il pas accepté ?

— Je... Personne voulait plus de M'sieur Taylor, parce qu'il m'a pris, vous comprenez. On l'appelle l'ami du bois d'ébène. Les gens du village croient que j'entends pas mais j'entends tout, moi.

Eleonor tenta de ravaler la colère qui montait en elle.

— Des fois, ils mettent du purin de cheval devant notre porte, ajouta-t-il en levant les épaules. C'est parce que je suis noir. Et le purin c'est noir. Il dit rien, M'sieur Taylor, mais je vois bien qu'il est pas content.

Eleonor soupira et tenta de trouver une réponse adéquate. Qu'est-ce qu'on répond à un enfant à qui on met des excréments sur le pas de sa porte ?

— Tu sais, Tom, souvent les gens sont bêtes et méchants parce qu'ils ont peur, peur de ce qu'ils ne connaissent pas.

Elle réfléchit, caressa de sa main libre le pelage froid et humide de l'étalon.

— Un peu comme les chevaux. Par exemple, un poulain qui a toujours fréquenté des humains apprendra à leur faire confiance, on pourra le débrider, puis à terme le monter. Mais un poulain sauvage, si on ne s'y prend pas dès son enfance, si on le laisse devenir adulte sans jamais avoir côtoyé d'humain, il aura peur d'eux toute sa vie. Il deviendra agressif à leur approche. Les adultes qui n'ont pas appris, ils ont peur et ne supportent pas ce qui est différent…

Elle prit une inspiration.

— Et puis certains humains sont juste bêtes…, ajouta-t-elle en soupirant.

Tom semblait boire ses paroles. Mais rien de ce qu'elle pouvait dire ne serait en mesure d'alléger la blessure, de compenser la cruauté des hommes envers Tom.

— Tu as quel âge ?

— Douze ans, je crois. Peut-être treize.

— Je suis ravie de te connaître Tom, douze ans peut-être treize, garçon d'écurie et ami de Tonnerre. Si on lui changeait sa paille ? Ça lui plairait, tu crois ?

Tom trouva l'idée réjouissante, et ils s'affairèrent tous deux à entretenir le box de Tonnerre qui, le temps passant, cessa de montrer les dents et se laissa faire.

Lorsque leur tâche fut presque achevée, la jeune femme essuya son front du dos de la main et ramassa ses outils. C'est alors qu'elle entendit un bruit derrière elle. Elle fit volte-face et se figea à la vue de Lord Evans, debout au milieu des écuries, immobile, les deux sourcils levés en accents circonflexes.

Eleonor fut frappée par la conscience aiguë, presque

douloureuse, de son apparence. D'une main elle tenait une fourche, de l'autre un seau. La jupe de sa robe était remontée, tenue par un nœud grossier, ses chaussures et son jupon étaient tapissés de boue, elle ne portait ni chapeau ni le moindre bonnet et elle aurait pu parier que son chignon n'était plus que broussailles sauvages. Elle resta un long moment ainsi, pétrifiée, ses ustensiles pendant au bout de ses doigts.

— Vous êtes en train de… ? s'enquit Matthew, toujours aussi étonné.

Eleonor se rendit compte que, si ce n'est l'honnêteté, elle n'avait pas franchement d'issue.

— Nettoyer le box de Tonnerre…

— Nettoyer le box de Tonnerre ? répéta-t-il comme pour vérifier qu'il avait bien compris.

Puis elle se rappela la présence de Tom. L'expression du garçon confirma ce qu'elle craignait : il était bien plus terrorisé qu'elle par l'arrivée inopinée du maître de maison. Il avait plus à perdre.

— Avec Tom, précisa-t-elle. Il a essayé de m'en empêcher. Bien entendu. C'est un jeune homme charmant. Un très bon garçon d'écurie.

— Je n'ai pas de doute sur la question, acquiesça Matthew. Tu peux y aller, Tom. Tout va bien, ajouta-t-il à l'intention du garçon. Je voudrais juste m'entretenir avec Lady Evans.

Eleonor appuya la phrase de Matthew d'un petit sourire en direction de Tom, puis se pencha légèrement pour le saluer. À la vue de sa révérence pour un garçon d'écurie, Matthew ne put s'empêcher de rire. Puis il se mit à marcher.

La jeune femme lâcha ce qu'elle tenait en main, défit sa robe, lissa ses cheveux sans grand espoir et le suivit dehors. Lorsqu'elle rattrapa Matthew, un rayon de soleil perçait à travers les nuages. Elle ne l'avait croisé qu'une ou deux fois depuis leur soirée de mascarade, et toujours alors qu'il faisait nuit. À la lumière du jour – et en comparaison de son piteux état – il lui parut éminemment distingué, éminemment sûr de lui – et éminemment bel homme, au demeurant.

— Je viens de me faire harponner par Mrs Downey, qui

semble très arrêtée sur l'idée d'une réception, finit-il par avouer. D'après ce que j'ai compris, vous ne voulez pas organiser de bal… mais préférez nettoyer les écuries ? fit-il remarquer, dubitatif.

— C'est plus facile d'arranger un box que d'organiser une réception. Vous désirez vraiment que nous recevions ?

— Pas particulièrement, non. En revanche, vous présenter à la société est attendu de nous…

Eleonor se décomposa. Elle avait promis de jouer les épouses, mais ne pensait pas que cela requérait de devenir une reine des mondanités. Matthew jeta un œil sur la jeune femme.

— Ne vous laissez pas intimider par Mrs Downey, elle n'a jamais eu de maîtresse de maison. Elle a dû s'occuper de tout elle-même. Et nous avons dû être relativement rustres et ingrats, mon père et moi. Les bals, les nappes et l'argenterie n'ont jamais été notre passion.

Ce n'est pas la mienne non plus, pensa Eleonor.

— Je vous propose un compromis. Nous repoussons la réception à l'été par exemple. En revanche, nous assistons ce soir au dîner des Dartford. Je vous présente à la bonne société de la région, nous nous débarrassons de la corvée et nous revenons à nos affaires.

Si Eleonor était elle-même loin d'être enchantée par un dîner mondain, le fait d'être perçue comme une corvée lui déplut.

— Très bien. Je tâcherai de me changer d'ici ce soir, plaisanta-t-elle les yeux baissés sur sa robe. Encore que, maintenant que je le dis, je n'ai pas vraiment une garde-robe adéquate. Ma tante m'a gracieusement offert quelques toilettes, mais rien qui soit approprié à une réception. Toutes les robes pèsent une tonne, possèdent une petite traîne, et Lady Herbert insiste pour que les corsets comportent des bâtonnets de maintien. Je ne sais pas si vous l'avez remarqué mais ma tante est un peu vieux jeu… Je crois qu'elle vit perpétuellement avec le regret du temps d'avant et le mépris du temps présent.

— C'est le propre de la noblesse, je crois. Se prétendre au-dessus et avoir en réalité toujours un train de retard.

Eleonor s'étonna de sa remarque. Pour un comte, il n'avait pas l'air de porter la noblesse dans son cœur.

— Je n'ai peut-être pas été clair, ajouta-t-il, mais vous pouvez acheter toutes les tenues que vous désirez.

— Merci. En l'occurrence, je n'ai pas le temps d'aller faire des emplettes d'ici ce soir…

Matthew s'arrêta et se tourna vers elle. Il prit le temps de la regarder puis se pencha légèrement, comme s'il s'apprêtait à lui faire une révélation.

— Être vraiment riche c'est ne pas avoir besoin d'aller chercher les choses et les gens, mais exiger qu'ils viennent à vous. Je vous apprendrai à être riche, vous semblez en avoir besoin. Généralement, les gens aisés ne nettoient pas leurs écuries par exemple.

Il esquissa un sourire taquin puis, après un signe de tête, il la laissa et retourna à sa mystérieuse vie de comte.

Eleonor prit le temps de faire le tour du jardin principal, profitant de ce que sa tenue était déjà désastreuse pour s'aventurer dans les bois sans scrupule. Puis elle regagna sa chambre le plus discrètement possible. Elle demanda qu'on lui fasse couler un bain, eut honte de l'état dans lequel elle allait confier sa robe à la blanchisseuse - espérant qu'elle n'en serait pas plus malade encore. Elle entreprit alors de noyer dans l'eau chaude et savonneuse l'inquiétude croissante de la soirée à venir. Si elle ne savait pas se comporter dans l'intimité d'une maison, auprès d'un seul comte - visiblement déjà désabusé du haut de ses vingt-neuf ans -, comment allait-elle tromper une assemblée entière ? Elle aurait préféré passer sa soirée dans les écuries : les chevaux en attendaient moins d'elle.

Lorsqu'elle pénétra enfin dans sa chambre, elle s'arrêta net devant son lit devenu un amoncellement de tissus aux multiples couleurs. Sur son édredon se trouvait une dizaine de robes, toutes plus somptueuses les unes que les autres. Il avait promis de pourvoir à ses besoins, il n'avait pas menti. Et les choses venaient à lui s'il les commandait. Là-dessus non plus, il ne plaisantait pas. Mais ce qui la toucha le plus ce ne fut pas la quantité ou la qualité des tenues, ce furent les trois brassières posées sur le banc au pied du lit. Pas de baguettes, pas même véritablement des corsets, mais des brassières modernes comme elle n'avait jamais eu l'occasion d'en porter. Il avait écouté lorsqu'elle parlait. Il s'était soucié d'une histoire de sous-vêtements et de confort. Alors même que sa tante et tout son entourage auraient jugé parfaitement inconvenant de mentionner de telles choses devant un homme, qu'il fût ou non son époux.

Les humains se mesuraient à leurs gestes, et celui-ci, aussi inattendu fût-il, la toucha.

Elle appela Miss Cooper, résignée à se faire aider dans ses préparatifs : elle pouvait au moins s'efforcer d'être une épouse présentable en société, de faire un geste, elle aussi.

6

— Alors ? Cette Lady Evans ?

Matthew fit volte-face, sourit à son ami Clayton et attrapa le verre qu'il lui tendait.

— Toujours aussi mystérieuse ?

Les yeux des deux hommes se posèrent sur Eleonor qui, quelques mètres plus loin, écoutait patiemment jacasser un attroupement de femmes. Visiblement, elles ne lui laissaient pas en placer une, trop excitées qu'elles étaient par l'arrivée d'une nouvelle venue – l'épouse de Lord Evans, l'immariable, qui plus est. Il se doutait que la jeune femme en était soulagée. Elle avait passé le chemin à lui poser des questions sur les codes sociaux de ce genre de réception, comme une écolière devant un problème nouveau : appliquée mais inquiète d'échouer à un test. Quelle vie avait-elle eue aux colonies pour connaître si mal les us et coutumes de l'aristocratie ?

— Cet après-midi, je l'ai surprise en train de nettoyer les écuries avec Tom.

Clayton baissa le verre qu'il venait de porter à ses lèvres sans boire une gorgée.

— Les écuries ?

Il s'esclaffa.

— Eh beh, il va peut-être falloir que tu lui trouves des activités, à ton épouse. Elle ne connaît personne dans la région ? Elle n'a pas de dame de compagnie ?

— Non. Mais je pourrais parier ma main et mon pistolet

qu'elle préfère sa propre compagnie – ou même celle du garçon d'écurie – à celle des ladies de la région.

— Bon, elle est peut-être étrange, mais qu'est-ce qu'elle est belle ! fit remarquer Clayton en posant sa main sur l'épaule de Matthew. Tu ne t'es pas raté, mon cochon.

Ça oui, elle était belle. Ce soir en particulier. Elle portait une des robes qu'il avait fait livrer, la plus simple, un drapé vert émeraude, un peigne doré dans son chignon et des gants d'un vert plus pâle. Il n'y avait aucune prétention dans sa tenue, encore moins dans sa posture, et pourtant elle était la plus élégante ce soir. Matthew n'était pas dupe, tout le monde la regardait depuis leur arrivée, les hommes avec lubricité, les femmes avec envie.

— Des femmes d'une grande beauté, il en existe en nombre, finit-il par dire à son compagnon. Mais des femmes qui n'ont pas conscience de leur charme et du pouvoir que ça leur confère, ça, c'est rare.

Le regard toujours rivé sur celle qui était à présent sa femme, Matthew avala son verre d'une traite.

Survivre à cette soirée allait être une épreuve pour lui – tout événement mondain était une torture à ses yeux – mais il avait conscience qu'il s'agissait d'une épreuve bien plus grande pour elle. Sans qu'il comprenne bien pourquoi, son entrée en société, habituellement faite à seize ou dix-sept ans, semblait se jouer aujourd'hui. À la réflexion, elle avait grandi bien loin de la haute société et de ses jeux de dupes.

— Tu viens bien ce soir ? lui demanda Clayton.

Matthew sortit de sa rêverie.

— Tout à fait. Il est temps qu'on passe à la vitesse supérieure.

— Avec toi, il faut toujours passer à la vitesse supérieure, soupira le gentleman.

— Et avec toi, il faut toujours boire un verre avant d'en boire un deuxième, avant d'en boire un troisième, avant de peut-être envisager de démarrer.

Sir Clayton éclata de rire.

— C'est bien vrai, mais c'est pour ça que tu m'as pris comme ami et que tu me suis comme une ombre.

Matthew acquiesça, un sourire aux lèvres. Oui. Ils faisaient la paire tous les deux, depuis dix ans maintenant, au grand dam de la haute société, qui ne se résolvait pas à voir un futur comte fréquenter la gentry, qu'elle tenait en grand mépris. Mais, si les grands aristocrates considéraient Clayton, un gentleman, comme la lie de la société, que dire des ouvriers et des paysans ? Ils n'étaient rien. Personne. Ils n'existaient pas. Le monde était divisé entre ceux qui possédaient des titres et ceux qui travaillaient pour eux. Les hommes du milieu, comme Clayton, étaient tout juste tolérés. Matthew savait très bien que, si son ami était invité à ce genre de réception, c'était parce qu'il était introduit par lui-même, par le simple fait de le fréquenter. Ce qu'il ne savait pas, en revanche, c'était où se situait cette Eleonor, fille de vicomte, cultivée, intelligente visiblement, mais ignorante des mœurs et des jeux sociaux.

Le dîner fut annoncé. Matthew se dirigea vers Eleonor et lui tendit son avant-bras pour l'accompagner jusqu'à la table. Avant de pouvoir atteindre la salle à manger, ils tombèrent nez à nez avec George, le cousin de Matthew et son associé par le jeu des héritages. La vue de son visage rond et rougeaud, posé sur un cou trop petit prolongé d'un corps malingre, provoqua un sentiment immédiat d'écœurement chez Matthew. Il lui présenta sa nouvelle femme le plus vite possible. George regarda Eleonor de haut en bas, comme on scrute une jument avant de décider de l'acheter ou non. Il ne daigna pas même ouvrir la bouche pour la saluer et se contenta d'un geste de la tête qui contenait tout le mépris du monde. Son épouse était visiblement encore une fois absente, souffrante probablement, comme d'habitude. Matthew avait fini par penser que George gardait sa femme prisonnière dans un cachot, tant cette dernière était inexistante en société. Le prétexte du dîner leur permit de s'éloigner, aussitôt les présentations terminées. Quelques pas plus loin, la voix d'Eleonor résonna à son oreille.

— Qui était-ce ? s'enquit-elle.

— George Evans, le cousin dont je vous ai parlé. Propriétaire des parts de mon oncle dans la compagnie.

— Vous ne semblez pas le porter dans votre cœur...

C'était donc à ce point flagrant ?

— Ni moi dans le sien, si tant est qu'il en ait un. Pour être honnête, je le déteste de tout mon cœur...

Eleonor se retint de rire.

— Il dégage effectivement une chaleur toute relative. Pour ne pas dire une froideur fort déplaisante...

— Ne vous inquiétez pas. N'étant pas dépositaire du titre de notre famille – son éternel drame personnel – il sera à l'autre bout de la table. Vous n'aurez pas à lui faire la conversation. Le pauvre Clayton risque de défaillir avant la fin du repas, en revanche.

Effectivement, Matthew étant le seul comte présent dans l'assemblée, il serait placé aux côtés du maître de maison, Lord Dartford, un vicomte taiseux, ni sympathique ni franchement désagréable. En arrivant à sa place, il s'étonna de voir la duchesse de Wharton, déjà installée. Elle n'avait pas pour habitude de se déplacer aux réceptions. Ni de se déplacer tout court. Matthew la salua, sincèrement content de voir un visage ami – bien que conscient qu'elle était sûrement là pour surveiller son investissement, voir ce que le mariage qu'elle avait concocté donnait. Eleonor parut elle-même soulagée de la voir. Autour d'eux un baron grassouillet et sa femme tout aussi large, au visage excessivement écarlate, dont Matthew n'arrivait jamais à retenir le nom, et à la droite d'Eleonor, Lady Dartford, la femme du vicomte, maîtresse de maison : infecte personne dont même le vicomte semblait à peine supporter la compagnie.

À la seconde où sa serviette toucha ses genoux, Matthew regretta d'être venu.

Le premier service fut apporté à table. Eleonor sembla hésiter longuement avant de se faire servir un peu de veau sauté et quelques haricots.

— Vous ne prenez pas plus ? s'étonna Lady Écarlate, dont l'assiette était pleine à ras bord.

— Tant de choix me fait perdre le nord parfois, avoua-t-elle. Il y a au moins dix plats différents...

— Et encore, il ne s'agit que du premier service, fit remarquer Matthew.

Eleonor lui jeta un regard étonné, puis tenta de le cacher aussitôt.

— J'ai rencontré un jour quelqu'un qui n'avait pas mangé autre chose que de la pomme de terre depuis plusieurs mois, expliqua-t-elle.

— Que de la pomme de terre ? s'exclama Lady Écarlate.

— Mon Dieu ! renchérit Lady Dartford. Mais où avez-vous trouvé une telle personne ?

Eleonor ouvrit la bouche puis la ferma.

— Le scorbut est un problème très réel sur les bateaux, intervint Matthew. Il faut faire preuve de beaucoup d'imagination et d'un réel investissement pour éviter de perdre un tiers de l'équipage lors des traversées. C'est une question que je prends très au sérieux.

— Oui, effectivement, s'ils meurent tous, il ne reste plus personne pour faire avancer le bateau…, déclara Lady Dartford, amusée.

À sa droite Matthew perçut une crispation dans les doigts d'Eleonor. Elle posa ses couverts.

— Et puis ils ont des femmes et des enfants qui les attendent au port, dit-elle avec un faux sourire de politesse. Lorsqu'on emploie des marins, il est de bon ton de les rendre vivants à leur famille.

Devant le visage blême de la vicomtesse qui les accueillait, Matthew dut se retenir de rire. Il remarqua même un demi-sourire sur les lèvres de Lady Wharton. Définitivement, ce n'était pas pour rien qu'Eleonor parlait peu. Elle semblait incapable de ne pas exprimer ce qu'elle pensait. Le blanc du visage de Lady Dartford vira alors au rouge. Matthew décida d'intervenir avant que le courroux de la vicomtesse s'abatte sur Eleonor.

— Oui, notre devoir en tant qu'armateur est de ramener la marchandise et les humains à bon port. Et, effectivement, vivants de préférence… La valeur d'une vie est la même pour tous.

Il savait pertinemment que personne n'oserait le contredire, lui. Depuis l'enfance, il avait une conscience aiguë du pouvoir qui allait de pair avec le titre de comte. Un pouvoir qui ne reposait sur rien d'autre qu'un rang. Il en avait hérité, autant en faire quelque chose, comme rabattre le caquet aux ladies ignorantes et imbues de leurs personnes.

Le dîner reprit son cours, les dix autres plats du deuxième service apparurent. La conversation se redirigea sur des sujets assez superficiels pour ne porter aucune polémique. Même Lord Dartford participa lorsque les courses de chevaux devinrent le théâtre d'une excitation générale. Au fur et à mesure des verres qu'elle buvait, les joues d'Eleonor prenaient une teinte rosée. Mais, contrairement aux autres femmes présentes, elle ne parut jamais ivre. Matthew s'étonna de voir à quel point elle tenait l'alcool… De son côté, Lady Dartford bouillonnait. Mais ce n'est qu'aux desserts qu'elle revint à la charge, lorsque ses yeux se posèrent sur les mains d'Eleonor qui avait utilisé la mauvaise fourchette.

— Dites-nous-en plus sur vous, Lady Evans. Vous devez être une femme accomplie en tout domaine, je suis sûre. Quelles sont vos préférences ? Le piano-forte ? La peinture ? La broderie peut-être ?

Matthew crut un instant qu'Eleonor allait s'étouffer avec sa tarte aux prunes. Il repensa à leur première conversation. Elle ne savait pas broder, c'était un fait. Mais, à mieux y réfléchir, depuis le peu de temps qu'elle était sa femme, il ne l'avait jamais vue pratiquer aucune des activités qui servent habituellement à occuper les maîtresses de maison oisives.

— Non, je n'ai pas de don particulier pour le pinceau ou le clavier, Lady Dartford.

Elle prit une gorgée de son verre.

— Ma préférence va aux livres, ajouta-t-elle presque honteuse.

— Et aux langues, renchérit Matthew. Mon épouse parle et écrit le français, l'italien, lit le latin, le grec ancien et elle possède des notions d'espagnol.

Il s'étonna lui-même de l'avoir si publiquement appelée son épouse, mais il était hors de question de la voir agressée pour avoir eu l'audace d'assumer un propos humaniste, là où les règles dictaient de se taire.

Cette fois-ci, c'est Lady Wharton qui sembla décidée à la sauver. Elle avait toujours aimé l'impertinence et l'originalité chez les femmes et avait – elle plus encore que Matthew – le droit de dire et de penser absolument ce qu'elle voulait. Elle se lança dans un monologue sur l'importance de la lecture chez les jeunes femmes et sur le peu de culture qu'on leur offrait. La curiosité et la réflexion n'étaient jamais cultivées, alors que les femmes de haut rang avaient tout leur temps pour s'intéresser un peu à ce qui se passait dans le monde.

Profitant de ce que l'attention du groupe n'était plus sur elle, Eleonor se tourna vers Matthew.

— Je ne lis absolument pas le latin, chuchota-t-elle. Et j'ai des notions de grec moderne, mais pas la moindre de grec ancien.

— Personne ne va aller vérifier, je vous rassure. La majorité des femmes qui prétendent savoir jouer d'un instrument sont un désastre pour les oreilles. Il suffit de le dire.

Eleonor secoua la tête, comme si elle était déjà découragée par le monde dans lequel elle venait d'atterrir.

À cet instant précis, Matthew ressentit un réel soulagement. Il ne savait absolument pas quoi faire de ce mariage qui lui avait été imposé par son père, par-delà sa tombe. Mais pour le peu qu'il connaissait cette jeune femme, s'il n'y comprenait rien, il était chaque fois plaisamment surpris.

7

Cher W,

Voilà qui est fait, je suis une femme mariée. Je ne peux qu'imaginer le sourire moqueur qui se dessine actuellement sur tes lèvres. Mêlé de tristesse peut-être. Je te rassure, je suis moi-même fort perdue face à ce revirement. Un vent insoupçonné m'a poussé sur un chemin que je n'aurais jamais imaginé. Comme je te le disais dans ma dernière lettre, il s'agit d'un comte, Lord Evans, avec les terres, le manoir et la vie mondaine qui vont avec. Je devrais me sentir chanceuse de tant de confort, de la sécurité que cela va m'offrir, mais il n'en est rien. Il n'y a que le trou du manque, le vertige de l'inconnu et l'ennui.

Et la colère... Une colère sourde, rampante, que je tente de garder étouffée au fond de moi mais qui resurgit par instants et me terrasse. Je rêvais de liberté et me voilà sous verrou.

Oncle Miles me manque tous les jours, comme vous autres. Le soleil, le rhum, les grands espaces, les rires et les cris, tout me manque.

Cela étant, mon époux est moins pire que ce que je craignais. Surtout, il n'est jamais là. Il passe une grande partie de ses jours et de ses nuits à Londres, où se trouvent les bureaux de sa compagnie (une compagnie de commerce maritime). Oui, tu m'as bien entendue... Il achète le coton de nos terres et le rapatrie. Il lui arrive même de rentrer dîner puis de repartir ensuite. Sur ce point, je n'aurais pas pu rêver mieux : il n'attend rien de moi, je n'attends rien de lui. Lorsque je le croise ou que nous partageons un souper, il est cordial et prévenant, plus pour la forme que par réel intérêt, je suppose. Il fait même preuve d'humour parfois, voire d'humanisme et de réflexion. Mais pour l'instant, c'est un inconnu, et j'ai le sentiment qu'il va le rester. Et finalement, il est comte. Il porte le costume, il connaît les codes et navigue avec aisance sur cette mer grise, plate et insipide qu'est l'aristocratie anglaise.

Je ne vais pas avoir la place de te narrer la réception à laquelle nous avons assisté quelques jours après le mariage. Les insanités qui ont été prononcées, les droits que tous ces gens s'octroient quand le reste de la population meurt de faim. Ils ne connaissent rien du monde et pourtant le dirigent. Lord Evans a pris ma défense, mais rien ne bouge et tout est gravé dans le marbre. Ce sont des statues de sel qui grimacent et gesticulent.

Concernant mon quotidien depuis quelques semaines, je ne saurais que dire. La bibliothèque est un trésor, mais je ne vais pas passer le reste de mes jours enfermée dans un salon avec des personnages fictifs. Je monte un peu, mais tout est compliqué ici, tout demande de contourner les mille règles imposées aux femmes. En revanche, tu verrais leurs écuries et leurs chevaux, tu serais rongé de jalousie.

D'ailleurs, et heureusement, j'ai trouvé un comparse. Il s'appelle Tom, il a treize ans. Un garçon d'écurie noir, arrivé ici par un chemin qu'il ne connaît pas lui-même. Il est doux, effacé et plein de vie à la fois. En revanche, être un garçon de couleur, ici comme ailleurs, n'est pas une mince affaire. Je ne sais pas quel horizon il peut avoir dans un univers si blanc, si lisse, si fermé. Il n'est pas esclave à proprement parler, mais il vit dans une prison tout de même : celle de n'avoir aucun avenir, aucune échappatoire à sa condition. Et du haut de ses treize ans, il le sait déjà. Pire, il en a honte. Il me fait penser à Baga quand on l'a rencontré. Terrorisé d'exister, incapable de s'affirmer tant on l'avait muselé jusqu'alors. J'espère que Tom fera le même chemin qu'a fait notre ami.

D'ailleurs, tu le salueras pour moi. J'aimerais tant avoir de ses nouvelles et des tiennes. Pour l'instant, j'ai trouvé comment te faire parvenir ces lettres, mais je n'ai pas la moindre idée de comment en recevoir. Je cherche et ne désespère pas.

Oncle Miles m'a appris ça : face à une tempête, soit tu fais le dos rond et patientes, soit tu affrontes bille en tête, mais tu ne fais jamais les deux à la fois. Pour l'instant, je fais le dos rond. Je patiente.

En attendant, je pense à toi et espère de tout mon cœur qu'il y a du pain, du vin et des rires à ta table.

Tendrement,

L.

Eleonor déposa sa plume dans l'encrier, souffla sur sa page et patienta jusqu'à ce que l'encre sèche pour la plier. Puis elle s'empressa de se lever, de ramasser son ballotin et de partir : elle avait rendez-vous.

Deux rondins de bois en guise de chaises, une caissette en guise de table, le mur des écuries en guise de dossiers : tout était prêt. Tom, son hôte, lui offrit un large sourire à son arrivée. Eleonor sortit le paquet de cartes et le déposa sur leur table. Elle se fit la réflexion que, la prochaine fois, elle apporterait un linge pour en faire une nappe, Tom aimerait ça. Il était bien plus vif et mature que la plupart des jeunes garçons de son âge, mais c'était encore un enfant : il aimait faire semblant. Il adorait leur petite taverne, nommée Bang, à cause du bruit que faisaient les sabots de Tonnerre contre les murs de son box. Leur cachette était parfaite, personne ne passait de ce côté-ci des écuries. Ce n'était ni un chemin vers la sortie ni un chemin vers le manoir. Ce n'était qu'un mur qui faisait face au bois, un espace de solitude, un espace à eux.

Le soleil était au rendez-vous depuis quelques jours, mais, encore timide, il n'était jamais en mesure de chasser le froid. Eleonor resserra son châle autour de son cou.

La jeune femme s'était mis en tête d'apprendre à Tom à jouer aux cartes. Et elle s'était investie dans sa mission bien plus que de raison. Heureusement, s'il ne savait pas lire, il savait très bien compter. Et, à ce rythme, il finirait par la battre d'ici l'été. Elle essayait de lui enseigner tous les jeux qu'elle connaissait, les classiques anglais comme le whist et Speculation, mais aussi les jeux italiens et français. Ils allaient jusqu'à inventer des joueurs fantômes pour les parties qui demandaient plus de deux participants. Pour l'instant, elle ne voyait pas en quoi ces connaissances pourraient lui être utiles. Peut-être un jour, espérait-elle, Tom serait en âge d'avoir des amis sincères et joyeux autour d'une table… Pour l'heure, ça les occupait.

— Dites, Lady Evans, c'est vrai que le domaine Wallington, c'est le vôtre ?

Eleonor leva les yeux des cartes, surprise.

— C'est M'sieur Taylor qui m'a dit que c'était le vôtre. Et M'sieur Taylor, il sait les choses.

— Je t'ai déjà dit d'arrêter de m'appeler Lady Evans. Dans la taverne Bang, je suis Eleonor.

Elle n'avait pas répondu à la question, elle le savait. Elle savait surtout que, à l'endroit précis où ils se trouvaient, il suffisait de lever la tête pour regarder en direction du domaine. Il était là, quelque part caché derrière la section du bois qui séparait les deux propriétés.

— Plus ou moins, oui. Ça l'était, du moins. À présent je suppose qu'il appartient à Lord Evans.

— Vous supposez ? Vous l'aimez pas, votre maison ?

— Je l'ai beaucoup aimée. Mais c'est de l'histoire ancienne. Je n'y ai pas mis les pieds depuis mes six ans. À présent, ce ne sont plus que des pierres vides. Pourquoi as-tu sorti ton as si tôt dans la partie ? ajouta-t-elle dans la foulée. Tu ne devrais pas le garder pour plus tard ?

— Je n'ai pas autre chose. Il me faut de nouvelles cartes si je veux tenir. C'est vous qui m'avez expliqué ça.

Tom ramassa les cartes qu'ils avaient gagnées. La tendresse et la satisfaction envahirent Eleonor : il l'écoutait et apprenait à une vitesse fulgurante.

— Vous pouvez pas demander à Lord Evans ? Il va en faire quoi ?

Eleonor ne savait pas, effectivement, et n'avait pas demandé. Un sentiment de profonde mélancolie la submergeait lorsqu'elle se penchait sur la question – comme tout élément de son passé, récent ou ancien. Alors, pour éviter la gifle, elle détournait la tête.

— Faudrait-il encore que je le voie, pour lui demander quoi que ce soit. C'est un homme très occupé, semble-t-il.

— C'est vrai qu'il est pas souvent là, le comte. Il utilise plus de chevaux et de calèches qu'aucun autre lord de la région. C'est M'sieur Taylor qui l'a dit. Après, d'autres gens y disent... Mais c'est des médisants. Des vipères.

La curiosité d'Eleonor fut piquée. Elle posa ses cartes sur ses genoux.

— Ils disent quoi ?

À la tête que fit soudain Tom, mi-apeuré, mi-honteux, elle aurait pu parier qu'il était en train de se mordre les joues d'avoir ouvert la bouche. C'était trop tard.

— Elles disent quoi, les vipères ? Tu en as trop dit ou pas assez.

Eleonor ne pensait pas qu'un garçon noir pouvait devenir si blanc. Elle posa une main rassurante sur son avant-bras et sourit avec amusement.

— Calme-toi. C'est le phénomène propre aux tavernes. Les tables, les chopes et les cartes, ça délie les langues. C'est ainsi. Mais c'est un lieu spécial : ce qui est dit autour d'une table à la taverne est frappé par le sceau du secret...

Tom se mit à réfléchir avec plus d'intensité encore que lorsqu'il tentait de la battre aux cartes.

— Ce n'est pas moi qui le dis, hein ? C'est juste que, bah... il est beaucoup à Londres. Et vous savez, à Londres, il y a des endroits où vont les hommes. Tard. Après les tavernes, je veux dire... Bah, les domestiques y disent qu'il en fréquente un en particulier. Mais ch'ais pas, moi. C'est vrai qu'il est jamais là le jeudi...

Eleonor avait compris que Lord Evans n'avait pas forcément bonne réputation. Elle supposait que, comme beaucoup de jeunes hommes sans personne pour les tenir, il avait vécu une vie de débauché. Elle n'était pas naïve sur les besoins des hommes. Elle n'avait pas espéré qu'il cesse ses fréquentations après l'avoir épousée. Elle n'avait rien à espérer. C'était le contrat.

Elle ressentit cependant une forme d'aigreur, de jalousie : lui pouvait batifoler, vivre sa vie, tandis que trouver et entretenir des espaces de liberté en tant que femme – comtesse – était une gageure. Mais il fallait qu'elle persévère si elle voulait survivre et ne pas se laisser dévorer par la colère.

Elle se redressa soudain.

— On reprend demain ? Tu veux bien, Tom ? Je vais monter un peu. J'ai pris de quoi me changer.

— Z'êtes sûre ?

Tom n'était pas à l'aise d'être complice de ses folies. Il appréciait beaucoup la compagnie d'Eleonor, mais était de nature craintive. Et il avait autant peur pour lui que pour elle.

— Ne t'inquiète pas pour moi, Tom. Il ne m'arrivera rien.

Ou plutôt : que peut-il m'arriver de pire ?

Matthew traversa le premier salon. Puis le deuxième, puis le troisième. Au quatrième, il trouva Coco, sur son éternel fauteuil, qui relevait plus du trône que du siège. Il prit place en face d'elle et attrapa le verre de champagne qui l'attendait sur la table. Du champagne français, en plein conflit avec Napoléon. Les établissements de ce genre ne se refusaient aucune fantaisie, ils proposaient justement d'offrir à leurs clients les plus extravagantes folies.

Le temps qu'il finisse son verre, à savoir d'un seul trait, toutes les filles et leurs clients avaient quitté la pièce. C'était chose connue : quand Lord Evans rendait visite à la patronne, on vidait les lieux. La discrétion, c'était la pierre angulaire d'une maison de passe. Alors si la tenancière elle-même exigeait de l'intimité... Avec les années, leurs rendez-vous s'étaient ritualisés peu à peu jusqu'à se figer complètement. Malgré les réaménagements faits par-ci par-là par Coco, Matthew connaissait chaque tenture, chaque sofa, le dessin aux volutes baroques du papier peint, l'odeur de savon, de sueur et de parfum mélangés, l'emplacement travaillé des chandeliers, les rideaux noirs aux fenêtres pour que le monde extérieur soit maintenu à l'écart. Mathew connaissait aussi le mensonge : l'illusion de la fête et de la débauche cachant la monotonie des jours et des nuits qui se succédaient. Les maisons closes étaient un théâtre, une mascarade offerte aux hommes aisés. Tout était faux, tout était éphémère.

Tout, sauf eux deux.

Les années passaient, les filles tournaient, les clients variaient, mais Coco et lui ne bougeaient pas.

— Alors ? La poupée que tu as épousée ? finit par demander Coco.

— Ça va être notre seul sujet de conversation à présent ?

— C'est surtout la seule nouveauté dans ta vie, mon mignon.

Matthew ne pouvait pas la contredire sur ce point.

— Me divertir, c'est ton rôle, mon garçon, ajouta-t-elle.

Le mignon garçon sourit pour lui-même. Coco était la seule personne sur Terre – avec Clayton peut-être – à s'adresser à lui de la sorte, avec une telle décontraction. Surtout depuis qu'il était comte. Elle l'avait connu alors qu'il n'était qu'un jeune blanc-bec et elle n'avait que faire des convenances. Entre ces murs, c'était elle la royauté. Si elle était maîtresse dans l'art de la fausse déférence auprès de ses clients fortunés, elle n'avait rien à gagner avec Matthew, hormis ses plaintes hebdomadaires.

Coco était une femme plantureuse, aux cheveux teints en roux et à la posture princière. Une femme insaisissable dont Matthew aurait bien été incapable de donner l'âge.

— Disons qu'elle est ... toujours aussi mystérieuse.

— Un peu de mystère, voilà bien ce qu'une femme doit posséder pour tenir son homme par le bout de la queue. Elle a tout compris, voilà tout.

— Je ne suis pas sûr qu'elle ait compris quoi que ce soit, non. Rien ne semble véritablement intentionnel chez elle, comme si elle ne faisait que réagir aux événements qui lui tombent dessus, avançant à l'aveugle, tête baissée.

— Elle avait un bandeau et des menottes quand elle t'a épousé ? Non. Donc elle doit bien savoir ce qu'elle fait. Ou du moins, elle fait avec les cartes qu'on lui a données. Toutes les femmes sont prisonnières de la nécessité d'épouser un homme. Sauf à choisir ma vie. Mais je ne la souhaite à personne.

— C'est ce que j'aime chez toi. Tu ne souhaites même pas cette vie à tes propres filles...

— Des putes, il y en a toujours eu, il y en aura toujours. Mieux vaut qu'elles aient le ventre plein et quelque part où dormir au chaud. En attendant de trouver mieux, d'apprendre à utiliser leur cul pour obtenir et non pas pour donner.

Coco avait cette particularité de promettre aux filles qu'elle embauchait de les libérer au bout de cinq ans, une fois leur dette payée avec intérêts. À vrai dire, sa particularité était de tenir cette promesse que toutes les maisons faisaient. Elle n'inventait pas mille frais fallacieux pour les garder en esclavage plus que nécessaire. Mieux, celles qui le désiraient pouvaient rester davantage pour mettre de l'argent de côté avant de partir. C'était alors Coco elle-même qui gérait leurs économies avec une main de fer. Il n'y avait pas de gant de velours chez cette femme. En revanche, il y avait un cœur caché derrière la dureté que la vie lui avait imposé de porter en costume.

Mais Matthew n'était pas dupe, ces gamines vivaient l'enfer, enfermées dans la maison nuit et jour, répétant tous les soirs le même cirque macabre, les jours se confondant les uns les autres, leurs corps vieillissant plus que la normale - quand elles n'attrapaient pas la syphilis...

— Je ne voulais pas d'une femme. Je n'en ai jamais voulu. Tu le sais très bien. Mais les choses sont ce qu'elles sont. Au moins, j'ai mis une fille à l'abri de la misère. Quoiqu'elle aurait trouvé un autre prétendant si ça n'avait pas été moi.

— Elle est jolie, la lady ?

Matthew soupira.

— Oui, ça on peut dire qu'elle est jolie. Et intelligente d'après ce que j'ai pu en voir. Toujours inattendue, un peu sauvageonne, mais vive d'esprit. Je n'ai aucune idée de la vie qu'elle a menée jusqu'alors. Aucune pièce n'entre dans le puzzle.

— Pourquoi tu ne lui poses pas la question, nigaud ?

— Je lui ai promis de ne pas me mêler de son existence et lui ai demandé de ne pas se mêler de la mienne. C'est le contrat qu'on a passé. Je ne vais pas me mettre à la questionner sur sa vie antérieure.

Coco éclata d'un grand rire moqueur.

— Foutaises ! s'exclama-t-elle. Ton corps a grandi, il a pris des poils et du torse, mais tu es vraiment toujours un petit con qui n'a rien compris. Ça ne pèse rien un contrat face à la vie. Face aux journées qui s'écoulent et se répètent, au temps qui passe. Si je n'ai épousé personne, c'est parce que je savais qu'aucun contrat ne peut te protéger de la réalité : tu as pris une femme. Voilà tout. Tu vas te la coltiner toute ta vie – si Dieu vous protège. Alors, apprends à la connaître et à l'apprécier. Parce qu'à présent les barreaux de la prison sont érigés, et ton contrat à la noix n'est que le droit que tu te donnes de ne pas les voir.

Matthew haussa les épaules, exactement comme le gamin que Coco voyait en lui. Il savait que, quelque part, elle avait raison, qu'elle avait toujours raison. Mais il n'était pas pressé d'affronter cette vérité.

— Tu la traites bien au moins ?

Mathew leva des yeux noirs sur elle. Bien entendu qu'il la traitait bien. Du moins, il en était convaincu.

— Tu peux dire ce que tu veux, mais pour bien traiter une femme il faut être auprès d'elle, fit-elle remarquer. D'après ce que j'en vois, tu n'es pas beaucoup plus chez toi qu'auparavant. Qu'est-ce que tu fous là, à boire du champagne avec une vieille femme sans manières ni culture, hein ?

— J'ai mon rendez-vous du jeudi, tu sais bien, se défendit-il.

Coco rigola de nouveau.

— Toi et tes rendez-vous du jeudi. Tu es pire qu'un puceau avec une courtisane : faudrait qu'une pluie de sauterelles s'abatte sur la terre pour que tu rates ton rendez-vous du jeudi.

Matthew sourit, se resservit un verre de champagne, qu'il but cul sec, avant de se servir à nouveau puis de reposer finalement le verre en secouant la tête : l'alcool était un démon qu'il connaissait de longue date. Un anesthésiant. Une illusion.

— Allez, mon garçon. Finis ton verre, va à ton rendez-vous et rentre chez toi. J'ai une maison à gérer. Et toi aussi, à présent.

8

Eleonor attrapa le volume entamé la veille, soupira, avant de se plonger dans les excentriques et désopilantes aventures de Gulliver. Elle avait réussi à s'échapper des griffes de Mrs Downey. Leur relation ne se réchauffait pas, mais elle s'ajustait peu à peu. Ou plutôt, l'intendante semblait être en passe d'accepter qu'Eleonor ne soit jamais la maîtresse de maison dont elle avait rêvé et qu'il lui faudrait continuer à gérer les affaires du quotidien. Eleonor avait beau lui répéter qu'elle pouvait embaucher autant de personnel qu'elle voulait pour l'aider dans ses tâches, que l'argent n'était pas un souci, Mrs Downey s'obstinait à vouloir faire des économies. Eleonor avait gagné son estime sur un point : la jeune femme ne dépensait rien, ne réclamait ni toilettes nouvelles ni confort supplémentaire et exigeait que seuls deux plats soient servis au dîner.

Tout ce qu'elle demandait, c'était qu'on la laisse errer dans le domaine à sa guise et lire dans la bibliothèque.

À la troisième page, un cliquetis lui fit lever la tête. Puis ce fut un petit bruit contre la vitre, comme si un oiseau était venu la picorer. Elle posa son livre et s'approcha des immenses fenêtres. Il lui fallut un bon moment avant de repérer Tom, caché derrière un buisson, fouetté par une pluie battante. Ce dernier leva le bras et lança un dernier caillou qui vint frapper la vitre avec plus de force que les précédents. Il remarqua la silhouette d'Eleonor se découper dans l'embrasure et se mit à faire de grands signes désordonnés l'exhortant à le rejoindre.

Eleonor s'empressa d'obtempérer : ce n'était pas le genre de Tom de venir la chercher, ni même de s'approcher de la demeure. Encore moins de jeter des cailloux aux fenêtres. Quelque chose n'allait pas.

Elle enfila sa cape, remonta son col mais, à la seconde où elle mit le pied dehors, le vent déchaîné s'infiltra sous ses jupons et lui glaça le corps entier. Le temps qu'elle rejoigne Tom, celui-ci était trempé de la tête aux pieds, les yeux brillants de panique et la main tremblante.

— Qu'est-ce qui se passe, Tom ?

— Chui désolé, mais je... Vous voulez bien me suivre, Lady Evans ? Chui désolé.

Ils se mirent en route. Tout le long du chemin jusqu'aux écuries, Eleonor l'entendait marmonner des excuses qui se perdaient dans le grondement de la pluie et du vent.

Entre le temps apocalyptique et la nuit tombante, les écuries étaient quasiment plongées dans le noir et Eleonor prit un temps infini à discerner la forme qui se dessinait sur le tas de foin. La forme se mit à trembler, et elle comprit alors qu'il s'agissait d'une femme. Elle approcha à grands pas.

— C'est Prudi..., bégaya le garçon. Elle...

— Qu'est-ce qui se passe, Tom ?

Une fois accroupie, Eleonor s'aperçut non seulement qu'il s'agissait d'une jeune femme, mais que cette dernière était enceinte et très mal en point. Devant elle se trouvait une femme de couleur, fébrile, enveloppée dans une couverture, laissant dépasser son ventre rond, prêt à exploser. Cette dernière ouvrit des yeux paniqués à l'approche de la comtesse.

— Qu'est-ce qui se passe ? répéta Eleonor.

— C'est Prudi. Une domestique du domaine de Caterham.

— Le domaine de George ? Le cousin ?

Tom hocha frénétiquement la tête.

La femme essaya de reculer dans le foin, mais ni son état ni sa faiblesse ne le lui permettaient.

— Me renvoyez pas là-bas, gémit-elle. Me renvoyez pas là-bas.

— Je ne vais vous renvoyer nulle part, la rassura Eleonor. Vous êtes en train d'accoucher ?

— J'sais pas, j'crois pas. J'ai la fièvre. J'ai la fièvre depuis des jours.

— Vous avez des douleurs au ventre ?

— Non, ma'me.

— Vous ne pouvez pas rester ici.

— Me renvoyez pas, répéta la femme, la voix tremblante. Si vous plaît.

— Ce n'est pas ce que je voulais dire. Vous ne pouvez pas rester sur un tas de foin humide dans ce froid. Vous pouvez marcher ?

— J'crois.

— J'peux lui donner mon lit, proposa Tom.

— Je ne pense pas que M. Taylor soit enchanté de voir une femme enceinte allongée dans ton lit, Tom. Non, des lits, il y en a plein ici, il faut juste réussir à les atteindre.

Tom ouvrit ses yeux en grand : deux immenses billes d'incompréhension.

— Vous voulez la faire entrer dans le manoir de Lord Evans ?

— C'est là que se trouvent la chaleur et les lits. Donc oui. C'est bientôt l'heure du dîner. Je ne pense pas que nous puissions nous introduire par l'entrée des domestiques, c'est trop risqué. Nous allons prendre la grande porte et croiser les doigts pour qu'ils soient tous affairés en cuisine.

— Et si c'est pas le cas ? Qu'est-ce qui va se passer ?

Elle n'en savait rien. Elle était maîtresse de maison. En l'absence de Lord Evans, c'était elle qui dirigeait. Mais de là à installer une domestique noire enceinte dans l'une des chambres de la demeure...

— Viens. Aide-moi.

Prudi se laissa faire tandis que Tom et Eleonor l'aidaient à se lever, puis à marcher, en la soutenant chacun d'un côté. Elle obtempérait sans protester, n'étant pas même en état de se rendre compte de ce qui était en train de se passer. Bon an mal an, la gorge serrée par l'angoisse, ils atteignirent l'immense porte d'entrée, grimpèrent l'escalier puis longèrent le couloir du premier étage. Ils dépassèrent la chambre d'Eleonor et s'enfoncèrent le plus loin possible jusqu'à la dernière porte.

Eleonor ne connaissait pas bien la demeure et pria pour qu'il s'agisse bien d'une chambre.

Plus qu'une chambre, c'est un palace qu'ils découvrirent, richement meublé et décoré. Un palace endormi, plongé dans la pénombre, dont le feu était éteint depuis longtemps et le lit recouvert d'un simple drap. Cela devrait convenir. Ils allongèrent Prudi qui s'endormit aussitôt, malgré les tressaillements incessants de son corps.

— Ne bouge pas, je reviens.

Eleonor perçut la panique enfler chez le garçon.

— Je reviens, je vais chercher de quoi améliorer la situation.

Elle sortit, courut jusqu'à sa chambre et ramassa précipitamment tout ce qui lui traversa l'esprit : quelques bûches de bois trouvées à côté de sa cheminée qu'elle cala sous son bras gauche, une couverture qu'elle jeta par-dessus son épaule et la carafe d'eau sur sa table de chevet. Des quelques doigts qui lui restaient de libres, elle attrapa un chandelier.

La jeune femme retrouva Tom exactement où elle l'avait laissé : debout au milieu de la pièce sombre, sa chemise dégoulinant de pluie sur le parquet. Eleonor abandonna le garçon à son hébétude et s'affaira : elle lança un petit feu, força Prudi à se réveiller pour la faire boire, l'entoura de la couverture, puis la laissa retomber dans un sommeil de plomb. Elle alluma quelques bougies : assez pour ne pas trébucher sur les tapis, mais pas trop non plus, de manière à ce que la lumière ne soit pas visible sous la porte. Puis elle posa ses deux mains sur le ventre de la femme et attendit. Le soulagement qu'elle ressentit quand une petite bosse vint se former sous ses doigts fut immense : le bébé bougeait.

Enfin, elle obligea Tom à s'asseoir et à parler. Maintenant elle devait comprendre ce qui se passait. Tom paraissait minuscule et complètement décalé dans le grand fauteuil tapissé de rose, aux accoudoirs sculptés de dorures. Mais il prit son courage à deux mains et essaya de s'expliquer.

— C'est pas la première fois que ça arrive.

— Quoi donc ?

— M'sieur George. Il… euh… Ses domestiques enceintes. C'est pas la première fois.

— Tu veux dire que c'est lui qui est responsable de son état ?

Il hocha vigoureusement la tête. Eleonor serra les poings.

— Et chaque fois il les congédie. C'est pas un bon monsieur, vous savez.

Le garçon regarda en direction de Prudi, perdu dans ses pensées.

— Les autres avaient de la famille. Mais Prudi, elle en a pas, ajouta-t-il avec une toute petite voix. Ils sont tous restés là-bas, aux colonies. Elle a nulle part où aller. C'est pas la première fois qu'elle vient dormir dans les écuries. Mais là j'avais peur, vous comprenez ?

— Je comprends surtout que tu aurais dû venir me voir bien avant…

— Elle va mourir ?

— Non, Tom, je ne pense pas. Il faut qu'elle se réchauffe, qu'elle boive, qu'elle mange et qu'on fasse tomber la fièvre surtout. Après on verra.

Trop de sentiments se bousculaient en Eleonor pour qu'elle puisse les identifier. Elle repoussa la rage profonde qui montait en elle pour garder son esprit concentré sur la situation présente.

— Voilà ce que nous allons faire. Je vais demander à Mrs Downey que mon dîner soit servi dans ma chambre et je le lui apporterai. Ça lui fera de quoi manger et boire. Quand tout le monde sera couché j'irai chercher des bûches pour alimenter le feu ainsi que des linges et une bassine d'eau pour lui rafraîchir le front et essayer de faire tomber la fièvre. Il subsiste un problème de taille : cette nuit je peux rester à son chevet, mais je ne pourrai pas être tout le temps auprès d'elle.

— J'peux rester moi aussi.

— Non, Tom, M. Taylor va s'inquiéter si tu ne rentres pas.

— Alors on peut lui dire, pt'être.

— Tu crois qu'on peut mettre M. Taylor dans la confidence ? Qu'il saura rester discret ?

— Je sais pas… Il m'a bien pris, moi.

— Peut-être que si c'est moi qui viens lui demander une

faveur... Si je lui demande de t'emprunter pour que tu restes au chevet de l'une de nos domestiques malades...

— Personne ne fait ça, m'dame. Mais vous pouvez essayer. À vous, il ne dira pas non.

— Allez. Il est déjà tard. Rentre. Je vais réfléchir et on verra demain ce qu'il en est.

Tom ne bougea pas, vissé sur son siège trop grand pour lui.

— Ne t'inquiète pas. Je vais bien m'occuper d'elle.

Et c'est ce qu'elle fit. Toute la nuit durant.

Ce n'est qu'au petit matin, assise dans le fauteuil qu'elle avait installé auprès du lit, alors qu'elle ne s'activait plus, qu'Eleonor put enfin voir le tableau global et trembler.

George Evans, le cousin de son propre mari, abusait de ses domestiques, les mettait enceintes, puis les renvoyait dans la nature. Il violait des femmes et abandonnait de futurs enfants.

La colère prit sa juste place dans les tripes de la jeune femme, et elle comprit, cette nuit-là, que cette rage sourde contre ces hommes qui, parce qu'ils étaient bien nés, pensaient pouvoir disposer de tout et de tous ne s'éteindrait jamais.

Cher W,

Si tu savais... Après tout ce que nous avons vécu, me voilà face à une épreuve qui va réussir à me briser. Cela fait trois jours que je cache une domestique noire enceinte dans l'une des chambres du manoir. Elle servait dans la demeure d'un certain George, cousin de Lord Evans, qui, semblerait-il, se plaît à abuser de ses domestiques pour les abandonner une fois que celles-ci portent en leur ventre les conséquences de ses actes ignobles. La fièvre est enfin tombée cette nuit. Mais je ne sais pas quoi faire à présent. Je ne sais pas vers qui me tourner. Trois fois, j'ai failli avouer la situation à Lord Evans. Mais c'est encore un inconnu à mes yeux. Je ne peux pas prédire comment il réagira et, même si c'est peu probable, je ne peux pas prendre le risque qu'il la remette à la rue, ou pire, qu'il la renvoie chez son cousin. Néanmoins, elle ne peut pas vivre cachée au fond de mon couloir ad vitam æternam.

À force de faire monter des collations supplémentaires à mon intendante, je crois qu'elle est en train de s'imaginer que je porte moi-même un enfant. Elle ne dit rien mais sourit, chose que je ne l'avais jamais vue faire.

Ma grossesse serait une bénédiction aux yeux du monde, celle de Prudi est un bagage qui lui a été imposé et qui était à deux doigts de la tuer. L'injustice est reine sur cette Terre aux mille tourments.

Je ne supporte pas de vivre dans un monde tenu et dirigé par des hommes comme lui. Je voudrais l'écraser comme il écrase ces femmes et je reste là, à appliquer en cachette de l'eau sur le front d'une femme pour qu'elle ne périsse pas de sa fièvre. La brutalité des hommes, je la connais mieux que beaucoup de femmes. Mais celle-ci a un arrière-goût plus amer encore. L'arrière-goût du pouvoir arbitraire et de la domination, la vraie.

Les embruns me manquent, la houle me manque, le bruit des cordes, le ballottement incessant. La majesté de l'infini.

Je vais aller monter. Je vais aller respirer, espérant soulever un tant soit peu le couvercle de ma nouvelle vie.

Tendrement,

Léo.

9

Il talonna son cheval pour accélérer son trot.

Mais qu'est-ce qu'elle fabriquait ?

Il avait compris qu'Eleonor avait un étonnant penchant pour les écuries, mais de là à prendre un cheval, seule, sous la bruine ? Il espérait qu'elle était au moins restée dans la propriété, sinon, il arpentait ses propres terres pour rien. Sans compter le voisinage et ce qu'ils allaient penser de sa femme montant sans chaperon. Ce n'était pas tant ce qu'ils pouvaient en penser – car il n'avait que faire des commères et des médisants – mais ce qu'il allait devoir essuyer de commentaires.

Matthew bifurqua vers l'ouest, s'éloignant des terres cultivées et des habitations de ses métayers. Ce fut à l'orée du sous-bois, lorsque les arbres laissaient place à la plaine, qu'il entendit le bruit distinctif d'un cheval au galop. Puis la monture apparut. Fiché dessus, il n'y aperçut pas Eleonor mais ce qui devait être un jeune homme, à la frêle carrure, portant un chapeau. Le cheval et son cavalier fonçaient droit dans sa direction. Matthew sortit de l'ombre des arbres pour se montrer à cet étranger qui galopait sur ses terres. Cependant, plus la silhouette approchait, moins il pouvait se résoudre à assimiler ce qu'il voyait. Quand le cavalier l'aperçut, ce dernier tira si fort sur les rênes que Matthew crut qu'il allait être éjecté de sa monture. Mais il n'en fut rien. Il fit faire un tour sur lui-même à sa bête surexcitée pour la calmer puis s'immobilisa complètement. Et, alors qu'un nuage laissait filtrer un rayon de soleil, la suspicion de Matthew se confirma :

il ne s'agissait pas d'un cavalier, mais d'une cavalière. Devant lui, à califourchon sur Tonnerre, l'étalon fou de l'écurie, se trouvait Eleonor, sa femme, vêtue d'un pantalon, dissimulée sous un chapeau à large bord.

Eleonor, droite, immobile, semblait figée dans le décor. Matthew sortit lui-même de sa stupeur et avança jusqu'à elle, au pas. À son approche, elle sauta de sa monture d'un bond souple. Matthew fit de même, mais ni l'un ni l'autre ne semblaient savoir quoi dire. La jeune femme portait une chemise de lin, une culotte marron, un manteau élimé et des bottes de palefrenier. Ses cheveux étaient cachés sous son couvre-chef, son visage à moitié dissimulé dans la pénombre. Il pouvait cependant distinguer ses yeux rivés aux siens. Elle tenait son cheval fermement par les rênes et le défiait du regard. Un regard fougueux, troublant.

— Vous pourriez, peut-être, ne pas poser la question..., lâcha-t-elle enfin.

— Ça risque d'être difficile.

— Vous avez dit que j'étais libre dans l'enceinte de la demeure.

— Peut-être. Mais je ne m'attendais pas à ça.

Non, il ne s'attendait pas à voir sa femme déguisée en garçon d'écurie, gambadant au triple galop, à califourchon, sur un cheval connu pour son tempérament irascible.

— Vous...

Mais il ne put finir sa phrase. Il ne savait que dire ni que penser. Il secoua la tête, incrédule.

— Vous n'êtes pas censée...

Il s'arrêta à nouveau, serra les dents, réalisant qu'une immense fatigue teintée de colère était en train de s'emparer de lui.

Soudain, face à son silence, l'armure de défiance d'Eleonor se fissura. Son visage se défit, tout son corps s'affaissa et son regard tomba sur l'herbe à leurs pieds. Sa main libre se mit à triturer nerveusement la maille de son pantalon, et sa respiration s'accéléra.

— Vous avez prétendu que je serais libre, mais ce n'est pas vrai, souffla-t-elle. Ce n'est jamais vrai pour une femme. En fin de compte, vous êtes mon mari et vous pouvez faire ce que bon vous semble, de moi comme de vos domestiques.

Sa voix était à peine audible, et son corps parut soudain minuscule. Malgré une colère sous-jacente, son désarroi était criant et le tableau douloureux à voir.

— Vous n'êtes pas une de mes domestiques, répliqua-t-il avec force. Et d'ailleurs, je ne peux pas faire ce que je veux d'eux non plus.

Eleonor ne répondit rien. Et, même s'il aurait préféré l'ignorer, elle n'avait pas totalement tort. C'était lui le maître, il pouvait écraser à sa guise qui il voulait. En revanche, il ne voulait écraser personne, encore moins en usant de son pouvoir et de la peur qu'il suscitait.

— Ça ne va pas fonctionner, annonça-t-il.

Eleonor leva brusquement la tête. La panique dans ses yeux se mua en franche terreur. Matthew se reprit.

— Si vous avez peur de moi, ça ne va pas fonctionner. Je sais que nous avons passé un contrat, que nous ne sommes pas censés attendre quoi que ce soit l'un de l'autre. Mais il faut que nous puissions être honnêtes l'un envers l'autre si nous devons cohabiter. Bâtir une forme de confiance.

Eleonor réfléchit un temps infini. Il pouvait voir le combat acharné qui se déroulait dans son esprit, mais ne parvenait pas à en comprendre la raison. Puis elle hocha la tête.

— Suivez-moi, dit-elle enfin.

Elle repassa les rênes par-dessus son cheval, plaça son pied gauche dans l'étrier. Pendant une fraction de seconde Matthew eut le réflexe de tendre le bras pour lui offrir son aide. Mais Eleonor attrapa la selle des deux mains puis, d'un seul élan, sauta et enfourcha son cheval – un étalon d'au moins un mètre soixante-dix au garrot.

Sans un regard pour Matthew, elle lança Tonnerre directement au galop. Il s'empressa de prendre sa suite. S'il n'avait pas été un excellent cavalier, il aurait eu peine à la suivre tant Eleonor poussait sa monture, zigzaguant dans les sentiers étroits du bois, évitant les branches de peu.

Arrivée aux écuries, elle accrocha fermement son cheval

à un arceau de fer. Elle disparut dans un box, une minute à peine, puis reparut vêtue d'une robe qu'elle avait visiblement enfilée par-dessus son accoutrement. En revanche, le chapeau maintenant ôté, ses cheveux libres retombaient en cascade sur son épaule.

Matthew se rendit compte que c'était la première fois qu'il la voyait les cheveux lâchés. Elle était censée être son épouse, mais jamais il n'avait même entraperçu sa chevelure, légèrement bouclée, teintée de touches de doré. Sa beauté – naturelle, sauvage – n'en était que plus saisissante.

De plus en plus perplexe, il la suivit dans la demeure, dans l'escalier, dans le couloir du premier étage. Elle s'immobilisa devant la dernière porte.

— Il faut que vous me promettiez quelque chose, dit-elle en se tournant vers lui. Que vous me promettiez de ne pas prendre de décision à la hâte.

Elle réfléchit.

— D'être – ou de devenir, je ne sais pas – le genre d'homme à ne jamais mettre une femme en détresse à la rue...

Il n'y comprenait rien, mais ça, il pouvait le lui promettre. Il hocha la tête. Elle attendit.

— Je vous le promets, assura-t-il à haute voix.

Puis elle ouvrit la porte.

Il ne savait pas à quoi s'attendre mais n'aurait jamais pu imaginer ça. Une femme noire, au ventre pour le moins rebondi, était allongée dans le lit de feu Lady Evans, enveloppée d'une couverture. Un petit feu timide crépitait dans la cheminée. Une bassine d'eau était posée au pied du lit et un fauteuil installé à sa gauche, sur lequel une seconde couverture traînait en boule.

Matthew n'avait pas mis les pieds dans cette pièce depuis des années, il n'avait même jamais vraiment connu son occupante. En revanche, la chambre n'avait pas bougé, comme figée dans le temps. Une chambre morte. Celle d'une femme décédée il y a bien longtemps, accueillant à présent en son sein un improbable spectacle.

La femme leva la tête et sembla arrêter de respirer. Dans ses yeux brûlait un éclair de terreur.

— Qu'est-ce qui se passe ici ?

Le visage de l'inconnue perdait en couleur chaque seconde qui passait. Eleonor s'empressa d'accourir à son chevet et de lui prendre la main.

— Ne vous inquiétez pas. Il ne vous fera rien.

Eleonor se tourna vers le comte.

— Je vous présente Prudi. Prudence de son vrai nom. C'est une domestique de votre cousin George. C'était, du moins...

Son cousin George ?

Matthew se crispa. Lorsqu'il s'agissait de cet homme, il était prêt à tout entendre. Le pire comme le pire.

— Nous l'avons recueillie, avec Tom. Elle était souffrante. Elle va mieux à présent, la fièvre est tombée.

Matthew ne répondit rien, car rien n'avait été expliqué.

— Je ne savais pas quoi faire, alors je l'ai installée ici, continua Eleonor. Je ne pouvais pas la laisser dehors sous la pluie.

Le mutisme du comte parlait pour lui : il manquait des pièces au puzzle.

— Vous voulez bien sortir une seconde ? suggéra Eleonor. Je reviens tout de suite, ajouta-t-elle à l'intention de Prudi.

Ils se dirigèrent vers le couloir. Eleonor ferma la porte derrière elle. Matthew tenta de lui offrir son regard le plus déterminé : fini les secrets ou les demi-vérités, il était en droit d'attendre une explication complète.

Eleonor prit une grande inspiration.

— Je... Nous l'avons trouvée dans les écuries il y a trois jours de ça, trempée, fiévreuse, tremblante, très très affaiblie. Elle était au service de George, et visiblement il est... comment dire... responsable de son état.

— De sa fièvre ? demanda Matthew sans y croire.

— Non, de son état plus permanent...

La vague de colère qui s'empara de Matthew le prit de court.

— Vous voulez dire qu'il l'a mise enceinte ? demanda-t-il entre ses dents.

— Oui.

— Sans son consentement...

Eleonor se mit à respirer plus fort, ses yeux noircirent.

— On peut supposer, oui…

— Et pourquoi s'est-elle retrouvée souffrante dans nos écuries ?

— D'après ce que j'en ai compris, d'après ce que Tom a entendu à droite et à gauche, ce n'est pas la première fois que cela arrive. Qu'il… euh… abuse de ses domestiques et les met à la porte quand…

La colère monta, monta – une boule de feu prête à exploser dans sa poitrine. Puis elle se transforma en pure rage, et son poing partit tout seul. Il vint se loger dans la peinture qui pendait au mur du couloir, laissant un trou béant dans la toile. Il jeta un œil à ses phalanges où le sang s'était mis à perler. Quand il releva les yeux, Eleonor avait reculé d'un mètre et le regardait sans comprendre.

Se sachant incapable de se contenir, Matthew fit volte-face et remonta le couloir.

Il ne ralentit pas, ne se retourna pas et fonça droit devant.

10

Elle avait fui, lasse, perdue, et ses pieds l'avaient menée jusque-là. Ses mains avaient cessé de trembler mais, à la vue de sa maison, Eleonor eut envie de pleurer. Pour la première fois depuis qu'elle avait mis les pieds en Angleterre, elle se voyait au bord du précipice, à deux doigts de craquer.

Effectivement, le domaine de Wallington n'était plus que ruines – la toiture par endroits arrachée, les vitres pour la plupart cassées. La végétation avait repris ses droits et rampait le long de la façade, allant jusqu'à entraver la porte d'entrée.

Par deux fois, sa vie s'était effondrée. Elle n'avait que vingt et un ans et avait déjà tout perdu à deux reprises, forcée chaque fois de recommencer à zéro. À la mort de ses parents, elle avait fait bonne figure et avait accueilli la nouvelle vie que lui avait offerte oncle Miles. À la mort de ce dernier, elle avait mis de côté le deuil pour ne pas s'écrouler et avait accepté d'être rapatriée en Angleterre, puis d'être mariée à un parfait inconnu. Elle avait fait preuve de courage, elle avait ravalé les pleurs pour continuer de marcher. Et bizarrement, c'était aujourd'hui, devant les vestiges de son enfance heureuse, devant la prison qu'était devenue son existence – et surtout, devant la monstruosité des hommes – qu'elle sentait le vase déborder.

Elle ne savait absolument pas quoi penser de Lord Evans. Elle ignorait ce qu'il allait faire de Prudi. Comment allait-il réagir après l'avoir vue déguisée en garçon, volant une vie qui n'était pas la sienne, une vie libre ? Elle n'était pas non plus capable d'interpréter la fureur qui venait de jaillir en lui. Elle espérait qu'elle était dirigée contre le véritable ennemi, qu'elle était née de l'indignation. Mais qu'en savait-elle ? Elle ne le connaissait pas. Il n'était qu'un homme après tout. Un homme empreint d'une rage qu'elle ne lui soupçonnait pas.

Et l'homme et la colère ne faisaient jamais bon ménage.

— Je ne pensais pas que les dommages du temps avaient été si cruels à l'encontre de votre domaine.

Eleonor se tourna. Matthew Evans se tenait derrière elle, toujours aussi droit, toujours aussi tout-puissant. Il semblait calmé cependant.

— C'est votre domaine à présent, fit-elle remarquer.

— Non, vous en êtes toujours propriétaire.

Eleonor leva un sourcil.

— J'ai refusé de faire jouer la loi qui me l'attribuait par le mariage, reprit-il. Du moins, je suis en train de voir avec mon notaire comment faire en sorte que vous en restiez propriétaire. C'est plus compliqué que je ne l'envisageais de détourner les règles de succession.

Eleonor émit un petit rire nerveux.

— Vous voulez dire que vous m'avez épousé sans dot ?

— Comme je vous l'avais dit, je n'ai pas besoin d'une dot. En revanche, j'ai besoin de la vérité.

— Laquelle ? se moqua Eleonor.

— Celle qui serait en mesure d'expliquer pourquoi vous savez monter un cheval à califourchon, porter le pantalon et manier la fourche. Pourquoi vous êtes vicomtesse, mais ne connaissez qu'une infime partie des usages et des règles de bienséance. Pourquoi vous préférez la compagnie du garçon d'écurie plutôt que celle des jeunes femmes de votre rang – quoique cela je puisse le comprendre. Et, enfin, qui est l'homme à qui vous envoyez des lettres en cachette.

Il pencha la tête sur le côté. Il ne paraissait pas vraiment fâché. En revanche, il était férocement déterminé.

— En fin de compte, comment se fait-il que personne ne vous ait jamais appris à broder, résuma-t-il.

Eleonor sentit l'appréhension revenir à la charge.

— Rien ne vous échappe, souffla-t-elle en baissant les yeux.

— Il faut croire que si, au vu de tout ce que j'ai découvert aujourd'hui.

— Et vous n'aimez pas être pris de court…

— Non, je n'aime pas ça effectivement, avoua-t-il entre ses dents.

— Désolée de vous avoir caché la présence de Prudi.

— Ce n'est pas la question. Ça, je peux comprendre. Je suis désolé pour ma réaction. Elle ne vous était pas destinée. En revanche, je crois qu'il est temps que vous me racontiez votre histoire. Que je ne sois pas pris de court la prochaine fois si je vous trouve en train de tirer au pistolet.

Il pensait plaisanter et n'était pourtant pas très loin de la vérité.

La jeune femme réfléchit. Elle ne savait ni par où commencer ni comment présenter les choses. Encore moins comment il allait réagir à son secret.

— Vous aimez monter ? demanda-t-elle.

Il acquiesça.

— Essayez de monter à cheval en robe et en amazone, vous comprendrez très vite pourquoi je préfère monter en pantalon…

Elle jouait l'impertinence, elle le savait, et ça ne la mènerait nulle part.

— Cela n'explique ni où ni comment vous avez appris.

— Mon oncle m'a appris dans le domaine d'une amie à lui. Quand nous restions longtemps à terre.

— À terre ?

Matthew fronça les sourcils. Il fallait qu'elle reprenne depuis le début, mais elle ne trouvait pas le courage. Eleonor s'approcha du perron, regarda la pierre tapissée de mousse, trempée des dernières pluies, puis s'assit en haussant les épaules. Salir ostensiblement sa robe devant son époux, elle n'était plus à ça près. Matthew prit place à ses côtés. Elle se fit la réflexion que, depuis le jour du mariage, ils n'avaient jamais été si près l'un de l'autre. Leurs épaules se touchaient presque, la manche de son pardessus caressait son châle. Elle aurait aimé ignorer sa beauté manifeste – surtout là, alors qu'elle s'apprêtait à lui avouer l'inavouable – mais sa prestance était indéniable, déstabilisante. Elle prit une grande inspiration.

— Tante Herbert vous a dit que mon oncle était un riche marchand distingué. Ce n'est pas tout à fait vrai. Enfin, c'est même complètement faux. Il était marchand, oui, mais il était tout sauf distingué ou riche.

Elle leva les yeux sur lui.

— Il était capitaine de bateau. Il transportait des marchandises. Certaines légales… d'autres moins. Quand il m'a récupérée à la mort de mes parents, il n'avait qu'une alternative : arrêter son activité, ce qui le faisait vivre, sa passion, ou se débrouiller pour que je l'accompagne dans ses périples. Il était hors de question pour lui de me placer chez qui que ce soit. Il était hors de question pour moi qu'il abandonne sa vie en ma faveur. C'est la seconde option que nous avons choisie ensemble…

Matthew, le visage tourné vers elle, fronça encore plus fort les sourcils. Il ne pouvait pas comprendre où elle allait, envisager la suite. Personne ne pouvait.

— À mes huit ans, il m'a coupé les cheveux, m'a déguisée en garçon et m'a fait monter à bord. Je suis devenue le plus jeune membre de son équipage. Je suis devenue Leo…

Chaque fois qu'elle s'arrêtait de parler, Eleonor cherchait avec inquiétude toute réaction de Matthew. Mais ce dernier devait être très bon joueur de cartes, car rien ne transparaissait sur son visage.

— Vous avez vécu un temps sur un bateau quand vous étiez petite ? répéta-t-il pour bien comprendre.

— Non, de mes huit à mes dix-huit ans j'ai vécu en tant que membre d'équipage d'un bateau sous une fausse identité. Identité qui était au départ un leurre et qui est devenue mienne. Dix ans durant, j'ai dormi dans des hamacs, mangé dans des gamelles de fer, joué aux cartes, juré, fait mille nœuds, tiré mille cordages, escaladé des mâts de la taille d'une tourelle, tenu la barre quand William m'en laissait le droit, défini des routes maritimes, ri, chanté et bu avec trente-quatre gaillards avinés.

Cette fois-ci Matthew ne put cacher sa stupéfaction. Eleonor persévéra pour ne pas se dégonfler.

— En secret, mon oncle m'a appris quelques bonnes manières, à lire, à écrire, à danser même. Mais il ne m'a jamais appris à broder… Remarque, cela ne doit pas être beaucoup plus compliqué que de faire un nœud de chaise ou un nœud de grappin.

Elle sourit, désabusée, mais Matthew restait impassible.

— Vers mes seize ans, je n'ai plus pu cacher qui j'étais vraiment. Pas aux proches du moins. Certains membres de l'équipage avaient compris que j'étais une fille bien avant cela d'ailleurs. Mais personne n'a rien dit. Personne n'aurait jamais osé contrer mon oncle. Et puis je faisais partie de la famille, c'était trop tard. Leo, marin habile, bien qu'un peu frêle… Le Capucin, comme ils aimaient m'appeler.

Le souvenir de sa vie l'emplit soudain d'une nostalgie aussi douce que déchirante.

— Juste avant mes dix-neuf ans, j'ai été gravement blessée. Mon oncle m'a débarquée et m'a laissée au soin de son amie, à la Dominique. Et l'année qui a suivi, lui et quasiment tout l'équipage ont péri dans une tempête.

Matthew prit une inspiration puis planta son regard dans le vide, droit devant lui. Eleonor aurait tout donné pour savoir ce qui se tramait dans sa tête. Ce qu'il allait faire de tout cela. S'il allait la congédier, la garder dans un cachot. Si elle lui répugnait à présent, l'effrayait peut-être. Peu importe, il fallait qu'elle en finisse.

— Les lettres que j'écris, elles sont à destination de William, le second de mon oncle. Un des rares membres d'équipage à avoir survécu. Une des rares personnes que j'ai fréquentées dans mon existence qui foule encore cette Terre.

À ses côtés, toujours le silence et l'immobilité.

— Je me doute que ce n'est pas une personne comme moi que vous pensiez épouser, finit-elle par dire. Je suis désolée de vous avoir dupé, mais je ne peux pas réécrire mon histoire, mon parcours. Je suis qui je suis.

Matthew ne répondit rien, perdu dans ses pensées. Puis, au milieu de nulle part, il se leva d'un bond et se plaça devant Eleonor.

— Vous savez calculer le temps de trajet d'un navire sur une carte maritime ?

Eleonor ne comprit pas d'où venait la question. Surtout, après tout ce qu'elle venait d'avouer, c'était ça sa réaction ? Une question sur ses compétences maritimes ?

— Si j'ai le trajet, la saison, la météo et les vents dominants, oui. À peu près...

— Parfait. J'ai besoin de votre aide.

— Pour quoi faire ? s'étonna-t-elle

— Pour comprendre ce que trame George.

— George, votre cousin ?

— Oui, cet infect serpent qui abuse de femmes, crache sur tout ce qu'il considère comme inférieur et qui, je crois bien, cache quelque chose.

Eleonor se leva aussi, galvanisée par l'idée d'attaquer ce monstre abject.

— Il y a quelque chose qui cloche dans le temps de trajet de ses navires et dans leur rentabilité. Il y a tout qui cloche chez cet homme, et il cache quelque chose, j'en suis sûr. Mais j'ai besoin de preuves pour confirmer que ce n'est pas ma haine pour lui qui me fait imaginer des choses. Et depuis des mois je suis bloqué...

Matthew semblait soudain monté sur des ressorts, mû par un désir rageur.

— J'ai besoin de quelqu'un qui s'y connaît. Quelqu'un de confiance.

Elle ? Quelqu'un de confiance ?

— Vous voulez bien m'aider ?

— À trouver quelque chose qui pourrait nuire à cet ignoble personnage ? Évidemment. Avec joie, même.

Elle ne rêvait que d'une chose depuis trois jours, c'était de mettre cet homme derrière les barreaux. Mais elle n'était pas naïve, la justice n'aurait que faire qu'un homme dans sa position abuse de ses domestiques, surtout s'il s'agissait d'une personne de couleur. Alors, s'il existait ne serait-ce qu'une infime chance de le faire tomber autrement, oui, elle était prête. Elle était prête à tout.

Matthew Evans, comte de Richmond, se retourna et prit la direction de son domaine. Eleonor Evans, née Thomson, comtesse de Richmond, anciennement connue sous le nom de Leo, le Capucin, prit sa suite.

À deux, ils ne changeraient sûrement pas le monde, mais peut-être pourraient-ils, ensemble, écraser un cafard.

PARTIE 2

Changement de cap

11

Il penche la tête en avant et, de ses doigts rugueux, déplace sa petite main sur le clavier, pour la faire monter d'une octave. Il y a de la tendresse dans la brusquerie de ses gestes. Pour un vieux marin, il joue étonnamment bien du piano, du moins c'est ce que se dit Leo en levant les yeux vers son oncle. Elle essaye de faire comme il vient de lui montrer, mais les notes sonnent faux, elles sont aiguës, comme deux bouts de métal cognés l'un contre l'autre. Elle recommence, s'échine. Pour lui faire plaisir à lui.

Elle ne comprend pas pourquoi Leo devrait apprendre le piano, elle sait pourquoi Eleonor le doit, mais elle n'est plus tout à fait certaine de comprendre à quoi lui sert Eleonor.

Ça tangue soudain. Oncle Miles passe la tête par le hublot de sa cabine, crie des ordres au pont supérieur, puis revient à sa tâche, en se grattant la barbe. Il ne sait pas trop pourquoi il s'acharne lui non plus, ça se voit à son regard perplexe. Mais il a promis. De faire d'elle un marin et une lady, étrange combo pour une seule et même personne d'à peine dix ans.

Leo jette un œil aux énormes vis qui fixent solidement le piano au plancher : ils pourraient essuyer la pire des tempêtes, perdre leur mât et tout leur gréement, le piano ne bougerait pas. Il coulerait avec le navire. Elle se demande s'il existe d'autres bateaux abritant un piano dans la cabine du capitaine. Elle se demande si savoir lire et écrire ne suffit pas amplement dans la vie. Elle se demande si elle ne pourrait pas trouver une excuse pour y échapper.

Elle lui dit : « Je préfère la danse, oncle Miles. » « Je sais, Leo, lui répond-il d'un ton las. Tu préfères tout ce qui consiste à grimper, sautiller et gambader. » Les yeux de Leo s'arrondissent à la manière d'un chat qui supplie. Oncle Miles cède en levant les yeux au ciel. Mais, alors qu'il ferme le couvercle du piano et enclenche le crochet de sécurité, Eleonor perçoit le sourire discret sur ses lèvres. Malgré sa barbe grise et sa moustache hirsute, elle perçoit toujours les sourires qu'il tente de dissimuler.

Ici, tout possède un crochet – les portes, les placards, les coffres – pour maintenir fermé et pour maintenir ouvert. Leo adore que tout soit susceptible de valdinguer à tout moment.

Elle se lève d'un bond. Mais, avant qu'elle ait atteint la porte, oncle Miles l'arrête.

« Si William t'apprend encore une fois à tirer ou même à nettoyer les pistolets, je vous mets tous les deux à la cale pour deux jours. C'est clair ? »

Leo promet. Elle est déçue, mais elle promet.

12

Ils avaient passé une bonne partie de la nuit dans son bureau, penchés sur les documents réunis par Matthew, buvant du brandy et se creusant la cervelle. Eleonor s'était avérée effectivement incroyablement compétente en matière de routes et de navigation maritimes. Elle ne mentait pas : aussi impensable que cela pouvait paraître, elle avait grandi sur un bateau. Sa résistance à l'alcool n'était qu'une preuve supplémentaire.

À 4 heures du matin, elle s'accorda à dire que les aléas de la météo seuls ne pouvaient expliquer pourquoi les navires de George prenaient trois à quatre semaines de plus de traversée que ceux de Matthew.

À présent, le soleil était haut dans le ciel et Eleonor dormait probablement encore. Matthew combattait la fatigue, se frottait les yeux, s'efforçait encore et toujours de chercher, de comprendre, de trouver. Le petit repos qu'il avait fait tout habillé sur son divan ne lui avait pas suffi à récupérer. La fatigue était devenue une constante. Les nuits de débauche, le travail et l'obsession l'avaient englué dans un état permanent d'usure et d'épuisement.

Il donnait le change, la plupart du temps.

Il baissa les yeux sur sa tenue froissée et n'osa regarder son reflet dans le miroir. Douglas, son valet de pied, allait être mécontent. Mais c'était sûrement le cas de tout le personnel. Il les avait prévenus de la présence de Prudi dans la demeure et avait exigé qu'on améliore son confort, qu'on lui fasse un lit, un repas et un feu dignes de ce nom. Les domestiques s'étaient pliés aux ordres, dissimulant mal leur perplexité mais taisant leur désapprobation.

Matthew regarda l'heure avec impatience. Eleonor et lui s'étaient mis d'accord pour interroger Prudence ce matin, celle-ci étant la seule à avoir eu un aperçu du quotidien de George. Peut-être avait-elle remarqué quelque chose ?

Probablement pas, mais Matthew était à court d'idées.

Il se décida à aller frapper à la chambre de la jeune femme. Au moment où son poing allait retomber, la porte s'ouvrit pour laisser place à Eleonor, fraîchement habillée. Ses cheveux étaient remontés en chignon, ses traits légèrement crispés par l'humeur maussade mais reposés. Le contraste avec la pétillante sauvageonne de la veille, déguisée en garçon dans un pantalon emprunté à un autre, était déroutant. Deux beautés que tout opposait, portées par la même personne.

Un mystère qu'il repoussait à plus tard.

— Vous êtes prête ?

— Je suis prête. J'espère surtout que Prudi sera disposée à parler. Elle est très secouée par les événements.

— C'est compréhensible.

Ils trouvèrent Prudence assise dans un lit fait, un plateau aux assiettes vides posé sur les couvertures. En revanche, l'appréhension et l'anxiété n'avaient pas quitté ses yeux. Et la vue de Matthew ne fit rien pour l'aider.

— Bonjour, Prudi, la salua Eleonor. Vous avez l'air en meilleure forme.

— Merci, madame. Merci pour tout...

— Nous voulions vous poser quelques questions avec Lord Evans. C'est possible ?

Prudi ne répondit rien mais, clairement, la perspective d'être interrogée l'effrayait.

— Rien de personnel. Simplement, nous... enquêtons sur George Evans. Sur ses affaires professionnelles. Et vous avez vécu dans sa demeure. Peut-être avez-vous remarqué quelque chose qui pourrait nous aider ?

Elle secoua la tête de gauche à droite.

— Des documents ?

— Je sais pas lire, ma'me.

— Quelque chose qu'il essayerait de cacher ?

— Des fréquentations peut-être ? ajouta Matthew.

Prudi baissa les yeux, incertaine. Être sous le joug d'un homme pareil, vivre de tels actes traumatiques devait instiller une peur dont il devenait impossible de se défaire. Matthew n'en doutait pas. Il avança d'un pas vers le lit.

— Prudence. Je m'appelle Matthew Evans, comte de Richmond. Et je vous promets que nous ne vous renverrons jamais auprès de cet individu. Que nous vous protégerons de lui, s'il le faut. Vous devez le haïr bien plus que moi encore, mais sachez que j'exècre cet homme depuis aussi longtemps que je le connais, à savoir ma naissance. Nous sommes de votre côté.

Eleonor leva les yeux sur lui, puis les reposa sur Prudi et lui attrapa tendrement la main.

— Il y a un homme... qui vient parfois, chuchota Prudi. À la nuit tombée. Il ne passe pas par la porte, il passe par-derrière. M'sieur George croit qu'on ne le voit pas, mais tout le monde l'a remarqué.

— Et vous savez ce qu'ils font ensemble ?

— Non. Ils s'enferment dans l'bureau de m'sieur et parlent pendant des heures. C'est p't-être un assistant ou quelque chose comme ça. Il arrive et repart avec des papiers. Plein de papiers.

— C'est un homme distingué ?

— Oh non ! J'ai entendu m'sieur l'appeler Sir une fois, mais il n'a rien d'un gentleman. Il est aussi... aussi effrayant que M'sieur George.

— Merci, Prudi. C'est déjà beaucoup.

— Il a une cicatrice, ajouta-t-elle. Une énorme cicatrice sur la mâchoire droite. De l'oreille au menton. On peut pas la rater. Ça peut aider aussi p't-être.

— Oui, grandement, répondit Matthew. Ça nous aide grandement.

Eleonor et Matthew se levèrent mais, avant qu'ils aient atteint la porte, la voix de Prudi retentit dans la pièce. Plus franche et plus fort que jusqu'alors, la voix d'une femme bafouée, d'une femme en colère.

— Vous allez le faire payer ?

— On va tout faire pour ça, je vous le promets.

Une fois dans le couloir, Matthew se tourna vers Eleonor.

— George organise un bal dans quelques jours. Il n'est peut-être pas dépositaire d'un titre, mais il est immensément riche et adore le montrer. Je ne pensais pas y assister, mais à présent...

— Un bal... ?

Eleonor sembla soudain circonspecte, pour ne pas dire franchement rebutée.

— Vous avez raison, finit-elle par dire. Ce serait dommage de rater l'occasion d'aller chez lui. Peut-être que le mystérieux assistant se cachera dans la foule ?

— Il y a peu de chances mais nous pouvons difficilement prendre le risque de ne pas y aller.

— Bien. Et concernant Prudi ?

— J'ai fait appeler un médecin. Il vient cet après-midi.

— Un médecin ? s'inquiéta-t-elle.

— Un ami à moi, qui la traitera comme une duchesse, je vous le promets.

— Tenir encore debout après tout ça... elle mérite bien la considération d'une duchesse, oui, murmura Eleonor.

Elle regarda au loin dans le couloir.

— Un bal, donc. Très bien.

— Vous avez appris à danser, d'après ce que vous m'avez dit, vous devriez vous en sortir. Personne ne vous demandera de broder, dit Matthew avec un sourire.

Eleonor parut étonnée par sa plaisanterie. Lui-même fut surpris d'en rire. Mais que pouvait-il faire d'autre que de rire de la réalité, quand celle-ci s'évertuait à rester insaisissable ?

13

— Lord Evans, comte de Richmond. Et son épouse, Lady Evans.

La voix de l'annonceur résonna dans la vaste pièce. La quasi-totalité de l'assemblée se retourna afin de regarder la surprenante apparition de Lord Evans. Avec sa toute nouvelle épouse, qui plus est.

La gêne envahit instantanément Eleonor. Elle n'avait pas l'habitude d'être au centre de l'attention et n'aimait pas ça. Pourtant, en pénétrant dans cet immense salon transformé en salle de bal, elle réalisa qu'elle risquait d'être observée sans relâche pour le reste de la soirée. Elle commençait à comprendre que Lord Evans générait une certaine méfiance mêlée d'admiration. Il faisait partie du milieu, mais ne participait pas. Il méprisait assez ouvertement pour écraser, mais pas assez frontalement pour être détesté. Il menait une vie non conforme aux attentes de l'aristocratie mais ne semblait pas craindre ses foudres.

Malgré tout il était comte. Le seul de la région, au demeurant.

Elle baissa les yeux sur sa robe blanche, ses gants blancs, ses manches courtes et ses épaules quasi dénudées. Puis son regard bifurqua sur son cavalier et sa tenue à lui : impeccable, sobre mais élégante, sans fioritures, ou juste assez pour impressionner. En balayant l'assemblée, elle réalisa que, contrairement à son inquiétude, elle n'était pas plus apprêtée qu'une autre. Au contraire. Elle n'avait simplement jamais porté de robe blanche de sa vie. Elle avait enfilé toutes sortes de chemises, de vestes et de pantalons, un certain nombre de robes ces dernières années, mais jamais de ces toilettes immaculées réservées aux grandes occasions.

Ils s'enfoncèrent dans la foule. Les têtes continuèrent de se tourner vers eux au fur et à mesure de leur avancée, les chuchotements de bruisser, les joues de rougir. Brusquement, le visage bouffi de George surgit au milieu de l'essaim d'invités. Il s'était placé sur leur chemin, non pas pour les accueillir, mais comme un piège prêt à se refermer sur eux. Ses cheveux, un peu longs bien que dégarnis, semblaient coller à son crâne. Ses petits yeux lui donnaient un air de taupe. Tout dans son corps était disproportionné. Eleonor se fit la réflexion qu'au moins son apparence n'était pas trompeuse : il ressemblait exactement à ce qu'il était, un ignoble petit rat haineux.

— Cousin Matthew, quelle étonnante surprise de vous voir ici ! Vous n'avez pas répondu à l'invitation, j'ai pensé...

« Quelle mauvaise surprise ! » aurait été plus approprié à l'air de dégoût à peine voilé qui déformait son visage.

— C'était une décision de dernière minute. Vous connaissez mon épouse, Lady Evans ?

George posa les yeux sur la jeune femme, qui eut aussitôt envie de les lui arracher. Une pulsion meurtrière accompagnée d'une franche nausée la saisit avec la force d'un ouragan.

— Et comment se porte votre propre épouse ? demanda Matthew. Est-elle présente ce soir ?

— Non, elle séjourne à la campagne, chez sa sœur. La petite chose fragile a besoin de grand air.

Ou alors elle vous fuit, immonde limace... Et si elle s'avère fragile, c'est sûrement de vous avoir trop côtoyé, pensa Eleonor, un faux sourire de politesse plaqué sur le visage.

— C'est trop dommage, j'aurais aimé la saluer, cela fait des années que je ne l'ai pas croisée, dit Matthew.

— Je pourrais presque en dire de même, rétorqua George d'un ton grinçant. Quoique, ce n'est pas une perte, les épouses ne sont parfois que soucis et charges supplémentaires. J'espère que la vôtre sera plus facile à contenter.

Les yeux de Matthew se noircirent, sa mâchoire se crispa. Eleonor crut un instant que sa courtoisie feinte allait craquer.

— George, nous vous laissons profiter de votre soirée. Nous nous reverrons à la réunion de mardi.

Puis, tirant Eleonor par le bras, il s'éloigna à grands pas. Cette dernière eut envie de dire quelque chose, de commenter, mais la rage dans le regard du comte l'en dissuada. Il semblait sur le bord d'un fil, en équilibre. Mieux valait ne pas le pousser.

Ils reprirent leur traversée parmi les convives. Quelques mètres plus loin, la vue de Clayton fut comme une douce brise d'été. Eleonor ne le connaissait pas bien mais, chaque fois qu'elle avait eu l'occasion de le croiser, elle avait aimé la pointe d'espièglerie dans ses yeux et l'impertinence qui se faufilait dans toutes ses réflexions. Évidemment, c'est vers lui que se dirigeait Matthew, vers celui qui était manifestement son comparse et meilleur ami. Le comte avait besoin qu'on lui change les idées.

— Lady Evans, vous êtes un souffle de ravissement pour les yeux, s'exclama Clayton en baissant la tête pour la saluer.

— Merci, Sir Clayton. Vous êtes vous-même très élégant.

— Appelez-moi Clayton, je vous en prie. Je déteste ce Sir superflu. Il n'est que mensonge et illusion.

— Vous n'êtes pas fils d'un baronnet ?

— Si. Mais ce n'est qu'un costume acheté par mon père, et emprunté par moi, pour se fondre dans la foule.

— Vous vous fondez à merveille.

— Vous m'offusquez, chère Eleonor, s'amusa-t-il. Me fondre est la dernière chose que je cherche à accomplir.

— Tu as la langue bien trop déliée pour réussir à te couler dans le moule, fit remarquer Matthew. Je te l'ai toujours dit. Il n'y a que le silence qui peut faire illusion.

— Ça, ou une amitié indéfectible, quoique inappropriée, avec un comte. D'ailleurs, votre épouse n'a rien à boire, très honorable Lord Evans... Comment voulez-vous qu'elle survive à la soirée ?

— Là-dessus, je m'accorde avec Sir Clayton, acquiesça

joyeusement Eleonor. Je crois que je vais avoir besoin du courage sous sa forme liquide.

Clayton s'esclaffa et Matthew sourit, puis leva le bras. Un domestique apparut aussitôt. Apparemment, il était effectivement maître dans l'art de faire venir les choses à lui...

— Champagne ? proposa-t-il.

— Je ne vois pas pourquoi tu poses la question, répliqua Clayton.

Il commanda trois coupes qui arrivèrent plus vite que le temps nécessaire pour les servir.

— Alors ? Quoi d'intéressant prévu à cet énième bal ? demanda Matthew.

— Vous n'allez pas le croire, ils ont programmé une valse viennoise... Soit George essaye de se moderniser, soit il a peur de perdre l'intérêt de ses spectateurs prisonniers.

— Une valse...

À cet instant précis, une femme approcha, accompagnée d'une jeune fille apeurée – sa fille vraisemblablement.

— Lord Evans.

— Lady Brandon. Lady Annabelle... Je vous présente mon épouse, Lady Evans. Vous connaissez Sir Clayton.

Tout le monde offrit sa plus belle révérence, puis Lady Brandon se tourna vers Matthew.

— Je vous ai entendu mentionner une valse ? s'étonna-t-elle.

— Il paraît.

— Quelle indécence !

— Certains la disent élégante et gracieuse, rétorqua Clayton. Elle est en train de prendre place à la cour de France.

— Voilà bien une chose qui ne m'étonne pas des Français. Tout ce qui est impropre et scandaleux leur sied à merveille.

Eleonor passa de la mère à la fille et surprit le regard que celle-ci lança au comte, le rouge qui lui montait aux joues.

— Ou peut-être sont-ils en avance sur leur temps, répliqua Matthew. Le scandaleux d'hier est la norme de demain.

Lady Annabelle ne put réprimer un sourire aussi juvénile qu'émoustillé. Sa mère, quant à elle, ne rétorqua rien. Visiblement personne ne contredisait le comte. Puis s'agrégea à leur groupe une autre femme, puis une autre encore. Très vite, Eleonor s'aperçut qu'une cour s'était formée autour d'eux. Autour de Matthew, plus précisément. Certaines, les plus audacieuses, flirtaient discrètement, d'autres n'osaient pas lui adresser la parole. Les femmes mariées elles-mêmes montraient des signes d'émoi.

Elle n'était peut-être pas sa femme à proprement parler, mais en l'occurrence, au regard des invités, elle était censée être son épouse… Et pourtant, c'était comme si elle n'existait pas. Comme si le comte était toujours un potentiel prétendant, un homme à séduire. Un agacement teinté de jalousie la traversa malgré elle.

La conversation tourna autour de l'impétueuse valse, tout le monde y allant de son point de vue sur sa volupté ou son indécence. Une danse où les cavaliers se faisaient face ? Pire, se regardaient dans les yeux ? Eleonor n'en avait jamais entendu parler, mais était curieuse de voir ça. En revanche, plus la conversation avançait, plus elle se taisait, et plus elle se sentait potiche au bras d'un homme de pouvoir, invisible. La moutarde lui monta au nez.

C'est Clayton qui la sauva.

— Vous aimez le quadrille, Lady Evans ?

— Oui. Beaucoup.

— Lord Evans, puis-je me permettre de partager une danse avec votre jeune épouse ?

Matthew sourit et hocha la tête. La moitié de l'assemblée parut outrée, l'autre soulagée de voir Eleonor s'éloigner.

Cette dernière posa sa main gantée sur le bras que Clayton lui tendit.

— Merci…, souffla-t-elle quelques pas plus loin.

— De rien. Votre époux n'est pas connu pour son amour de la danse. Certainement car, jusqu'à présent, ce n'était qu'une façon pour les demoiselles de l'approcher dans l'espoir d'un mariage.

— Il semblerait qu'elles n'aient pas perdu espoir pour autant…

— Non, il a juste changé de forme. À présent, il s'agit d'être dans son cercle ou de devenir sa maîtresse.

Eleonor sourit. La franchise du jeune homme frôlait la pure impertinence, mais ça ne lui allait que trop bien.

— C'est pour cela qu'elles me regardent avec un tel mépris ?

Ils se placèrent sur la piste.

— Non. Ça, c'est parce que vous êtes la plus belle de la soirée…

Il sourit.

— Mais, effectivement, aussi parce que vous êtes une parfaite inconnue qui a réussi à obtenir le plus enviable des mariages. Sans que personne sache bien pourquoi.

Très vite, d'autres couples les rejoignirent.

— Je vous rassure, je n'ai moi-même toujours pas compris les chemins qui m'ont amenée jusqu'ici. Encore moins le choix de Lord Evans de m'épouser.

— Il faudrait être un imbécile ou un aveugle, pour ne pas désirer vous épouser.

Ses yeux pétillèrent. Il flirtait avec elle, par pur jeu, c'était flagrant. Il n'y avait pas d'intentions cachées, pas de but autre que de badiner avec l'épouse de son ami. Elle lui en était reconnaissante. Au moins, elle existait aux yeux de quelqu'un.

Puis la musique s'éleva et la danse démarra. Les pas lui revinrent après quelques mesures et, très vite, elle se laissa emporter par le tourbillon des balancés et des chassés. Clayton s'amusait autant qu'elle. Après une première danse, ils s'inscrivirent pour une deuxième, puis un troisième, jusqu'à ce que leurs pieds fatiguent.

Ils rejoignirent Lord Evans, qui s'était isolé et les regardait s'approcher, un demi-sourire aux lèvres. Eleonor se plaça à ses côtés, comme il se doit.

— C'est bien aimable à toi de sauver Lady Evans, Clayton, mais si ça veut dire m'abandonner à une horde de jupons déchaînés et poudrés…

Eleonor rit au faux désespoir de Matthew puis sentit le regard de ce dernier sur elle.

— Nous devrions y participer, à cette fameuse valse…, dit-il subitement.

La jeune femme leva la tête, incrédule. Clayton semblait tout aussi étonné par la proposition de son ami, si ce n'est plus.

— Mais je ne connais pas les pas…

— Je peux vous apprendre. Vu votre aisance sur la piste, vous n'aurez pas grand mal à les saisir. Une fois le rythme trouvé, ils sont assez simples à reproduire. En revanche, la valse est connue pour faire tourner la tête…

— Ce n'est pas un léger tournis qui m'effraye.

Au vu de ce que vous savez de moi.

Elle sourit. Il répondit à son sourire. Et le visage de Clayton passa de l'étonnement le plus profond au ravissement le plus total.

— Quelle idée charmante ! Trouvons un endroit où nous isoler, annonça Clayton.

Ils passèrent par le buffet, s'emparèrent de trois verres et d'une carafe de vin doux, puis trouvèrent assez rapidement un endroit où se cacher.

La pièce était immense, les murs tapissés de jaune, des méridiennes et autres chaises longues disposées aux quatre coins.

Clayton déplaça quelques meubles pour faire de la place, manqua de faire tomber un vase, servit un verre à chacun – qu'Eleonor but d'une traite sous le regard étonné des deux hommes. Puis Matthew vint se placer face à son épouse. Il était d'ordinaire grand et taiseux. Présentement, il était grand et malicieux. Eleonor comprenait parfaitement les raisons pour lesquelles toutes les femmes étaient séduites.

— Tout est basé sur la position des corps et le rythme ternaire à suivre. Après cela, sur la piste, je vous guiderai. Je vais poser ma main sur votre dos, si vous voulez bien. Et vous pouvez mettre la vôtre sur mon épaule.

Il glissa délicatement sa main sous le bras d'Eleonor puis la posa sur son omoplate, coude levé. Celle d'Eleonor vint naturellement se placer à l'arrière de l'épaule du comte. Elle le touchait pour la première fois et ne put ignorer à quel point il était musclé. À quel point son bras était massif. Elle prit une inspiration et déposa sa seconde main dans la paume que Matthew lui tendit. Puis il entama les pas. Trois seulement, qui se répétaient tandis que leurs deux corps tournaient à l'unisson. Au bout de deux minutes d'essai, les yeux d'Eleonor rivés sur leurs chaussures, leurs mouvements étaient raccord.

— Levez la tête à présent.

Elle se redressa, souleva le menton et plongea les yeux dans le regard amusé du comte.

— Le tempo augmente au fil du morceau puis ralentit. Les couples sur la piste forment un cercle qui va dans le même sens que notre tournoiement. La rotation s'inverse deux ou trois fois durant la danse pour éviter les étourdissements.

Ils continuèrent quelques minutes. La proximité était troublante. Eleonor comprit pourquoi la bonne société trouvait cette danse inappropriée.

— Je pense que vous avez saisi.

Matthew les arrêta dans leur tournoiement. Clayton applaudit et Eleonor reprit une distance appropriée.

— Matthew, tu sais danser ! s'exclama Clayton, hilare. Filou, encore une carte dans ta manche que tu m'avais cachée.

Le comte s'approcha de la carafe et les resservit.

— Ce n'est pas à toi que j'espérais le cacher.

Clayton fit une moue de connivence. Matthew l'ignora et se mit à scruter la pièce, pensif. Puis il se renfrogna franchement et entama de fureter, son verre à la main.

— Ce n'est pas ici que nous allons trouver des documents compromettants sur votre cousin, fit remarquer Eleonor. Il ne doit pas être complètement stupide s'il a réussi à vous cacher des choses si longtemps.

— Vous avez raison. Mais pour l'instant notre venue ici n'aura servi à rien. Aucun homme mystérieux à cicatrice dans le paysage.

— Cela aura servi à m'apprendre la valse ? tenta-t-elle.

Il sourit.

— Vous allez finir par me dire ce que vous cherchez ? demanda Clayton. La véritable raison de votre présence ici ? Je me doute que ce n'est pas pour danser la valse…

Matthew entreprit de lui rapporter la conversation qu'ils avaient eue avec Prudence, au sujet de l'assistant fantôme à la cicatrice. Visiblement, il lui avait déjà raconté ce que George avait fait subir à la jeune femme.

— Non. Je n'ai jamais croisé un homme qui correspondrait à cette description, avoua Clayton. D'infects personnages, oui. Avec une cicatrice si distinctive, non. Mais si vous voulez mon avis, ce genre d'individu, c'est dans les bas-fonds de la ville qu'on les trouve. Gentlemen ou non, ils sont du genre à fréquenter les institutions offrant certains services… Et pas qu'un peu, généralement.

— Tu as raison. Je suis idiot. Je demanderai à Coco.

— Coco ? interrogea Eleonor.

Matthew hésita, visiblement embêté. Il n'avait pas réfléchi avant de parler à haute voix, c'était flagrant. Même Clayton parut soudain gêné.

— Une amie.

Elle n'en obtiendrait pas plus. Il avait une « amie » dans les maisons closes de Londres… Ce n'était pas étonnant au vu des rumeurs.

Eleonor avait de plus en plus de mal à assembler les pièces du puzzle qu'était son mari. Défenseur des femmes – même domestiques, même noires –, client des maisons closes, éternel célibataire jusqu'à il y a peu, homme de pouvoir n'aimant pas sa position, mais en jouant sans complexe. Rien ne formait une image cohérente. Cela étant, depuis qu'elle lui avait avoué son secret, il n'avait ni commenté ni désapprouvé – du moins pas ouvertement. Elle pouvait lui offrir la même courtoisie et étouffer le sentiment d'amertume qui s'était subrepticement saisi d'elle.

— Retournons dans la salle nous inscrire à cette fameuse danse. Ce serait dommage de la rater maintenant que vous êtes initiée.

Clayton secoua la tête en riant.

— Tu ne rates pas une occasion de choquer tes semblables, mon vieux Matthew…

Il accompagna sa blague d'une tape dans le dos de son ami, et ils regagnèrent l'assemblée.

L'annonce de la valse ne tarda pas à être faite. Et, pour ce qui était de choquer, ça ne rata pas. Lorsque le couple Evans s'avança sur la piste, accompagné de trois autres couples timides, tous les yeux se posèrent sur eux. Un silence parsemé de murmures s'abattit sur la salle. Des soupirs, des mains à la bouche, des yeux désapprobateurs... la plus grande partie des convives ne cacha pas sa vive réprobation. Seuls quelques curieux ou quelques jeunes parurent intrigués.

Ils se positionnèrent. Impressionnée par les regards, par la situation, la jeune femme baissa la tête. Mais, avant que la première mesure soit lancée, elle sentit les doigts de Matthew soulever son menton. Le sourire qu'il lui offrit, mutin, plein d'assurance, fit disparaître l'anxiété d'Eleonor. C'était un jeu. Tout ça n'était qu'un jeu. Un jeu auquel il excellait. Elle ne comprenait pas tout aux règles, mais elle pouvait s'amuser de la partie. Elle avait bien le droit de s'amuser un peu. Puis la musique se lança et, avec, les corps. Le rythme ternaire s'avéra encore plus facile à suivre avec de la musique. Le cercle sur eux-mêmes et celui formé avec les autres couples gagnèrent très vite en fluidité. Plus ils tournaient, plus Eleonor se redressait, plus son sourire se faisait franc, plus leurs regards se cramponnaient l'un à l'autre.

Puis une chaleur s'empara d'elle. L'exaltation procurée par la répétition des pas, par la proximité troublante de leurs corps et par l'accélération progressive des mouvements se fit de plus en plus grande. Au bout d'un moment le rythme décéléra et Eleonor constata que, oui, elle était étourdie. Un vertige délicieux qui lui rappelait le roulis d'un bateau quand, fichée en haut du mât, elle contemplait l'immensité de l'océan. Un vertige grisant qu'ils partageaient à deux, dans un accord parfait. Le monde alentour n'était plus qu'un paysage nébuleux peuplé de silhouettes immobiles, tandis qu'elle tournoyait dans les bras du comte.

Lorsque le tourbillon cessa, qu'elle dut revenir à la réalité, l'euphorie persista au fond d'elle tel un essaim d'abeilles au creux de son estomac. Un frisson qu'elle garda pour elle, un trésor caché. Matthew la lâcha. Ils plongèrent alors dans la foule et se dérobèrent aux regards inquisiteurs, mélange de jalousie et de mépris. Ils ne lui voleraient pas son instant d'exaltation : le seul depuis plus d'un an, quelques minutes où le monde n'était plus un poids mort sur ses épaules.

Mais quelques pas plus tard, le sentiment, fragile, fut brisé.

— Nous devrions rentrer.

Eleonor leva les yeux sur Matthew, interdite.

— J'ai à faire.

Il avait l'air embêté, mais décidé.

Vous avez à faire ? Ce soir ? À 23 heures ? pensa-t-elle.

Puis sans attendre de réponse de sa part, sans même saluer Clayton, il se dirigea vers la sortie.

Sans rien y comprendre, Eleonor suivit.

Telle une femme, une épouse, elle se plia au bon vouloir de son mari.

Après avoir retiré les épingles de ses cheveux une à une, elle commença à se défaire de sa robe. Ses gestes étaient brusques, maladroits. Quelque chose grondait à l'intérieur d'elle. Matthew l'avait déposée devant la demeure et était reparti aussitôt avec la calèche. Il l'avait abandonnée, seule, sur le perron de leur immense manoir. Ce n'était pas étonnant en soi : il passait la plupart de ses soirées à Londres. Mais, après avoir partagé un bal, avoir partagé une valse – avoir partagé quelque chose –, le geste lui avait paru brutal, presque désobligeant.

Une fois nue, elle entraperçut son corps dans le miroir en pied posé au coin de la pièce. Un corps bien trop maigre, bien trop sec et musclé. Les hommes et la société aimaient la chair, tout ce qu'elle avait à offrir c'était de la peau, parsemée de cicatrices… Elle passa son doigt sur celle, massive, qui traçait un arc au creux de sa taille. Aucun homme ne l'avait jamais vue nue, et elle ne pouvait s'empêcher de se demander ce qu'il y verrait. Un corps de femme se devait d'être lisse et voluptueux, il n'était pas censé être marqué par les griffes de la vie. Or, elle avait vécu, elle s'était frottée à des cordes, à des planches de bois, à des couteaux même…

Puis, tandis qu'elle enfilait sa chemise de nuit, sa colère se redirigea vers l'objet premier. Elle était vexée, voilà tout.

C'était tout de même incorrect de sortir son épouse à un bal, de partager une danse sensuelle avec elle, puis de la lâcher sur le perron pour aller retrouver des prostituées. Même dans le cadre d'un faux mariage. Était-elle en fin de compte une simple potiche à son bras ? Si ouvertement objet de décoration d'un homme que personne, jamais, ne la respecterait ?

Elle avait beau ne pas se soucier de l'image qu'elle renvoyait, imaginer les ragots sur la pauvre comtesse au mari volage s'amonceler lui était désagréable. Elle voulait bien être une sauvageonne aux mœurs étranges, mais pas une cocue ridicule.

En revanche, elle était peut-être inconsciente des choses de la vie, mais elle n'était pas naïve : si elle ne partageait pas son lit, si elle ne remplissait pas son fameux devoir conjugal, il était attendu qu'il aille chercher ailleurs le plaisir de la chair.

D'après ce qu'elle en avait compris, d'après ce qu'elle avait aperçu, beaucoup semblaient aimer ça – de manière maladive et obsessionnelle même. La jouissance et le plaisir étaient-ils réservés aux hommes ? Allait-elle en être privée pour le restant de ses jours ?

Jusqu'à il y a un an, elle n'avait jamais envisagé de se marier. Non pas parce qu'elle n'était pas curieuse de ce que recelaient la rencontre et l'exaltation de l'amour, mais parce qu'elle n'en voulait pas si c'était au prix de sa liberté. À présent, elle n'avait ni l'un ni l'autre.

Eleonor entreprit de brosser ses cheveux, de les tresser puis, debout dans sa chambre, elle se décida.

14

Il frappa lourdement sur la grande porte. Celle-ci s'ouvrit, tenue par Jeanne, une des plus anciennes de la maison. Une de celles qui ne voulaient pas partir. La digne future héritière de l'empire de Coco, probablement.

Elle fronça les sourcils à la vue de Matthew qui la contourna pour pénétrer dans le hall.

— Bonsoir, Jeanne. Vous voulez bien faire venir Coco, s'il vous plaît ?

— Bien sûr, mon chéri. Une petite gâterie avant ?

Il secoua la tête.

— Je t'aurai un jour, mon minet, s'amusa-t-elle.

Très vite Coco apparut en haut de l'escalier, elle aussi étonnée.

— Qu'est-ce que tu fais là ? Nous ne sommes pas jeudi, à ce que je sache.

— Je cherche un homme. L'air vicieux, une cicatrice le long de la mâchoire.

Il n'avait pas envie d'y aller par quatre chemins. Il était fatigué. Frustré. Coco leva le menton. Renforçant par là même sa prestance naturelle, affirmant son territoire.

— Je n'ai pas pour habitude de briser la règle tacite de confidentialité. Même pour tes beaux yeux, mon chéri.

— Ce n'est pas pour mes beaux yeux que je te le demande, Coco. C'est pour mon enquête.

— Toujours obsédé par ton serpent de cousin ?

— Il a engrossé une de ses domestiques, plusieurs sûrement,

et l'a abandonnée sous la pluie, quasiment mourante, annonça-t-il, un vibrato dans la voix. Il ne sera jamais inquiété par la justice pour sa façon de traiter les femmes. Mais peut-être que si je retrouve son mystérieux assistant, l'homme en question, je découvrirai enfin ce qu'il trame avec ses navires. Je suis sûr qu'il est pourri sur le plan professionnel aussi. Il est pourri jusqu'à l'os, et tu le sais aussi bien que moi.

Coco réfléchit une seconde mais Matthew savait d'avance qu'il avait gagné la partie : on ne touchait pas aux femmes sans leur accord, qu'elles soient princesses, prostituées ou servantes. Un principe inattendu pour une tenancière de bordel, mais un principe bien ancré en elle. Un homme qui s'imposait à l'une de ses filles ne remettait plus les pieds dans son établissement – et avait du mal à entrer dans les autres maisons du quartier, tant elle avait d'influence dans cette partie de la ville.

Elle poussa la porte du premier salon et s'adressa à une de ses filles.

— Va me chercher Lizie.

La gamine disparut dans le salon suivant et réapparut aussitôt avec une autre fille, plus jeune encore. Matthew secoua la tête de désespoir à l'idée que les mains de George ou de n'importe quel homme de cette espèce aient pu se poser sur ce corps juvénile.

— Suivez-moi, ordonna Coco.

Elle les mena au deuxième étage et les fit entrer dans ses appartements. Matthew n'y avait pas mis les pieds depuis qu'il était jeune, depuis que Coco avait considéré qu'il était un homme et pouvait supporter la vue de filles dénudées. Depuis qu'il était en mesure de dire non…

Rien n'avait changé, en revanche, et le contraste entre le décorum de l'établissement et la simplicité du deuxième étage était toujours aussi déroutant.

— Pas la peine de vous asseoir, nous n'en aurons pas pour longtemps. Lizie. Matthew cherche des informations sur celui qui se fait appeler Sir Boggart. Exceptionnellement, je te donne la permission de tout dire. Tout ce que tu sais.

La gamine fronça les sourcils, l'air renfrogné et les lèvres scellées. Coco fit un geste de tête à l'intention de Matthew.

Celui-ci comprit et sortit sa bourse. Il déposa deux livres dans la paume de la jeune fille qui esquissa un sourire de satisfaction.

— J'ai pas grand-chose à vous dire. Il vient souvent. Il aime bien jouer. Vous voyez le genre, avec des...

Matthew l'arrêta dans sa lancée.

— Je ne vous demandais pas ses préférences sexuelles. Plutôt ce qui aurait trait à sa vie en dehors d'ici. Son vrai nom peut-être.

Elle secoua la tête.

— Il parle pas beaucoup, le m'sieur.

Elle hésita, regarda les sous dans la paume de sa main et les soupesa.

— La dernière fois qu'il est venu, il était plus ivre que d'habitude. Il déblatérait sur ses affaires qui allaient décoller. Il devait partir à la mer pour gérer chai pas quoi. Depuis il est pas revenu. Je suppose qu'il est parti à la mer...

— C'est tout ?

Elle haussa les épaules, comme une gosse.

— Tu peux y aller, Lizie. Si tu parles de ça à qui que ce soit, tu auras affaire à moi. C'est clair ?

— Oui, m'dame.

Elle quitta la pièce. Matthew se tourna vers Coco, pensif.

— Boggart ? Sérieusement ? On peut dire qu'il a bien choisi son pseudonyme...

— Oui, ça lui va bien, vu le bonhomme.

Matthew secoua la tête.

— S'il est parti près de la mer pour affaires, et que ses affaires sont effectivement en lien avec le commerce de George, et donc notre compagnie, il doit être à Liverpool...

— Ça fait beaucoup de « si »...

— Je ne te le fais pas dire, mais des « si » valent mieux que rien.

Coco le raccompagna jusqu'à la sortie. Sur le perron, elle scruta le visage fatigué de Matthew.

— Écoute, mon garçon, ne ruine pas ta vie pour écraser un insecte, aussi nocif soit-il. Mais, si tu décides d'aller à Liverpool, j'y connais une tenancière, une ancienne protégée à moi. Je peux lui faire parvenir un mot pour qu'elle t'aide dans tes recherches. Je connais le bonhomme : il change d'endroit mais pas d'habitudes pour autant. Il doit y avoir une Lizie dans toutes les villes qu'il fréquente.

— Je veux bien, oui. Merci, Coco.

Il soupira.

— Ça fait un temps infini que je ne suis pas allé inspecter les bureaux de Liverpool et mes navires. Et que je n'ai pas rendu visite à Ruth. Il est temps.

— Et ta femme ? Elle va bien ? Tu as percé ce mystère-là ?

— Si tu savais..., soupira-t-il en secouant la tête.

Puis il s'enfonça dans la nuit.

Il hésita à suspendre correctement son gilet sur le chevalet prévu à cet effet, à faciliter un peu la tâche de Douglas, mais il était trop fatigué et trop ivre pour se soucier de ses vêtements, ou même de son domestique excessivement consciencieux. Le troisième verre avalé à l'auberge du Bois doré était de trop, surtout après la soirée et ses péripéties. Il défit un bouton de sa chemise, puis un second, quand trois coups résonnèrent à la porte.

Il alla pour ouvrir, franchement étonné par une incursion si tardive. Ce qu'il vit acheva de le surprendre.

Eleonor se trouvait debout dans l'encadrement, en chemise de nuit, pieds nus, un châle négligemment jeté sur les épaules. Matthew resta longtemps immobile, interdit, les yeux embués par l'alcool. Eleonor non plus ne bougeait pas. Puis, sortant de sa torpeur, il tendit le bras pour l'inviter à entrer. Elle se posta au milieu de la pièce. Matthew essaya d'imaginer la raison de cette présence nocturne inattendue.

Pendant une toute petite seconde, tandis qu'il la regardait tripoter le bout de la tresse qui lui tombait par-dessus l'épaule, il crut qu'elle venait à lui pour...

Mais Eleonor tremblait légèrement, semblait perdue, regardant autour d'elle comme à la recherche d'un indice. Elle n'avait rien d'une jeune femme prête à s'offrir, prête à s'aventurer dans l'inconnu. Elle voyait sa chambre pour la première fois et analysait probablement l'environnement, comme on apprécie la personnalité d'un individu d'après le lieu où il vit.

Les tremblements se firent plus intenses au point de faire danser le chandelier qu'elle tenait en main. Sans réfléchir, Matthew plongea sur la couverture qui recouvrait son lit, l'attrapa puis s'approcha d'elle. Mais il se ravisa et s'arrêta à une distance respectable. Elle ne portait que sa chemise, qui lui tombait jusqu'aux genoux, et son châle.

Qui se baladait pieds nus dans un manoir gelé à 2 heures du matin ?

Il pouvait deviner les courbes de son corps malgré le coton épais de sa chemise. Le lacet du vêtement n'était pas noué et laissait entrevoir le haut de sa poitrine, la peau laiteuse de son torse, le début de sa nuque.

Un désir soudain, incontrôlable, monta en lui. Comme au bal quelques heures auparavant tandis qu'ils partageaient une danse. Il en eut honte une seconde puis la regarda de nouveau. Une femme sublime, en petite tenue, se tenait dans son antre au milieu de la nuit. C'était normal qu'il soit soudain tiraillé par l'envie de la chair. Ce qui était étrange, en revanche, c'était qu'il avait le droit de désirer qui il voulait, sauf sa propre épouse…

Il assuma son intention première et s'approcha d'elle pour couvrir son corps. Autant pour la protéger du froid que pour le protéger, lui, des démons qui étaient en train de le posséder. Il attrapa délicatement le chandelier auquel elle s'agrippait comme à une bouée, le déposa sur le guéridon, puis enveloppa la jeune femme de la couverture. Elle accueillit l'attention sans broncher, serrant plus fort les pans de tissu contre elle. Elle sembla même soulagée, au point de se laisser tomber sur le rebord du lit. Elle contempla ses pieds nus un temps, comme accablée par un poids, par une fatigue soudaine, mais quand elle releva la tête vers lui, ses yeux étaient un feu de défiance et de résolution.

— Où étiez-vous ce soir ? À quoi occupez-vous vos nuits ?

Matthew, pris de court par la brutalité de la question, fit un pas en arrière.

— Vous avez le droit de ne pas répondre, mais j'ai le droit de poser la question, fit-elle remarquer avec une fermeté inattendue.

Il aurait aimé réagir, mais quelque chose l'en empêchait. Elle avait eu le courage de lui offrir la vérité de sa jeunesse hors du commun. Elle avait combattu la peur alors qu'il restait pétrifié à l'idée de dévoiler quoi que ce soit de lui.

— Je comprends que vous fréquentiez ce genre d'établissements, ajouta-t-elle devant son silence obstiné. Mais quasiment tous les soirs ? Ou, plus précisément, tous les jeudis ? Au point de m'abandonner sur le perron à la fin de la soirée pour aller retrouver la chaleur humaine d'une autre ? Je sais que je ne vous offr...

Matthew, terrorisé par ce qu'elle venait de sous-entendre, l'arrêta dans sa lancée d'un geste de la main autoritaire, brusque, empreint de panique. Il parcourut d'un seul pas l'espace qui les séparait et, sans réfléchir, vint s'asseoir à ses côtés sur le lit. Il n'avait pas envie de se livrer, mais ce qu'elle imaginait de lui était bien pire que la vérité.

— Je ne passe pas mes soirées aux bras de prostituées, souffla-t-il. J'étais effectivement allé voir mon amie tenancière, mais c'est compliqué. Ce n'est pas ce que vous croyez.

Eleonor prit un air suspect, dubitatif. Elle en avait vu d'autres et ne semblait pas du genre à croire la parole de l'homme juste parce qu'il la donnait.

— Je vous assure. Je...

Elle leva un sourcil.

— La comtesse n'était pas ma mère, lâcha-t-il subitement.

Il crut un instant voir sa vérité tomber dans la pièce comme la foudre.

— Celle qui est décédée peu après votre naissance ? La femme de votre père ? s'enquit Eleonor.

— Oui. L'ancienne Lady Evans. Je ne suis pas né de l'union de deux époux, mais d'un écart de mon père. Je suis le fruit d'une liaison hors mariage. En l'occurrence, je suis le fruit d'une prostituée...

Eleonor parut étonnée une fraction de seconde seulement, puis pencha la tête.

— Cela explique beaucoup, commenta-t-elle en hochant la tête.

Ce n'était pas la réaction à laquelle il s'attendait. La plupart des femmes qu'il connaissait auraient porté une main à la bouche, outrées. Pas elle...

Il était sur le point de lui demander ce qu'elle entendait par là, mais elle ne lui en laissa pas le temps.

— Et votre père vous a reconnu ?

— Sa femme n'était pas en mesure d'enfanter. Elle avait été très fragilisée par de nombreuses fausses couches. Il n'avait pas de descendance. Et je crois qu'au fond...

Il prit une inspiration et ébaucha un petit sourire.

— Je crois qu'il était très amoureux de la prostituée en question.

— J'imagine que ce n'est ni le premier ni le dernier des hommes, fit-elle remarquer en haussant les épaules. Et à présent, elle est... ?

— Elle est morte en couches. La comtesse a accepté de prétendre être ma mère. Je ne sais pas pourquoi, probablement rongée par la culpabilité de ne pouvoir offrir une descendance au comte, au titre. Elle était en maison de repos depuis six mois. À peine une semaine après ma naissance, elle est rentrée « accoucher » faussement de moi. Elle est elle-même décédée quelques mois plus tard. Je ne l'ai pas plus connue que ma mère. J'ai été élevé par Ruth, la gouvernante de l'époque...

Eleonor semblait encaisser l'information avec plus de facilité que Matthew n'en avait eu à la donner. Cela apaisa un peu le jeune comte. Ils ne dirent rien pendant un temps, regardant chacun droit devant, perdus dans le vide de la nuit.

— Vous avez eu trois mères et aucune à la fois...

Matthew fut frappé par la pertinence de la réflexion.

— Effectivement.

— Vous êtes un fils du peuple et de la noblesse à la fois.

Il hocha la tête : elle avait encore raison.

— Ça ne doit pas être confortable.

— Pas plus que d'être vicomtesse et marin à la fois.

— Ce n'est pas faux.

— Et cette Coco chez qui vous avez couru ce soir ?

— C'est la tenancière du bordel où ma mère officiait. À l'époque, Coco était comme elle : une des nombreuses filles à tourner. Je l'ai retrouvée quand j'étais jeune, alors que j'enquêtais sur ma mère avec les maigres informations que j'avais. Depuis, nous sommes amis. Mais je ne... je ne consomme pas. Pas contre de l'argent. C'est elle que je vais voir.

— Et vous allez la voir tous les jeudis soir ?

Encore un autre secret : son rendez-vous du jeudi. Elle l'avait remarqué ? Celui-là n'était en revanche pas trop difficile à avouer.

— Oui et non. Je fais partie de la société abolitionniste de Londres. Nous nous réunissons tous les jeudis. Clayton en fait partie aussi. Ainsi que le médecin que j'ai fait venir pour Prudi.

Cette fois-ci Eleonor était ostensiblement surprise par l'information. Au lieu d'être choquée d'apprendre qu'il était né bâtard, elle l'était de le savoir engagé pour l'abolition de l'esclavage. Cette femme était définitivement imprévisible.

Elle secoua énergiquement la tête dans un geste d'approbation.

— Et votre Coco vous a dit quelque chose ?

Eleonor fut coupée par trois coups sur la porte. Matthew se leva brusquement, complètement halluciné par la tournure de sa nuit. Qui cela pouvait-il bien être cette fois-ci ?

— Lord Evans ?

Il reconnut instantanément la voix de son majordome de l'autre côté du battant. Il y décela également de l'inquiétude. Il s'empressa d'ouvrir.

— Miss Prudi est en train d'accoucher. C'est Miss Cooper qui m'a prévenu, j'ai pensé que vous voudriez sav...

Il s'arrêta dans sa lancée en apercevant Eleonor dans la pièce, en petite tenue.

Celle-ci ne laissa ni à lui ni à Matthew le temps de réagir. Elle sauta sur ses pieds, lâcha complètement la couverture, attrapa son chandelier, les dépassa et fonça dans le couloir en courant, pieds nus...

— Faites chercher le docteur Sullivan.

— Pour une domestique ? s'étonna le majordome.

— Je ne vous demande pas votre avis, Jacob. Je vous demande

de vous hâter de faire venir une assistance médicale pour une femme qui risque de mourir en donnant la vie… Je…

Mais il ne finit pas sa phrase et fusilla Jacob du regard. Ce dernier tourna sur ses talons et s'enfuit presque aussi vite qu'Eleonor.

Avant de refermer la porte, Matthew examina le corridor plongé dans la pénombre, comme si Eleonor y avait laissé une trace de son passage, comme s'il pouvait encore y voir son corps sautillant et fluet, différent de ceux qu'il avait connus jusqu'alors – mince, sec, visiblement musclé. Pendant une seconde, son esprit se mit à imaginer ce qui aurait pu se passer ; ce qu'il aurait aimé qu'il se passe, si la chemise était tombée, si leurs corps s'étaient rencontrés. Mais il s'obligea à étouffer le brasier plutôt que de l'alimenter et plongea dans son lit pour mieux éteindre son cerveau.

Il rêva de valse, de chandelier et de silhouette évanescente.

15

Matthew traversa le salon à grands pas puis s'arrêta brusquement lorsqu'il entendit un petit chuchotis.

— Chhhh. Chhh.

Debout à la fenêtre se trouvait Eleonor, de dos, se balançant doucement de droite à gauche. Sentant la présence de Matthew dans la pièce, elle se retourna. Il prit un temps avant de comprendre ce qu'elle tenait dans les bras tant le nouveau-né était minuscule, perdu dans le linge beige dans lequel il était emmitouflé. Une petite main marron émergea du tissu, puis un petit cri suivit. Eleonor se balança de plus belle.

Matthew passa la main dans ses cheveux et sourit pour lui-même. Le tableau était aussi beau qu'inattendu. Il était déjà rare de voir une mère endormir son propre enfant dans le grand salon d'une demeure – alors d'y voir une jeune comtesse tenir tendrement contre son torse le bébé d'une domestique, noir qui plus est…

Il s'approcha.

— Vous savez qu'il y a des domestiques pour s'occuper des bébés…, s'amusa-t-il.

Eleonor fronça le nez.

— En l'occurrence, pas vraiment, non.

— Comment ça ?

— Personne ne veut le toucher…

Comme elle disait cette phrase, les yeux d'Eleonor noircirent un peu.

— Comment ça ? Pourquoi ?

— Je pense que vous connaissez la réponse.

— Parce qu'il est noir ?

— Métis. Je crois que c'est pire à leurs yeux. J'ai entendu l'aide-cuisinière marmonner une histoire d'enfant du diable.

Cette fois-ci, la colère sur le visage de la jeune femme était patente. À l'image de celle qui grandissait en Matthew. Si les humains avaient la bassesse de rejeter même les tout-petits pour leur couleur de peau, son combat pour l'abolition n'était pas gagné.

— Prudence a survécu de peu à l'accouchement, ajouta-t-elle. Elle doit absolument se reposer. Surtout si on veut que le lait monte et qu'elle soit en mesure de le nourrir. Vous imaginez la difficulté que nous aurions à trouver une nourrice prête à l'allaiter s'ils se refusent déjà à le toucher...

Elle leva des yeux gênés sur Matthew. Voilà maintenant qu'elle lui parlait de montée de lait. Cette femme était définitivement sans retenue. Et le reste de la population définitivement irrécupérable.

— Du coup, c'est vous qui vous occupez du bébé ? Vous avez aussi appris ça sur votre bateau ?

La question était sortie avec plus de colère qu'il ne le voulait, une colère qui ne lui était pas destinée.

— Ils ont beau faire attention dans les maisons closes, les accidents arrivent. Et les bébés avec...

Il fronça les sourcils, incapable de comprendre en quoi sa réponse répondait à sa question, encore moins pourquoi et comment elle savait ce qui se tramait dans les maisons de passe. Mais il ravala son étonnement et sa curiosité. Eleonor n'était clairement pas d'humeur à subir un interrogatoire, et il avait lui aussi d'autres chats à fouetter.

Il la rejoignit près de la fenêtre, contempla un temps le nouveau-né dont les deux billes étaient grandes ouvertes, prêtes à avaler le monde. Eleonor leva les yeux sur lui.

— On a été coupés hier soir. Vous ne m'avez jamais raconté ce que vous avez découvert chez votre amie Coco.

Entendre le nom de Coco sur les lèvres d'Eleonor lui procura un drôle de sentiment, comme si les pans de sa vie s'entremêlaient alors même qu'il avait tant travaillé à les dissocier. Une intrusion dans son intimité. Il lui avait avoué ses secrets la veille au soir un peu malgré lui, par obligation.

En revanche, c'était la moindre des choses que de partager avec elle ce qu'il avait découvert.

— Oui. Déjà, l'homme existe bel et bien. Il se fait nommer Sir Boggart.

— Pourquoi se ferait-il nommer ? Ça ne peut pas être son vrai nom ?

— A priori je ne pense pas, non. Le boggart est une créature mythologique monstrueuse issue du folklore britannique, une sorte de nain velu malveillant qui se cache dans les placards.

— Charmant. Et que sait-on de ce Boggart ?

— Il aurait dit à l'une des filles qu'il partait en affaires « à la mer »...

— À Liverpool ? répondit aussitôt Eleonor.

— C'est ce que j'en ai déduit, oui. S'il travaille pour mon cousin, ça semble le plus logique. En tout cas, cela mérite d'aller voir sur place si l'hypothèse se confirme.

— Parfait. Quand partons-nous ?

Matthew se raidit. Il n'avait pas envisagé qu'elle l'accompagne, tandis que la détermination farouche dans les yeux d'Eleonor prouvait qu'elle n'envisageait pas une seconde de ne pas venir. Elle baissa la tête sur le petit qui couinait, le replaça contre sa poitrine.

— Vous savez, c'est un long trajet en calèche jusqu'à Liverpool, fit-il remarquer.

— Combien de jours selon vous ?

— Cela dépend du nombre d'heures qu'on accepte de se faire bringuebaler dans une carriole. Normalement, en roulant sept à dix heures par jour avec les pauses, deux jours et demi je dirais.

Matthew remarqua le sourire presque moqueur qui se dessina sur les lèvres d'Eleonor.

— Et en roulant douze heures ? Une nuit de pause pourrait suffire selon vous ?

— Oui. Je l'ai déjà fait. Mais...

Cette fois-ci, Eleonor secoua franchement la tête. Un peu désolée, un peu amusée.

— Quand on a passé des semaines entières en pleine mer, dont la majorité cahoté par une tempête, ce n'est pas deux journées de calèche qui effrayent.

Rien n'y faisait, il ne parvenait pas à se représenter la vie qu'elle avait menée. La vue de cette femme coiffée d'un charmant chignon, habillée de dentelle, ravissante à en faire pâlir les anges, ne lui permettait pas d'envisager des années entières passées sur le pont d'un bateau. Ses manières, son attitude, son répondant étaient certes plus francs et plus farouches que ce qui était attendu d'une femme, mais de là à l'imaginer ballottée dans un hamac dans la cale d'un navire aux relents de bois et d'alcool...

Mais peu importait ce qu'il croyait ou non, ce n'était pas la peine d'argumenter, Eleonor était décidée à enquêter avec lui. La haine de la jeune femme était bien aussi légitime que la sienne – peut-être plus. Et puis c'était lui qui l'avait mise dans la confidence après tout et lui avait demandé son aide.

— Très bien. Vous pouv...

Il s'arrêta sur sa lancée. Elle ne lui demandait pas la permission et prendrait son autorisation pour une gifle.

— Nous pouvons tenter l'option la plus rapide, si la météo le permet, reprit-il. Ce Boggart a quelques jours d'avance sur nous.

— Et quand pouvons-nous partir, donc ?

— Demain matin, à 6 heures.

Elle hocha la tête puis baissa de nouveau les yeux sur le petit qui s'était endormi. Matthew comprit ce qui la tracassait.

— Nous allons déjà régler ce problème de...

Il ne trouva pas les mots pour être à la hauteur de son mécontentement.

— De domestiques. Retrouvez-moi dans la salle à manger dans une demi-heure.

Il fit volte-face et se dirigea vers la porte qui menait au hall puis aux cuisines. Mais la voix d'Eleonor l'arrêta avant la sortie.

— Vous ne voyez pas d'inconvénient à ce que j'écrive à William ?

Ce n'était pas vraiment une question mais le ton de la jeune femme était plus incertain que d'ordinaire. Elle ne lui demandait pas la permission ici non plus. Elle l'informait et avait utilisé une phrase interrogative par courtoisie. Elle non plus ne devait pas savoir comment manœuvrer dans leur situation et le flou qui en résultait. Matthew sentit une légère crispation le traverser, qu'il chassa aussitôt.

— Non. Je vous en prie. Vous pouvez passer par Jacob si vous préférez éviter Mrs Downey. Il s'occupe de mon courrier.

Puis il quitta la pièce, saisi par un sentiment confus qu'il ne sut interpréter.

Eleonor était un peu impressionnée. Elle serra plus fort le petit dans ses bras. Elle les avait tous déjà rencontrés, mais ne les avait jamais vus rassemblés dans la même pièce. Ils paraissaient soudain fort nombreux. Elle les compta. Douze, douze domestiques, tous domaines confondus. Cuisine, écurie, chambre... Et pourtant, elle savait que Matthew avait fait le choix d'une équipe réduite. Ils se tenaient derrière la grande table de chêne, en rang d'oignons, droits comme des piquets. L'inquiétude était criante chez tous : aucun maître de maison ne convoquait les membres de son personnel dans la demi-heure pour les féliciter de leur travail. Et l'attitude de Matthew – debout, immobile devant eux – était bien plus despotique qu'à l'accoutumée.

Miss Cooper, sa femme de chambre – et étrange témoin de mariage – semblait prête à défaillir. Jacob fronçait les sourcils plus encore que d'ordinaire, et même Mrs Downey avait perdu un peu de sa superbe. Seul M. Taylor, le palefrenier, avait conservé l'air débonnaire qui le rendait si sympathique. Eleonor offrit un sourire discret à Tom en guise de réconfort, qu'il n'osa pas lui rendre, triturant nerveusement le chapeau qu'il avait retiré.

— Je vous ai convoqués pour régler un problème majeur, commença le comte. Un malentendu fâcheux que je compte bien lever.

Il fit une pause comme pour mieux appuyer l'importance de son propos.

— Toute personne résidant sous mon toit se doit d'être prise en charge avec le même respect et la même implication. Pour être le plus limpide possible : Prudence et l'enfant qu'elle vient de mettre au monde sont sous ma protection, ce sont mes invités, et j'entends qu'ils soient traités de la sorte. Suis-je assez clair ? J'ai cru comprendre que certains avaient refusé de prendre soin du nourrisson sous prétexte de ses origines ? Laissant à Lady Evans, votre maîtresse, la charge du petit ?

Matthew Evans, comte de Richmond, tendit solennellement le bras en direction du hall.

— Pour ceux qui voudraient persévérer dans cette voie, la porte est par là.

Eleonor remarqua sur le visage de Tom une fierté à l'égard de son maître qui la réjouit. Tandis que le reste de l'assemblée semblait rapetisser à vue d'œil.

— Par ailleurs, tout ce qui se passe dans cette maison reste dans cette maison. Si vous jugez inappropriés certains comportements de mon épouse ou de moi-même, je vous suggère de ravaler votre indignation et de reprendre le travail. Et si j'apprends que des rumeurs courent dans le voisinage, sur Lady Evans par exemple, ou sur nos hôtes actuels, je vous renverrai moi-même et ferai en sorte que vous ne trouviez personne pour vous embaucher à vingt kilomètres à la ronde. Je vous rémunère mieux que tout autre employeur de la région, je respecte votre travail et votre personne, j'attends en retour de la discrétion et une certaine déférence.

Le silence qui suivit était si lourd qu'on aurait entendu une mouche voler à l'autre bout de la pièce. Plus personne n'osait respirer, hormis le petit qui choisit ce moment précis pour faire entendre sa voix. Eleonor se remit à le bercer mécaniquement, sans lâcher des yeux celui qui l'avait appelée « mon épouse » et tentait de la protéger des médisants. Si d'ordinaire elle n'aimait pas que les puissants jouent de leur pouvoir, là, elle était touchée par la démarche. Il défendait non pas seulement sa femme mais aussi Prudi et son bébé.

Il ne plaisantait pas avec ses convictions.

— Reste à résoudre une question. Nous allons nous absenter, Lady Evans et moi-même, pendant un certain temps. Qui va se charger de prendre soin du nouveau-né et de sa mère ? Cette dernière est très affaiblie, elle a donc besoin d'aide avec le nourrisson. Et nous n'avons pas le temps de trouver une nourrice d'ici le départ.

Une petite main se leva dans l'assemblée, puis Juliet, la blanchisseuse sans cesse malade qu'Eleonor avait toujours trouvée touchante et discrète, avança d'un pas.

— Ch'peux m'occuper du bébé, moi, Lord Evans. J'aime bien les bébés, j'ai eu sept frères et sœurs. Il a l'air mignon, celui-là...

— Parfait, Juliet. Je vous fais confiance.

— Nous veillerons tous à leur confort, Lord Evans, ajouta Mrs Downey d'un ton ferme. Je me chargerai personnellement de la chambrée.

Puis ce fut à la cuisinière d'intervenir.

— Si vous permettez que je sorte le chevreuil, j'lui ferai du ragoût à la mère. Faut de la viande pour s'remettre.

— Très bien. Je vois que vous avez les choses en main. Monsieur Taylor, nous aurons besoin d'une calèche et de chevaux pour notre départ, demain à 6 heures. La berline. Êtes-vous prêt à nous conduire jusqu'à Liverpool ou préférez-vous que je prenne un cocher pour l'occasion ?

— Non, milord. Je vous ai toujours conduit. Y a pas de raison que ça change.

— Très bien. Et toi, Tom, en l'absence de M. Taylor, tu vas t'installer dans la maison pour être plus près de Prudence. Je crois que vous vous connaissez un peu ?

— Oui, M'si... milord.

— Alors, tu auras la charge de lui tenir compagnie, en plus de t'occuper des chevaux.

— Promis, je m'en occuperai bien.

— Je n'ai pas de doutes. À part si quelqu'un a quelque chose à ajouter, vous pouvez retourner à vos activités, hormis Douglas, Tom, Miss Cooper et Juliet. J'ai un service à vous demander.

Les domestiques quittèrent la vaste pièce, tête basse, dans

un grand silence. Les quatre volontaires désignés, un peu interdits, restèrent debout, derrière la table, à se jeter des regards en coin, s'interrogeant visiblement sur ce que le maître allait bien pouvoir leur demander. Lorsque le dernier domestique eut disparu, Matthew se détendit un peu, mais son air resta grave, solennel. Il contourna la table pour se rapprocher de ses serviteurs, avec l'évident désir d'établir une connivence.

— Nous sommes en train d'enquêter sur George Evans, mon cousin que vous connaissez tous. Vous devez peut-être le savoir mais, si ce n'est pas le cas, sachez que c'est une personne immorale, veule, perfide, qui mérite la prison, si ce n'est pire. Je sais qu'entre domestiques vous vous connaissez d'une maison à l'autre, que les informations... circulent. Or nous avons besoin d'informations. Ce sont peut-être les nobles qui dirigent mais je sais pertinemment que c'est vous qui voyez le monde tel qu'il est. Vous êtes les domestiques en qui j'ai le plus confiance, j'aimerais donc vous donner une mission de la plus haute importance : en apprendre le plus possible sur George, sur ses habitudes, ses affaires, ses secrets. Tout est bon à prendre. Vous sentez-vous à la hauteur de la tâche ?

Tous hochèrent la tête avec vigueur, galvanisés par la confiance que leur faisait le comte. Sauf Tom, qui se grattait la tête. Eleonor sut instantanément qu'il souhaitait intervenir mais n'osait pas.

— Oui, Tom ? tenta-t-elle.

— J'peux pas partir avec vous, Lord Evans ? Pour enquêter ?

— Non, Tom. On a besoin de toi ici. Tu as une bonne mémoire ?

— Il a une excellente mémoire, intervint Eleonor. Il est capable de se rappeler les cartes du paquet sorties en début de partie...

Matthew fronça les sourcils sans comprendre de quoi il était question, mais hocha la tête, satisfait.

— Parfait. Je te charge de réunir toutes les informations trouvées par le personnel. Tu peux faire ça ? Mon ami Clayton passera régulièrement afin de les écrire et de nous les transmettre par lettre.

— Oui, Lord Evans. Je raconterai tout.

Pendant que Matthew continuait à donner des indications sur les éléments à chercher et la marche à suivre, Eleonor se rapprocha de Tom. Elle posa sa main libre sur son épaule.

— À mon retour, je t'apprendrai à lire et à écrire, tu veux ?

Il parut si heureux de la proposition qu'Eleonor pensa une seconde qu'il allait la serrer dans les bras. Mais il se contenta de hocher la tête en tripotant nerveusement le bas de son gilet.

Finalement, Matthew libéra l'équipe d'enquêteurs qu'il venait de former. Un réseau des sous-sols. Avant de partir, Juliet passa à côté d'Eleonor et tendit les bras pour récupérer le bébé. Eleonor hésita un instant.

— Je vais bien m'occuper de lui, promis, Lady Evans. Comme si c'était le mien. Il a mangé quand la dernière fois ?

— Il y a deux heures.

— Elle a du lait, la Prudence ?

— Oui, de plus en plus.

— Bien, bien.

Eleonor se résolut à lui confier l'enfant. Mais Juliet ne partit pas tout de suite. Elle regarda Eleonor avec un drôle d'air.

— Vous savez, je l'ai jamais aimé, le George, avoua-t-elle finalement à voix basse. Personne ne l'aime dans l'coin. Il pue la cruauté et la traîtrise. Et moi je trouve ça bien ce que vous faites, protéger sa domestique et essayer de lui faire la peau.

— Nous allons tout mettre en œuvre pour y parvenir, en tout cas.

Juliet, satisfaite, partit le bébé dans les bras. Eleonor observa Matthew à l'autre bout de la pièce, émue. Pour la première fois depuis son arrivée en Angleterre, elle se sentait légèrement moins seule. Elle faisait partie d'une équipe et avait un acolyte, un compagnon d'armes prêt à se battre pour elle – avec elle. Pour la première fois, elle réalisa aussi à quel point il était *beau*. Pas seulement séduisant et charismatique, mais admirable par sa grandeur d'âme.

Au fond, à défaut d'être réellement son mari, il était quelqu'un dont elle serait peut-être un jour fière de se dire l'épouse.

16

6 heures

Une fois sa valise accrochée solidement à l'arrière de la calèche, Eleonor monta, suivie de Matthew. Elle déplia la couverture sur ses genoux et posa les mains dessus. Matthew ne savait pas combien de temps ils partaient, il ne savait pas non plus exactement de quoi avait besoin une femme en voyage mais il se doutait que la plupart auraient emporté bien plus qu'une simple valise. Il entendit le bruit du fouet sur la croupe des chevaux qui s'élancèrent aussitôt. Le balancement irrégulier de la carriole emplit Matthew d'une forme de sérénité : il aimait les trajets. Non pas la destination mais le chemin qui l'y menait. Eleonor semblait elle aussi apaisée. Visage tourné vers la fenêtre, elle regardait le paysage défiler. D'après ce qu'il en savait, elle n'avait jamais traversé l'Angleterre, alors même qu'elle avait dû voir plus de pays que toutes les femmes de la région. La brume matinale tapissait le tableau de coton, étouffant tout signe de vie. Le printemps se refusait à arriver, et l'air glacé, humide, envahissait l'habitacle.

— Vous avez froid ?

— J'ai toujours froid, murmura-t-elle sans tourner la tête.

Puis plus rien. Les kilomètres se déroulèrent doucement, rythmés par le bruit des foulées amples des chevaux.

Durant la pause pour reposer les chevaux, Eleonor était partie à l'aventure. Elle avait sauté de la berline puis avait arpenté la petite colline derrière l'étable du relais de poste. Elle se dégourdissait les jambes, ou s'inventait une activité, ou partait à la découverte, il n'en savait rien. Depuis ce matin, depuis le premier jour, Matthew ne cessait d'essayer de deviner ce qui se jouait dans sa tête, ce qui la faisait avancer.

De retour dans la calèche, ses cheveux étaient légèrement ébouriffés par le vent, ses joues rosies par le froid. Elle prit un long moment à chercher une position, se tortillant sur le siège capitonné. Finalement, elle ramassa ses jupes, replia négligemment ses jambes sur la banquette puis les recouvrit de la couverture. Matthew fut tout à coup soufflé par le naturel de ses gestes, par le droit que son corps se donnait d'exister, au-delà même de sa volonté. Comme une vérité d'elle qui surgissait sans qu'elle s'en rende compte.

Un léger soupir souleva la poitrine de la jeune femme et, sans crier gare, déclencha une bourrasque de désir à l'intérieur de Matthew. Un désir qu'il s'était refusé à admettre, à ressentir. Un désir normal au vu de la beauté époustouflante de cette femme, mais qui était tacitement interdit par le contrat qu'ils avaient passé. Matthew s'efforça de le chasser au plus vite. Il détourna la tête vers la fenêtre et frotta ses mains l'une contre l'autre pour les réchauffer. Du coin de l'œil, il vit alors la main gantée d'Eleonor attraper le coin de sa couverture et la tirer jusqu'à ce qu'elle recouvre ses genoux à lui. Il s'efforça de ne pas la regarder, de ne pas se rendre compte qu'ils étaient à présent tous les deux enfouis sous le même tissu. Il focalisa son attention sur les branches dénudées des arbres qui couraient à sa droite, sur les maisons au toit de chaume qui apparaissaient par grappes puis disparaissaient aussi vite. Comme les émotions en lui, des va-et-vient trop rapides pour être attrapés. Comme le désir, ce sentiment fugace qui surgissait en l'homme telle une tornade puis s'enfuyait, laissant derrière lui un vide.

Deuxième pause. Eleonor répondit au sourire de Taylor par un sourire tout aussi sincère. Leur complicité était flagrante. Était-ce l'étrange amitié qu'elle avait nouée avec Tom ? Ou son naturel déconcertant pour une comtesse ? Ou simplement le fait qu'elle se souciait de Taylor, des domestiques, des chevaux, de tout le monde, indifféremment, sans autre intention que de la réelle bienveillance ?

Matthew avait l'impression de la voir pour la première fois, de remarquer tous les détails qu'il avait ignorés jusqu'alors. Sa façon de prendre les choses en main, d'aller leur chercher à manger à l'auberge et d'inclure le palefrenier dans la commande sans faire de distinction de classe – comme elle avait pris en main Prudence, puis l'accouchement, puis le bébé. Sa façon de se préoccuper des chevaux, de leur fatigue, de leur majesté – comme elle avait pris en considération un simple garçon d'écurie noir et une domestique en détresse. Cette façon de marcher à chaque pause, de prendre soin de son corps, de le connaître, pour qu'il puisse tenir ce long voyage en calèche et la violence des cahots incessants. Il voyait peu à peu se dessiner le marin en elle. Un personnage qui, bien qu'insaisissable et énigmatique, lui était finalement éminemment plus sympathique qu'une vicomtesse orpheline.

Il s'efforça lui aussi de dégourdir ses muscles, de se réchauffer par une marche vigoureuse et de manger un morceau. Il était jeune et en forme, mais un tel trajet était éprouvant pour n'importe qui.

Alors qu'ils remontaient dans la calèche, il tendit la main à Eleonor par réflexe. Elle ne s'en vexa pas. Elle sourit, amusée par le geste, et y déposa la sienne. Puis elle souleva sa jupe et grimpa sur le haut marche pied sans le moindre effort.

14 heures

Ses paupières étaient fermées mais Matthew savait qu'elle ne dormait pas. Son front posé contre la paroi cognait contre le bois au rythme des secousses. Finalement, elle releva la tête et ouvrit les yeux. L'agacement et la fatigue, bien que discrets, commençaient à se faire sentir, chez elle comme chez lui. Eleonor se massa la nuque. Matthew hésita à lancer un sujet de conversation. Mais ils avaient déjà passé deux heures à discuter de la façon dont il gérait ses terres et ses intendants, de ses terres à elle, et il voyait bien qu'elle avait envie de se reposer, de laisser filer le temps, bercée par le sommeil. Il se tourna vers elle, hésita encore.

— En qualité d'époux, je me dois de vous proposer mon épaule, elle n'est pas très confortable, mais elle ne peut pas être pire que le bois glacé de la paroi.

Eleonor sourit.

— En qualité d'épouse, je me dois d'accepter votre offre.

Puis, sans lever les yeux sur lui, elle déposa délicatement la tête contre son épaule. Elle ne se blottit pas, elle ne se laissa pas aller complètement, mais il pouvait sentir ses cheveux chatouiller sa mâchoire, imaginer son souffle glisser sur son manteau et n'osa plus bouger d'un millimètre.

Dix minutes plus tard, elle dormait. Il rit intérieurement de la facilité qu'elle avait à s'accommoder de tout. Comme une enfant qui s'endort bercée par le bruit de la fête.

Il passa l'heure suivante à ressasser ce qu'il avait réuni concernant l'affaire en cours et à envisager les étapes à suivre une fois à Liverpool.

17 heures

Ils étaient près du but. Du moins, près de la pause pour la nuit. Le temps avait été clément. Les chevaux aussi. Mais Taylor devait fatiguer et il espérait atteindre l'auberge du Lapin rieur avant la nuit tombée. C'était décidé, ils y laisseraient les chevaux et en loueraient pour la seconde partie du voyage. Taylor les récupérerait sur le chemin du retour. Eleonor avait eu l'air soulagée pour eux. Matthew n'avait jamais été de ceux qui se fichent du sort de ses bêtes. Non seulement, ils coûtaient une fortune, mais il appréciait surtout la majesté des chevaux, leur pugnacité, leur résistance.

L'ennui devenait leur principal ennemi alors qu'ils étaient sur la route depuis maintenant onze heures.

Comme s'ils avaient partagé silencieusement la réflexion, Eleonor se pencha, attrapa son sac et en sortit un paquet de cartes qu'elle posa sur la banquette entre eux. Le sourire de Matthew fit office de réponse. Il ne leur manquait qu'un brandy et la chaleur des flammes d'un foyer.

19 heures

L'auberge était étonnamment chaleureuse, bien que relativement désuète. L'aubergiste, vieillissant, à moitié tremblant, parcourait son registre page à page. Alors que Matthew pensait qu'il n'arriverait jamais à la page recherchée, l'homme se gratta le haut du crâne et émit un soupir.

— Il ne me reste que deux chambres et aucune qui communique. Désolé. Euh, c'est ma femme qui gère d'habitude. Mais elle a de la goutte, vous savez.

— Vous pouvez nous préparer les deux. Merci beaucoup.

— À quel nom ?

— Lady et Lord Evans, comtesse et comte de Richmond.

L'aubergiste ouvrit grands les yeux, se gratta de nouveau la tête, penaud.

— Désolé, Lord Evans. Je ne...

— Aucune raison d'être désolé. Nous allons patienter en salle. S'il vous reste quelque chose à grignoter.

— Bien sûr, bien entendu. On vous apporte ça tout de suite, dit-il en hochant la tête avec emphase.

Matthew retint un soupir. Il détestait ce revirement de comportement à l'annonce de son titre. Il hésitait même parfois à le cacher. Cependant, après le voyage éreintant qu'ils avaient enduré, il espérait obtenir tout le confort qu'une petite auberge de campagne pouvait offrir. Surtout pour Eleonor, aurait-il aimé dire – mais cette dernière semblait moins fourbue par l'épreuve que lui…

Elle l'attendait debout devant le comptoir. Elle n'avait pas pris de table, pas retiré sa cape ni ses gants.

— Il ne reste que deux chambres. D'habitude je lui prends une chambre, mais Taylor devra dormir dans l'étable cette fois-ci.

— Hors de question.

L'autorité d'Eleonor le surprenait toujours, elle contrastait avec la propension à s'adapter dont elle faisait souvent preuve. Quand quelque chose lui tenait à cœur, elle n'était plus une jeune demoiselle perdue dans un monde inconnu, elle devenait maîtresse d'elle-même… et des autres. Elle devenait comtesse.

— Nous partagerons une chambre. Taylor prendra la seconde. Il fait bien trop froid, et c'est lui le plus fatigué de nous trois.

Elle avait fait volte-face avant même de finir sa phrase – pour mieux appuyer la portée définitive de son affirmation peut-être, ou pour ne pas laisser paraître son expression. Matthew n'en savait rien. Il ne savait pas non plus ce qu'il pensait de l'idée de partager une chambre avec elle. Il n'en n'avait pas envisagé la possibilité.

Eleonor s'assit à la première table venue et sembla soudain fatiguée elle aussi. Puis elle scruta autour d'elle, la salle, les clients qui buvaient en riant, ceux qui mangeaient seuls, les deux chiens qui fouinaient aux pieds des hommes dans l'espoir d'une petite offrande et, sans regarder Matthew, elle soupira.

— Et puis nous sommes mari et femme, paraît-il.

À cette phrase, le ventre de Matthew se serra. Il y avait une touche de mélancolie dans la voix d'Eleonor, de la rancœur presque. De la colère peut-être.

Elle posa enfin les yeux sur lui et sourit, mal à l'aise.

— Vous voulez manger quelque chose ? lui demanda-t-elle.

— Je nous ai déjà commandé de quoi manger. Pour reprendre

des forces. Mais j'avoue, c'est d'une bière que j'aurais le plus besoin.

— Je ne vous le fais pas dire, acquiesça Eleonor.

Les yeux de la jeune femme se mirent à pétiller légèrement, et Matthew considéra soudain sa vie actuelle et sa vie à venir, marié à cette femme mue par un feu intérieur inextinguible. Il perçut pendant une fraction de seconde l'étendue du « pour toujours » intrinsèque aux liens matrimoniaux.

Son existence n'allait pas manquer de piment.

17

Si l'auberge ne payait pas de mine, la chambre qu'on leur avait octroyée était relativement grande et confortable. En plus du lit, des quelques meubles, deux fauteuils et un petit guéridon faisaient face à la cheminée où un feu endiablé crépitait. Matthew déposa sur la petite table la carafe et les deux verres qu'ils avaient subtilisés en bas, comme une invitation à venir s'asseoir. Eleonor repensa avec amusement à la tête de la serveuse lorsque Matthew avait insisté pour monter leur vin lui-même, à mi-chemin entre l'indignation de voir un comte faire le service et la vexation qu'on lui retire de quoi prouver ses compétences.

Eleonor prit place aux côtés de Matthew mais, avant qu'ils aient le temps de s'installer dans le silence agréable de fin de soirée, ce dernier se racla la gorge.

— Comment savez-vous si les enfants naissent ou non dans les maisons closes ?

Elle ne comprit pas tout de suite l'étendue de la question. Puis elle se rappela leur conversation dans le salon alors qu'elle tenait l'enfant de Prudi dans les bras.

— Vous voulez savoir comment je connais l'univers des maisons de passe en général…

Lui livrer encore un pan inavouable de son histoire ne la réjouissait pas. Il finirait par la juger, si ce n'était pas déjà le cas. Mais il avait posé une question assez légitime.

— Quand un bateau est au port, vous devez vous douter des activités auxquelles s'adonnent immédiatement les marins...

— Oui, je peux l'imaginer. Mais comment vous... ?

Eleonor perçut un éclair de panique dans les yeux de Matthew. Pas du mépris, de la franche inquiétude.

— Je vous rassure, je les suivais sans les suivre. Disons que je ne connais pas tant les maisons closes que l'arrière du décor des établissements. Moi aussi il fallait que je pose pied à terre par moments.

Elle prit une gorgée de son verre en se remémorant sa vie passée : les chambrées jalonnées de lits des filles de joie, lits qu'elles n'utilisaient qu'en journée, où s'entassaient les froufrous et tenues affriolantes, et où Eleonor passait des heures à jouer aux cartes en buvant du rhum – bien avant d'en avoir l'âge.

— Des dix années que j'ai passées sous l'identité de Leo, pas une seule fois les tenancières n'ont été dupes de la supercherie. Toutes repéraient instantanément que j'étais une fille et toutes me prenaient sous leur aile. Ce sont les seules personnes que je n'ai jamais pu tromper. Dans tous les cas, mon oncle ne m'aurait jamais laissée traîner dans...

Elle ne trouva pas le mot pour décrire ce qu'elle imaginait du cœur des opérations.

— Pas tant parce que j'étais une fille mais parce que, au fond, je n'étais qu'une enfant. Cela étant, les coulisses ne manquaient pas de folklore et d'animation. C'est d'ailleurs là que j'ai appris certains jeux de cartes. Vous n'imaginez pas ce qui s'y joue.

— Probablement pas, mais j'ai passé beaucoup de temps à essayer d'imaginer. À chercher à regarder tout ça en face.

Elle le considéra et prit conscience de la place que le secret de son ascendance devait avoir eu dans sa vie, dans la construction de sa personne – telle une fausse note dans une symphonie parfaite qui rend le morceau plus puissant car plus vrai.

— Essayer d'imaginer ce que votre mère a vécu ?

— Oui. Ce que toutes ces femmes vivent...

La colère pleine de lassitude avec laquelle Matthew parlait de ces sujets délicats touchait toujours Eleonor. Il ne s'arrangeait pas avec la réalité en se rendant aveugle, comme la majorité des hommes.

D'une seule main, il dénoua sa cravate et défit le col de sa chemise, étouffé par la chaleur du feu ou par les verres de vin. C'était étrangement dans ce genre de geste banal qu'Eleonor percevait sa beauté, son charisme. Elle le voyait, lui, et non le comte.

— Et dans l'équipage ? Vous n'avez jamais été... Je veux dire, vous avez vécu avec des hommes toute votre jeunesse, je..., bafouilla-t-il.

Eleonor partit dans un grand rire, ce qui détendit l'atmosphère. Puis elle se rendit compte qu'il était normal d'imaginer le pire. Ses coéquipiers de l'époque étaient de bons gars mais, après quelques verres, il n'était jamais exclu qu'un homme s'impose à une femme. En l'occurrence, elle avait eu de la chance.

— Je vous rassure, expliqua-t-elle plus posément. Au départ, j'étais bien trop jeune et j'étais perçue comme un garçonnet. Quand je suis entrée en âge d'intéresser un homme, soit ils ne savaient pas que j'étais une fille, soit ils savaient pertinemment qui j'étais... Et que, s'ils étaient ne serait-ce que traversés par l'idée de poser la main sur moi, ils l'auraient perdue à la lame d'oncle Miles, de William ou de Baga.

Protégée, oui. Elle s'était sentie bien plus protégée alors qu'elle gambadait sur le pont du bateau qu'elle ne l'était à présent.

— Mais je pense au fond que l'équipage entier me voyait comme Leo, le petit mousse, ce qui arrangeait tout le monde, ajouta-t-elle nostalgique.

— C'est qui ce Baga ?

— Le timonier, sur les dernières années. Un esclave affranchi que nous avons récupéré au cours de nos péripéties. J'ai une cicatrice pour le prouver, s'amusa-t-elle.

— À l'arrière de votre épaule ? suggéra Matthew.

Rendue muette par la surprise, Eleonor fixa longuement Matthew. Comment pouvait-il... ?

— Je l'ai aperçue au bal. Ou plus précisément sentie lorsque nous dansions.

Le souvenir de sa main, de son corps et de son souffle remonta en Eleonor tel un geyser dont la source lui était inconnue.

— Et quel genre de péripétie vous a fait gagner un marin ancien esclave et une cicatrice ?

— Nous l'avons rencontré au port de Pointe-à-Pitre alors qu'il s'apprêtait - avec pour seuls assistants un couteau et une machette - à libérer un groupe d'esclaves récemment arrivés. Nous avons décidé de l'aider avec William. Mais escalader un rempart s'est avéré plus compliqué que de grimper à un mât... C'est la seule fois où oncle Miles m'a vraiment mise au cachot vingt-quatre heures. Il était fou de rage.

Elle sourit pour elle-même, et des larmes lui montèrent aux yeux. La perte et la souffrance étaient comme des insectes dans la cale d'un bateau : jamais visibles mais toujours là, cachés à la vue, grouillant sous les ballots.

— Et vous avez réussi ? demanda Matthew sincèrement intrigué.

— Oui. Oncle Miles a même accepté qu'on les conduise clandestinement jusqu'à une crique où se cachaient des fugitifs. Et il a gardé Baga. Il était furieux que je me sois mise en danger. Mais au fond il était fier de moi, je crois.

Matthew secoua la tête, halluciné.

— Vous avez définitivement vécu une vie hors du commun...

Elle ne répondit rien car, oui, elle avait eu le droit à une vie d'aventures et mourait à présent asphyxiée de devoir rester enfermée dans un personnage dont le costume ne lui allait pas. Le voyage qu'ils étaient en train d'entreprendre était le seul événement notable qui lui était arrivé depuis deux ans. Ils sirotèrent pendant un temps leurs verres en silence.

— Et, au fil de vos péripéties, vous n'avez jamais connu d'homme ?

Eleonor leva brusquement la tête et fixa longuement Matthew pour avoir confirmation que sa question portait bien sur ses expériences intimes, qu'elle aurait eues ou non... Le regard de Matthew ne flancha pas. Il assumait sa question, aussi osée fût-elle. Il y avait quelque chose de posé en lui, un droit à dire les choses, à exister, qu'elle commençait à entrapercevoir et qui lui plaisait.

En revanche, elle ne savait comment répondre et ressentit un drôle de tressaillement dans la poitrine.

— Non, avoua-t-elle en essayant elle aussi de s'assumer. J'ai lu des romans qui n'étaient franchement pas écrits à destination des jeunes filles. Et j'ai entraperçu des choses dans les maisons closes...

— Ce qui se passe dans les maisons closes n'est pas le moins du monde représentatif de la réalité, je vous assure, répondit-il avec sérieux. Je veux dire, lorsque les choses sont consenties et ne sont pas salies par le poids d'un rapport commercial...

Était-il en train de lui expliquer ce qu'étaient les rapports sexuels ? La conversation glissait vers une intimité qu'elle n'envisageait pas entre eux. Mais soit, pourquoi pas ? Elle se redressa un peu, essuya sa robe du plat de la main.

— Vous voulez une anecdote amusante et... inattendue ?

— Plus inattendue que de libérer une prison d'esclaves ou que de jouer aux cartes dans les dortoirs des prostituées ? s'amusa-t-il.

— Cela dépend du point de vue... Je ne voudrais pas vous choquer plus que je ne le fais déjà.

— Je suis une personne difficile à choquer. Allez-y, essayez.

Elle plissa les lèvres l'une contre l'autre, et du rouge lui monta aux joues. L'alcool était en train de dénouer les langues, mais aussi de la rendre plus prompte aux émotions. Du moins, c'est comme ça qu'elle expliquait la drôle de sensation qu'elle éprouvait présentement, alors qu'elle hésitait à s'épancher. Elle le regarda, assis nonchalamment dans son fauteuil, ses cheveux ébouriffés, sa cravate à moitié défaite, ses yeux perçants, toujours un peu moqueurs, et la sensation se fit plus forte. Eleonor reprit une gorgée et se lança.

— Le seul baiser que j'ai échangé dans ma jeunesse, c'était avec une fille. Qui croyait que j'étais un garçon...

Matthew éclata de rire. Un rire sonore qui envahit toute la pièce. Eleonor ne put s'empêcher de rire elle aussi.

— Et alors ? C'était agréable ? s'amusa-t-il.

— Ce n'était pas désagréable..., confessa-t-elle. Disons que ma vie ne m'a pas laissé beaucoup d'opportunités de ce genre. Je n'avais même pas envisagé de me marier avant la mort de Miles.

— Et vous voilà mariée à un étranger, répondit-il d'un ton plus grave.

— Et vous voilà marié à une étrangère, rétorqua-t-elle.

Un silence s'installa. Ils étaient effectivement des étrangers l'un pour l'autre, mais n'était-ce pas l'occasion parfaite pour y remédier ? N'avait-il pas lui-même ouvert la porte aux questions délicates ?

— À mon tour, si vous permettez.

Il fronça les sourcils.

— Si vous n'assouvissez pas vos besoins auprès des prostituées, où trouvez-vous de la compagnie ? J'ai du mal à vous croire aussi peu expérimenté que moi.

Son impudence ne sembla pas gêner Matthew. En revanche, répondre à la question parut plus difficile.

— Rencontrer des femmes qui ont envie de partager un temps à deux est plus courant qu'on ne le croit...

— Des maîtresses ?

— Pas des femmes mariées, si c'est ce que vous entendez. Trop de complications. Mais oui, des femmes plus libres. Moins entravées par les chaînes de la noblesse. L'univers des arts en est plein...

Eleonor se retint de chercher plus loin. D'une part, elle sentait bien qu'il n'était pas prêt à partager ce pan de sa vie et, d'autre part, le sentiment qui la tiraillait montait et montait en elle sans qu'elle contrôle rien. Et, s'il y avait une chose qu'Eleonor détestait, c'était bien de perdre le contrôle d'elle-même. Matthew aussi devait avoir envie de clore la conversation, car il replaça le bouchon sur la carafe.

— Je vais me confectionner un lit de camp au pied du feu, si vous aviez la bonté de m'offrir une de vos couvertures et un oreiller peut-être... Il se fait tard.

— Non.

— Non ?

— Matthew..., commença-t-elle.

Elle s'arrêta, étonnée elle-même par l'emploi de son prénom. Elle remarqua qu'elle tremblait un peu et tenta de le dissimuler.

— Aussi étrange que cela puisse paraître, je n'ai jamais rien partagé d'intime avec quelqu'un, en revanche, j'ai partagé des paillasses, des hamacs et des chambres avec des dizaines d'hommes à travers les années. Je peux partager cet immense lit avec vous, si vous promettez de vous conduire en gentleman.

Matthew se leva lentement de son siège. Une esquisse de sourire se dessina sur ses lèvres, mais son air était grave, sérieux.

— Merci pour la proposition mais, non...

Il attrapa son gilet et plongea le regard dans celui d'Eleonor.

— Je n'ai jamais fait de promesse que je n'étais pas sûr de pouvoir tenir.

Sur ce, il se dirigea vers les couvertures pliées sur la chaise auprès du lit, laissant Eleonor les yeux perdus dans le feu, l'estomac remonté dans la poitrine. Elle appréciait sa franchise, mais elle ne s'attendait pas à celle-ci. Qu'il ait du désir pour elle n'avait rien d'étonnant. Elle savait de l'homme qu'il pouvait avoir du désir pour un barreau de chaise s'il était enivré ou très porté sur la chose. Et pourtant, l'aveu sous-entendu avec délicatesse et espièglerie la fit chavirer. Mais, plutôt que d'en être outrée, elle en était touchée, troublée. Si troublée que le sentiment indescriptible qui grondait en elle se mit à prendre forme. Et, plus elle sentait la présence de cet homme qui s'affairait derrière elle, plus le feu intérieur grandissait, se précisait : une attraction, un quelque chose qu'elle n'avait jamais expérimenté jusqu'alors – elle qui avait tant vécu...

Il fallait croire que la vie lui réservait encore bien des mystères, des surprises. Et peut-être, oui, pourquoi pas, des aventures.

Partie 3

Prendre le large

18

Martin s'étire de tout son long puis tape le gras de son ventre avant d'aller se coucher. D'un signe de tête, il salue Leo puis traîne son corps fourbu jusqu'à sa couchette.

Puis plus rien.

C'est la nuit qu'elle préfère, le calme après la tempête, les puissants ronflements des hommes endormis, le balancement des hamacs, le grincement du bois. Un calme si grisant que, souvent, elle peine à trouver le sommeil, elle se refuse à perdre une seconde de cet instant hors du temps.

Ce soir-là, elle décide de se lever et d'aller arpenter le pont. Elle enfile ses bottes, ignore le gilet et, à petits pas, se faufile parmi les hommes qui se sont abandonnés aux bras de Morphée.

En passant, elle regarde avec curiosité les barbes broussailleuses, les muscles saillants, les mains aux doigts détendus, les pieds noirs qui dépassent des couvertures à trous. Elle regarde en face la vérité de ces hommes, à leur insu. Leur vraie beauté.

Enfin, elle grimpe l'escalier en crabe, posant les pieds aux endroits où le bois ne grince pas, un jeu qu'elle peaufine depuis des années. Un jeu à elle. Et dehors, tout prend sens.

La mer est un lac huileux. Rien ne bouge. Elle regarde le ciel criblé d'étoiles et cette lune qui lui offre un peu de sa lumière et se reflète sur l'eau noire. Deux infinis qui se font face. Et elle au milieu, seule, comme si le spectacle de la nature ne se jouait que pour elle.

Chaque fois qu'elle fait ça, elle a l'impression de dérober quelque chose à la vie, d'aller s'approprier pour elle seule le trésor de la mer, le mystère de la nuit, l'immensité du vide.

Ses paupières se font lourdes. Elle se résout à redescendre. Demain, une nouvelle journée. Demain, une nouvelle aventure.

19

Ruth, bras grands ouverts, se dirigea à pas rapides vers Matthew. Mais, plutôt que de l'enlacer, elle fit comme à son habitude : elle posa ses mains fripées sur ses deux joues et le contempla longuement, les yeux embués.

Enfin, elle fronça les sourcils, faussement contrariée.

— Vous ne m'avez pas prévenue de votre visite. Je vous ai élevé mieux que ça, Matthew Evans. Et puis, mon Dieu, que vous êtes maigre et pâlot ! On ne vous nourrit pas à Richmond ? Vous vivez enfermé dans votre bureau, je suis sûre…

Elle tapota les joues de Matthew comme pour y faire monter de la couleur. La vue de cette femme aux cheveux blancs, aux yeux sévères et tendres à la fois, emplit Matthew d'une douce chaleur. Il savait qu'il se ferait gronder – c'était comme un rituel entre eux, un rituel rassurant. Ce petit quelque chose de familier, qui se rapprochait le plus de l'amour maternel dont il avait été privé.

— Désolé, Ruth, c'était une décision de dernière minute.

Elle retira ses mains et les posa sur ses hanches frêles.

— Peut-être, mais comment voulez-vous que je trouve du personnel en dernière minute, hein ? Je vous le demande ?

— Nous n'avons pas besoin de domestiques, Ruth, répondit Matthew avec un sourire. Le plaisir de vous voir est amplement suffisant.

Ruth reporta son attention sur Eleonor, qui attendait patiemment quelques pas derrière.

— Je me fiche bien de ce que vous voulez ou non. Ce sont les besoins de votre femme qui priment à présent.

La vieille dame s'approcha d'Eleonor.

— Ravie de vous rencontrer, Lady Evans. Vous excuserez les manières de votre époux, c'est une tête de mule qui se refuse à apprendre quand ça ne l'arrange pas, et ce depuis son plus jeune âge. Vous l'auriez vu devant ses leçons de latin...

Eleonor sourit.

— Enchantée. Je vous rassure, je n'ai besoin de rien non plus. Hormis un lit et un repas chaud, si ce n'est pas trop demander.

Tête penchée, Ruth jaugea une seconde Eleonor puis sembla satisfaite.

— Je vais demander à Marie de vous préparer la chambre rose. C'est la plus lumineuse. Je vous laisse vous rafraîchir. Retrouvons-nous dans la véranda sud pour souper. Vous pourrez m'en dire plus sur vous : Matthew ne m'a strictement rien raconté dans ses courriers, j'ai cru un temps qu'il vous avait inventée...

— Il y a des draps sur mon lit ? demanda Matthew avec une petite voix.

— Il y a toujours des draps frais sur votre lit, grand nigaud.

Elle regarda alternativement Eleonor et Matthew et, enfin, haussa les épaules. Matthew savait ce qui se cachait derrière ce geste : à ses yeux, faire chambre à part lorsqu'on était mariés était une tradition stupide des aristocrates incapables de vivre les uns avec les autres – si ce n'est en se protégeant derrière des pratiques qui évitaient toute intimité.

Puis elle s'enfonça dans la maison en criant des « Marie » si perçants qu'ils résonnèrent dans toutes les pièces.

Vingt minutes plus tard, ils étaient réunis autour d'une table recouverte de pain, de fromage, de poisson à l'huile et de fruits. Après qu'ils eurent fait le tour des nouvelles du domaine, du voisinage et de la santé de Ruth, cette dernière se tourna vers Eleonor et lui posa mille questions. La jeune femme se dépêtra avec brio de l'interrogatoire serré sur la vie qu'elle avait menée aux Antilles. Maintenant que Matthew était dans la confidence, il prenait la mesure de l'exercice et trouvait Eleonor toujours plus inventive pour dire vrai sans jamais avouer l'entièreté de son expérience. Elle détournait la conversation sur des sujets anodins et décrivait les fruits, les fleurs et la végétation locale avec une passion touchante – tel un trésor perdu à jamais. Plus Matthew la regardait, plus il percevait en elle le conflit qui la tiraillait. Elle était deux individus : celle qui avait appris à tenir, à ne pas se plaindre, à faire bonne figure, et celle rongée par un trou, par une rancœur contre la vie qu'elle ne s'avouait probablement pas à elle-même.

Le repas terminé, Ruth s'excusa : elle était bien trop âgée pour veiller si tard.

Une fois qu'ils furent seuls, Eleonor se leva et inspecta la pièce autour d'elle. Un petit buffet était tapissé de bibelots, elle en examina le contenu.

— Je ne suis pas sûre de comprendre : c'est votre domaine estival ? Mais Ruth était votre gouvernante à Londres ? Et maintenant elle vit ici ?

— En résumé, oui : c'est le domaine que mon père a acheté pour avoir un pied-à-terre près de ses navires. Et, oui, j'y passais tous mes étés, et parfois même une partie de l'année. Lorsque j'ai été en âge de ne plus avoir besoin d'une mère de substitution, Ruth s'est mise à avoir des problèmes de santé. J'ai réussi à convaincre mon père de la laisser venir vivre ici sous prétexte de « garder » la maison. Je n'arrête pas de lui dire que c'est chez elle à présent, mais elle continue de dormir dans le quartier des domestiques, se désola-t-il. Je crois qu'elle n'utilise pas un quart de l'argent que j'envoie tous les mois. Du moins, pas pour elle. Elle déteste l'oisiveté et les fastes de la grande vie, elle n'a jamais voulu obtenir plus de l'existence. Elle aime l'air frais et s'activer. Un peu comme vous.

Eleonor acquiesça en silence tout en attrapant un vieux sextant posé là en guise de décoration. Matthew réalisa qu'il se faisait tard.

— Je devrais y aller.

— Y aller ?

— Aller voir la tenancière dont Coco m'a parlé, Maggie.

Boggart a de l'avance sur nous. On ne peut pas se permettre de reporter à demain.

— Je suis bien d'accord, mais je viens avec vous.

Matthew la regarda un long temps sans comprendre.

— Venir avec moi dans une maison close à 23 heures passées ? Il en est hors de question. À quel titre ?

Eleonor se raidit.

— Je peux vous attendre dehors. Ou me déguiser. En garçon ça ne marchera pas, mais je peux prétendre être votre maîtresse. Ça arrive que certains hommes amènent leur maîtresse pour…

— Je sais très bien pourquoi les hommes emmènent leurs amantes, la coupa-t-il sèchement. Mais vous n'allez évidemment pas attendre seule dans le noir sur le perron d'une maison de passe. Et encore moins vous faire passer pour ma maîtresse de petite vertu !

Eleonor le défia du regard, les doigts crispés sur le sextant, le menton haut.

— Et pourquoi pas ? En quoi ma vertu vous importe-t-elle ? Ou l'image de ma vertu ? Je ne vous propose pas de me prostituer ! Et franchement, le mariage des jeunes filles pour des arrangements de fortune et de titres de noblesse est une forme de prostitution déguisée, lui rétorqua-t-elle entre ses dents.

Matthew ne releva pas sa remarque, piqué autant par sa vérité que par le reproche qu'il y voyait.

— « Pourquoi » ? Parce que j'ai dit non, asséna-t-il en se levant brusquement.

La colère en lui était montée en flèche sans même qu'il la voie venir. Sans même qu'il comprenne d'où elle était issue. Eleonor ouvrit grands les yeux.

— Et je suis censée, quoi, vous attendre patiemment dans ma chambre ? Aller me coucher pour reposer mon teint ? Je suis venue pour vous tenir compagnie durant le voyage ? Parce que les épouses, ça suit, c'est bien cela ?

Elle replaça l'instrument de navigation et, sans un regard pour Matthew, se dirigea vers la porte à grands pas. Juste avant de sortir, elle s'immobilisa mais ne se retourna pas.

— Je ne veux pas de la vie d'une femme si c'est à ça qu'elle ressemble, lâcha-t-elle de dos. Le confort que vous m'offrez, les robes, le titre, les attentes qui vont avec, ce sont les barreaux d'une prison qui s'érigent un à un, jusqu'à ce que l'existence ne soit plus que cage. On m'a arrachée à l'immensité de la mer pour me jeter dans un cachot doré…

Elle poussa la porte.

— Et je n'ai jamais aimé ce qui brille, conclut-elle froidement en la fermant derrière elle.

Matthew resta un long moment immobile, debout dans la véranda de son enfance, un poignard planté dans la poitrine.

Depuis quelques jours, il commençait à distinguer la personne qui se cachait en elle, mais voir émerger sa fureur avec une telle virulence, sentir sa haine dirigée contre lui, il n'aurait jamais imaginé la violence que cela représenterait, la gifle. Il incarnait la prison d'un autre. Il était le geôlier.

Et, comme tout animal blessé, il s'accrocha à sa colère pour se protéger de la souffrance. Empreint d'une rage chaotique, il attrapa son manteau et fonça dans la nuit.

Les oiseaux chantaient leur symphonie cacophonique, les nuages avaient laissé place à un large soleil éblouissant. Mais, malgré une nuit de repos, la confusion n'avait pas quitté le comte. Elle était telle une chape de plomb sur ses épaules. Tandis qu'il rechargeait son pistolet, ses gestes étaient brusques, son col le serrait au cou et ses vêtements semblaient peser lourd sur son corps fatigué.

Il visa la cible de foin, et la balle marqua d'un trou le centre rouge. Chaque tir le détendait, une seconde seulement, puis la tension revenait.

Pour la énième fois depuis son réveil, la vision des petits gars de la veille lui revint en mémoire. Trois jeunes garçons qui, au cœur de la nuit, sautaient de ponton en ponton en s'esclaffant, manquant chaque fois de tomber à l'eau. Ils étaient pauvres, bien trop ivres pour leur jeune âge, mais ils étaient libres. Libres de leurs mouvements, libres de prendre des risques inconsidérés, libres de rire et d'habiter la nuit de leur jeunesse et de leur fougue. Ils étaient des petits Leo…

Matthew chargea de nouveau et tira. Cette fois-ci, la cible rouge lui échappa.

Le bruit de l'herbe foulée le fit se retourner. Eleonor marchait à sa rencontre. Sa beauté époustouflante le bouleversa de nouveau, une autre forme de gifle. Quand elle arriva à sa hauteur, elle ne dit mot mais tendit la main vers lui. Matthew mit une seconde à comprendre ce qu'elle voulait puis déposa son pistolet dans le creux de sa paume. Avec les gestes habiles de celle qui l'a fait maintes fois, elle inséra la poudre, la tassa, ajouta la balle, puis leva l'arme, tenue fermement de ses deux mains. Enfin, elle tira. Le projectile atteignit la cible en son centre.

Matthew eut envie de rire. Encore une prouesse à laquelle il ne s'attendait pas. Encore un bout d'elle qui débarquait et le surprenait.

— On apprend à tirer, sur les bateaux ?

— Quand le vent se refuse à souffler plusieurs jours durant, il faut bien s'occuper, expliqua-t-elle en haussant les épaules. Hormis quand on transportait des barils de poudre, oncle Miles nous laissait nous entraîner sur le pont supérieur. Au moins, les balles perdues ne transperçaient que l'océan… Et vous ? Ce n'est pas Ruth qui vous a appris à tirer, j'imagine.

Elle était étonnamment calme bien que légèrement froide et distante : la tempête de la veille était passée mais avait laissé ses traces dans le paysage.

— Mon père, répondit-il. C'était la seule chose qui le détendait. La seule chose que nous partagions, à vrai dire.

— L'investigation d'hier soir n'a pas été fructueuse ? suggéra-t-elle.

— Pas pour l'instant, non. Maggie dit ne l'avoir jamais vu, mais elle va faire passer le mot dans les autres établissements de la ville.

Matthew passa sa main dans ses cheveux puis la tendit vers Eleonor pour récupérer l'arme.

— Mais ce n'est pas ça la source première de ma tension.

Il tira de nouveau, puis rendit le pistolet à Eleonor. Il ne savait pas comment gérer cette situation. À vrai dire, il ne savait pas comment gérer la plupart des relations humaines. Il maîtrisait l'art du faire semblant, ce qui n'était pas la même chose. Eleonor finit de préparer son arme, mais avant qu'elle puisse se lancer il se tourna vers elle.

— Je n'aime pas particulièrement donner des ordres et diriger, Eleonor. En revanche, je n'ai jamais été confronté à quiconque contestant mon autorité. Encore moins à quelqu'un osant dire la vérité – sa vérité. Si ce n'est Ruth et Coco, peut-être...

La jeune femme réfléchit un instant.

— Et moi, si comme tout membre d'un équipage j'ai appris à suivre des ordres, c'était toujours pour le bon fonctionnement du groupe. Ce n'était jamais arbitraire, basé sur la simple contrainte. Je n'aime pas les obligations et les interdits qui n'ont pas de sens, conclut-elle en levant la tête.

— Vous n'aimez pas le rôle de femme...

Elle ne répondit rien, mais tout dans son visage, dans ses yeux un peu tristes, semblait acquiescer.

— Vous préféreriez sauter de ponton en ponton en étant seule juge de votre capacité à le faire, ajouta-t-il, un brin désespéré.

Elle haussa un sourcil devant la réflexion cryptique de Matthew.

— En tout cas, je préférerais que nous fassions équipe, vous et moi. Vous sous-estimez peut-être les aptitudes que j'ai à mettre à votre disposition.

Il eut presque envie de rire tant son assertion était fausse.

— Non, je peux vous assurer que je ne les sous-estime pas, souffla-t-il. Elles me déstabilisent, vous me déstabilisez, mais je ne vous sous-estime pas...

Il resta longuement à la regarder comme pour mieux lui faire comprendre la sincérité de son propos.

— Et maintenant ? demanda-t-elle.

— Maintenant, concernant les navires de George, il va falloir aller poser les questions là où se trouvent les réponses. Je me suis rappelé en discutant avec Ruth ce matin une vérité indiscutable : ce sont ceux qui sont en bas de l'échelle et dont personne ne se préoccupe qui voient tout, qui entendent tout.

Justement parce que personne ne fait attention à eux. Pas les bureaucrates ou les dirigeants.

Une étincelle traversa le visage d'Eleonor.

— Le monde trépidant des dockers et des marins…

— Exactement, acquiesça-t-il avec un sourire. En plein cœur, là où les rires et la boisson délient les langues.

— Vous voulez dire dans les bars de dockers ? Vous avez conscience, en revanche, que Lord Evans, comte de Richmond, n'a aucune chance d'obtenir des informations ?

Elle accompagna sa remarque d'un geste vague en direction de la tenue de Matthew.

— J'en ai bien conscience, oui. Mais Ed, charpentier dans la marine, et son apprenti, Leo, pourraient…, suggéra-t-il, les yeux pleins de malice. Je suis certain qu'ils feront une très bonne équipe.

La poitrine d'Eleonor se souleva un peu.

Elle n'acquiesça pas. Elle ne dit pas un mot. Elle se contenta de lui prendre son pistolet des mains et de tirer un dernier coup, qui trouva de nouveau le centre de la cible. Matthew crut percevoir une légère fierté dans le regard de la jeune femme. Une fierté bien légitime.

— Vous tirez comme vous parlez : sans cérémonie mais en plein cœur, dit-il.

20

Dans le morceau de miroir crasseux des latrines, Eleonor contempla son reflet. Cela faisait des années qu'elle n'avait pas endossé le costume de jeune garçon – pas en public, du moins. Ses cheveux étaient dissimulés dans son chapeau, enfoncé profondément sur sa tête. Les traces de terre sur son visage, sur ses mains et sous ses ongles, qu'elle avait consciencieusement travaillées, masquaient l'aspect trop lisse de sa peau. Ses vêtements amples cachaient toute forme féminine, et le pub était largement assez sombre pour qu'on ne distingue pas bien ses traits. En revanche, c'était sa voix qui pouvait la trahir. À l'époque où elle passait pour un très jeune garçon, avant la mue, ce n'était pas un problème. À présent qu'elle ne pouvait feindre l'enfance, sa voix était grave, mais pas assez pour passer pour celle d'un adolescent. Elle en avait parlé à Matthew, qui avait compris qu'elle devait garder au maximum le silence et que les questions passeraient par lui.

Bientôt, elle ne serait plus en mesure de se déguiser du tout, elle devrait faire le deuil de Leo à jamais, et cette perspective la remplissait autant de peine que de colère. Bientôt, elle ne serait plus qu'Eleonor, la femme d'un comte...

Pour l'instant, elle avait une mission à accomplir : soutirer des informations aux quelques dockers et marins déjà ivres qui faisaient résonner le pub des Forbans de leurs rires gras. En retournant dans la salle, elle se laissa envelopper par la cacophonie ambiante : les jurons vociférés dans l'allégresse, les verres s'entrechoquant, les bottes cognant le sol. Tous ces bruits qu'elle chérissait et qui la renvoyaient à son autre vie. Les gars étaient peu nombreux mais, déjà, ils occupaient tout l'espace. Elle aimait leur liberté, leur franchise, leur colère explosive, leur capacité à rire de tout, leurs traits creusés par le dur labeur, leurs doigts calleux, leur peau tannée par le soleil. Elle aimait leur force et leur faiblesse.

Son oncle, William, Baga, et tous les autres lui manquaient plus qu'elle ne pouvait l'exprimer, plus qu'il n'était supportable.

La vue de Matthew affalé à la table, deux bières devant lui, beau comme un dieu, soulagea un tant soit peu sa mélancolie. Sa tenue de charpentier lui allait à merveille, avec ses cheveux volontairement ébouriffés, sa barbe d'un jour et son attitude moins princière. Une autre forme de beauté, plus crue, plus sauvage. Elle tenta de chasser la sensation qui s'empara d'elle instantanément – qui, depuis un certain temps, s'emparait d'elle un peu trop souvent à son goût – et prit place face à lui. Et alors que, dans un réflexe nouvellement acquis, elle s'apprêtait à se redresser – obsédée qu'elle était devenue à tâcher de se tenir droite – elle se reprit et laissa son corps s'abandonner à l'indolence.

— Le groupe au fond à droite, ils ne sont pas du coin, je dirais, murmura-t-elle. Ce sont des marins de passage, ils ne sauront rien.

— Oui, je pense qu'il faut que l'on se concentre sur les dockers du port plutôt. Ce sont eux qui voient aller et venir les navires.

— Il y a un groupe dans l'autre salle, mais ils sont très jeunes. Les jeunes sont moins attentifs aux détails. Et surtout, ils se foutent bien de ce qui se passe à leur insu…

— Que pensez-vous de l'homme au bar ?

Eleonor pivota discrètement sur son siège. Un vieil homme buvait ce qui devait être son énième bière, les yeux dans le vague, la fatigue gravée dans tout son corps. Le genre d'homme qui n'était plus en mesure de supporter la pénibilité du travail, mais n'avait d'autre choix que de continuer.

— Ça se tente.

Elle se retourna pour faire face à son acolyte et comprit au regard plein de curiosité qu'il portait sur elle que Matthew rencontrait Leo pour la première fois. L'attitude, la nonchalance, le langage, tout lui revenait avec un naturel déconcertant. Ce qu'il en pensait, lui ? Elle ne pouvait le savoir. Mais là n'était pas la question ce soir.

— Attendons un peu avant de sauter sur quiconque. Restons des clients ordinaires un temps pour ne pas éveiller de soupçons.

En buvant sa bière à petites gorgées, elle analysa l'environnement, les murs noirs, le sol jonché de tabac, les tissus rapiécés sur les dos pliés. La pauvreté paraissait plus crasse, plus plombée de douleur que celle qu'elle avait connue dans sa jeunesse. Les quartiers des dockers de Liverpool étaient connus pour accueillir la misère à son sommet. Une des plus grandes densités urbaines d'Angleterre, des milliers d'hommes vivant entassés dans des logements insalubres, subissant les aléas des arrivées et des départs des bateaux, de la météo, des marées. Travaillant de nuit comme de jour pour gagner quelques pièces, tout juste de quoi survivre. Même la police ne s'aventurait pas dans ce quartier. La noblesse les traitait de sauvages sans foi ni loi, mais c'était elle qui les avait créés.

— Vous connaissez bien la ville ?

— Je la déteste..., répondit Matthew sans détour.

Il toisa la salle puis revint à Eleonor, le visage pétri d'amertume.

— Comme vous le savez, c'est le haut lieu du commerce triangulaire en Europe. Jusqu'à l'interdiction de la traite, il y a à peine deux ans, c'est d'ici que partaient tous les vaisseaux négriers. La ville est née et s'est étendue sur le sang des esclaves. Pire, sur le sang du trafic humain. Les commerçants londoniens sont venus s'installer ici et ont fait perdurer l'ignominie, les yeux couverts d'un bandeau. Les navires partent remplis de pacotille et reviennent chargés de coton, mais d'ici on ne voit pas ce qui se joue là-bas. Confortablement assis dans leur manoir de Liverpool, ils n'ont pas besoin de regarder en face les humains entassés dans des cales et revendus aux Amériques.

Il fit une pause dans sa diatribe. Eleonor pouvait voir danser les flammes de la fureur dans ses yeux. Il n'était pas simplement abolitionniste pour la forme, pour la politique. C'était un vrai humaniste outré par la folie des hommes.

— La ville représente tout ce que je déteste de l'hypocrisie des puissants, ajouta-t-il. La mienne comprise.

— Vous avez les yeux bien ouverts pour un puissant...

— Peut-être, mais je suis confortablement assis dans mon manoir, moi aussi. Et j'ai beau me battre, rien n'y fait. Même dans la société abolitionniste à laquelle j'appartiens, les penseurs sont des politiciens. Ils étaient pour l'abolition de la traite – que nous avons obtenue – mais jamais vraiment pour l'abolition de l'esclavage. Ils ont trop peur de l'effondrement économique. Trop peur de perdre leur fauteuil et leur manoir justement...

Ce qu'il disait résonnait en elle avec plus de violence qu'il ne pouvait imaginer. Un silence s'installa. Jusqu'à ce qu'Eleonor ne puisse plus se taire.

— Moi j'ai vu...

Matthew posa les yeux sur elle. Des yeux qui l'invitaient à continuer.

— J'ai vu les hommes, les femmes et les enfants enfermés dans des cages aux grands barreaux de fer sur les places des villages. J'ai vu les marchands hurler des prix et des caractéristiques, des clients discuter et tâter la marchandise comme on achète des poules au marché. J'ai vu leurs yeux qui avaient perdu l'espoir, j'ai vu ce que trois mois passés dans une cale à baigner dans ses propres excréments faisaient à un homme. L'impossibilité de se battre face à un monstre mille fois plus grand qu'eux.

Eleonor gardait le regard rivé sur sa bière, les deux mains serrées en poing sur ses genoux, cachées sous la table. Elle ne pouvait se résoudre à rencontrer celui de Matthew ni celui de qui que ce soit, tant ce qu'elle avouait était l'une des rages les plus dévastatrices de son existence.

— Et puis j'ai rencontré les Baga de ce monde, reprit-elle après un silence. Ceux qui ont vécu des années dans les champs de coton. Ceux qui ont été cassés par le labeur des champs et par l'illusion de reconstituer une vie, un semblant de famille. Cassés sans cesse par l'impensable vérité de ne pas se posséder soi-même, d'être possédé par un autre. Ce n'est pas l'absence de liberté qui les tue, c'est l'absence de nom. Ils n'ont que le prénom qu'on leur donne, ils n'ont plus de nom de famille, plus d'histoire. On les dépouille jusqu'à leur enlever ce qui fait l'homme : une identité. Alors, ils chantent, rient et continuent de marcher comme ils peuvent, mais ils n'ont souvent plus de voix pour crier.

Elle fit une pause dans son récit, perdant elle-même les mots pour dire l'horreur.

— Vous savez que Baga est le diminutif de Bagatelle ? On lui a imposé un prénom qui signifie n'être pas grand-chose... Le cynisme à son apogée.

Alors qu'elle ne s'y attendait pas, elle sentit sous la table la main de Matthew attraper la sienne. Délicatement, il déplia les doigts serrés d'Eleonor et glissa les siens contre sa paume. Son cœur sauta un battement, sa poitrine se serra. Elle leva la tête vers lui. Sa beauté la troubla encore. Dans ses yeux, elle perçut la compassion autant que l'impuissance qui le rongeait.

Finalement, elle prit une grande inspiration pour chasser les fantômes et la nuit - en espérant qu'il ne la lâche pas pour autant.

— Vous me disiez que vous étiez en train de changer de commerce ? Vous ne parlez pas beaucoup de vos navires, de la compagnie du Globe...

— J'essaye. J'ai hérité du système du commerce maritime. Mon père n'a jamais eu de bateau négrier, ce n'était pas son genre, contrairement à son frère... Mais le commerce direct avec les colonies n'est pas beaucoup mieux. Le *Mercutio*, qui est parti le mois dernier, est le premier que j'envoie au nord du Nouveau Monde pour tenter de lancer un échange commercial avec les marchands de fourrure et de morue. Pour ne plus acheter le fruit de l'esclavage que sont le sucre, le café et le coton. Je ne peux pas abolir l'esclavage à moi tout seul, mais je peux au moins arrêter de m'enrichir sur son dos.

Il récupéra sa main et Eleonor sentit un vide. Les yeux de Matthew brillaient d'un feu étrange. Elle finit alors sa bière d'une traite.

— Je crois qu'il est temps d'enquêter, annonça-t-il.

Ensemble, ils jetèrent un œil rapide à l'homme au comptoir qui, hormis pour le niveau de son verre qui avait nettement diminué, n'avait pas bougé d'un millimètre, comme figé dans le marbre. Figé par le temps.

— On est d'accord sur l'histoire... ?

— Oui.

Elle acquiesça d'un geste de tête en tachant de se remémorer les noms de leurs bateaux respectifs, tous issus d'une pièce de Shakespeare. Le *Mercutio* était le navire de Matthew, qui venait de partir pour les États-Unis d'Amérique. Le *Caliban*, celui de George, qui venait de revenir des Antilles avec un retard douteux. Il y avait aussi un *Othello*, mais pour le reste il ne les avait pas nommés, pas qu'elle s'en souvienne.

Ils se dirigèrent vers l'homme au bar.

— Mon bon monsieur, peut-on vous embêter quelques instants ? lui demanda Matthew.

Le vieil homme parut étonné, comme surpris par le fait même que des humains existent autour de lui. Puis il haussa les épaules.

— Je vous offre un verre pour le dérangement, ajouta Matthew en faisant signe à la serveuse. Je me présente, Ed Taylor, charpentier, et mon apprenti, Leo.

Il prit place sur le tabouret, Eleonor sur le suivant.

— Me disais bien que vous étiez bien habillés pour le taudis dans lequel nous sommes, marmonna l'homme. Que fait un maître charpentier dans un bar de dockers ? Vous, les officiers, vous avez ailleurs où noyer votre chagrin.

— Je sais où se trouvent les informations, mon bon monsieur, et ce n'est pas chez les gens comme nous.

— Vous cherchez des informations ? ricana-t-il entre ses dents.

— Nous espérons embarquer sur l'un des prochains navires. Mais nous voulons nous renseigner avant. Le choix est un luxe offert au charpentier...

— Des navires, y en a des dizaines arrivés au port, juste cette semaine. C'est tous les mêmes, si vous voulez mon avis.

Mauvaise odeur, mauvaise bouffe, mais pas mal de sous à l'arrivée, si vous survivez à la traversée...

Il haussa de nouveau les épaules.

— On nous a parlé de la compagnie du Globe. Paraît qu'ils payent bien.

— Mouais. Le *Mercutio* est déjà parti.

Il parut réfléchir. Jaugea Matthew de la tête au pied.

— Reste le *Caliban*. Mais çui-là, je vous le conseille pas.

— Ah bon ?

L'homme ne répondit pas. À la place, il se pencha pour jeter un œil sur Eleonor. Elle prit une gorgée, prétexte afin de baisser la tête.

— Il est bien taiseux votre apprenti. Il a pas de langue ?

— J'aime les compagnons silencieux. À quoi bon aller vivre sur l'eau si ce n'est pour apprécier le silence de la mer ?

— Moi, avant, j'aimais le brouhaha du port au coucher du soleil. Maintenant, j'aime que mon lit et l'alcool qui le précède. Marin, docker, c'est tout pareil, c'est mourir à petit feu et finir noyé dans la crasse ou les flots.

Matthew allait pour répondre, mais Eleonor l'en empêcha en lui pinçant discrètement le flanc. Le nom du bar résonnait dans sa tête depuis leur arrivée, cognait dans sa mémoire.

Alors, elle pivota légèrement sur son tabouret, cracha par terre, replongea la tête dans sa bière. Puis d'une voix basse, à peine audible, elle se mit à fredonner.

« Vivre d'orgie c'est ma seule espérance
Le seul bonheur que j'ai pu conquérir
Si sur les flots j'ai passé mon enfance
C'est sur les flots qu'un forban doit mourir.
Peut-être qu'au mât d'une barque étrangère
Mon corps un jour servira d'étendard
Et tout mon sang rougira la galère
Aujourd'hui fête et demain le hasard
Allons, esclave, allons debout, mon brave,
Buvons la vie et le vin à grands pots
Aujourd'hui, fête, et puis demain peut-être
Ma tête ira s'engloutir dans les flots. »

Lorsqu'elle eut fini, les trois compagnons contemplèrent le silence et la mélancolie envahir l'air de son parfum suave. Puis, d'une pichenette sur sa cuisse, elle exhorta Matthew à reprendre.

— Mourir avalé par les flots, voilà bien le sort qui nous attend tous, dit-il en secouant la tête.

Il tapa sur le comptoir du plat de la main et se redressa.

— Mais sortons de notre torpeur et reprenons un verre. Vous disiez du *Caliban* ? Vous ne le conseillez pas ? demanda-t-il comme si de rien n'était.

L'homme poussa un soupir, comme seul un vieil homme peut le faire – une lamentation, un gémissement, épaissi par l'âge et la lassitude.

— Y a du louche qui y rôde, tout le monde le sait sur les quais. Personne ne dit rien parce que de toute façon y a pas d'oreille pour nous écouter.

— Vous m'intriguez. Ceux qui le déchargent ont remarqué quelque chose ?

— Pas besoin de le débarquer pour remarquer c'qu'est juste sous nos yeux. Il est bien peu dansant pour un bateau sur le retour...

Il se tut, alla pour ouvrir la bouche puis se ravisa. Brusquement, comme piqué par une mouche, il se leva.

— Moi, je suis pas là pour servir de moulin à ragots, encore moins pour les officiers curieux. La mort est au tournant, j'ai juste envie qu'on me fiche la paix jusqu'à ce que la Faucheuse vienne me prendre.

Il attrapa sa chope et fit quelques pas chancelants en direction d'une table.

— Jolie voix, matelot, souffla-t-il en passant derrière Eleonor.

Matthew finit sa bière d'une traite avant de suivre Eleonor vers la sortie. Il s'était promis de ne pas se soûler, mais la déception et la fatigue étaient trop grandes. Il venait d'avoir confirmation que quelque chose de louche se jouait sur le *Caliban*, mais pas d'explication sur ce qui alimentait la suspicion.

— Vous avez l'air accablé..., fit remarquer Eleonor une fois dehors.

— Nous n'avons rien obtenu de concret. Le seul qui ait parlé n'a pas dit grand-chose, et les autres dockers se sont avérés tout aussi peu accommodants que le premier.

— Oh non au contraire, nous avons appris beaucoup...

Malgré la pénombre des rues de Liverpool et les bords de son large chapeau, Matthew distingua le sourire qui s'étendait sur le visage d'Eleonor.

Comment elle parvenait à être d'une beauté si radieuse accoutrée de la sorte, il n'arrivait pas à comprendre. En revanche, sa curiosité était piquée.

— Le *Caliban* revient moins chargé qu'il ne part... C'est plus qu'étrange pour un navire marchand.

Matthew comprit soudain ce qu'elle avait déduit de la réflexion du vieil homme.

— Vous faites référence à sa réflexion sur le fait qu'il est peu dansant ? C'est une façon de dire qu'il est peu enfoncé ? Certaines marchandises pèsent moins lourd que d'autres pour le même volume...

— Peu importe. Un navire se charge de cargaison jusqu'à s'enfoncer au maximum de sa capacité. Quitte à bourrer les quartiers de tonneaux s'il faut. Aucun marchand, aucun capitaine ne ferait faire une traversée à un tel bâtiment sans en utiliser la capacité totale de chargement. C'est une perte d'argent et de temps considérable.

C'était une évidence dont Matthew avait conscience, étant armateur lui-même, mais les données de chargement se traduisaient chez lui par des livres de comptes et d'interminables réunions dans des bureaux londoniens. Au fond, s'étant tenu à l'écart de Liverpool, Matthew n'avait que peu de connaissances sur les navires à proprement parler. Encore moins sur le jargon coloré des marins.

— J'aurais été capable de rater ça... Personnellement, je compose avec des registres et des chiffres. Pas avec la capacité de danser d'un navire...

— Les chiffres d'un livre de comptes peuvent mentir. Pas la coque d'un bateau...

Eleonor replaça une mèche qui semblait vouloir s'échapper

de son chapeau. Ils prirent à droite et remontèrent la rue pavée qui menait au centre où leur calèche les attendait.

— La question qui subsiste en revanche, c'est pourquoi George ferait revenir ses bateaux à moitié chargés..., lança Eleonor.

— Et qui est cet assistant mystère qui n'apparaît pas sur les registres ni parmi les employés de ma compagnie ? ajouta Matthew.

Elle réfléchit un instant, l'air concentré.

— Peut-être que votre cousin choisit de faire revenir ses navires avec une partie de l'argent de ses ventes, afin de le récupérer sous le manteau sans le faire passer par la compagnie.

Matthew secoua la tête.

— C'est bien plus intéressant de revenir avec de la marchandise exotique et rare et de la vendre ici que de revenir avec de l'argent... On vend pour acheter, pour revendre, pour racheter. C'est absurde, mais c'est comme ça que ça fonctionne. C'est comme ça qu'on génère de l'argent.

— Sauf quand on boit le rhum qu'on est censé revendre avant d'arriver à bon port, plaisanta Eleonor. Ça nous est arrivé plus d'une fois lorsque la météo n'était pas de notre côté.

Matthew éclata de rire.

— Vous buviez votre marchandise ?

— Disons qu'elle diminuait de beaucoup en chemin... On appelait ça « la part d'engloutissement en mer ». Nous avions fini par théoriser un pourcentage de perte avec William. Oncle Miles était hors de lui, mais plus il était en colère, plus il buvait... Ce n'était pas le dernier à taper dans les réserves.

Les yeux d'Eleonor pétillaient. Comme chaque fois qu'elle évoquait ses aventures passées.

Espérant prendre un raccourci, Matthew emprunta une ruelle. Eleonor le suivit sans exprimer la moindre crainte face aux rues désertes où pouvaient rôder les fantômes en toute impunité. Elle marchait à pas nonchalants, comme si leur traversée de la ville était une balade rafraîchissante, comme si la nuit était un épais édredon qui l'enveloppait. Matthew aimait la nuit, aimait les embruns de la mer que l'on distinguait dans l'air du soir. Mais, surtout, il se mettait à aimer plus que de raison la vue de sa comparse.

Soudain, une bourrasque souleva et délogea le chapeau d'Eleonor. Ses cheveux, ramassés dans un chignon peu serré, vinrent s'étaler sur ses épaules. La vue, époustouflante, renversa Matthew. Elle attrapa ledit chapeau pour qu'il ne s'envole pas au loin mais, avant qu'elle puisse le remettre en place, sans prendre le temps de réfléchir, Matthew la retint d'une main sur son poignet.

Tout se figea.

La pulsion qui monta en lui à cet instant fut tel un feu de forêt, brûlant tout sur son passage. Il parcourut le pas qui les séparait, plaça son autre main dans le cou d'Eleonor, et cette dernière comprit. Ses yeux, surpris, s'arrondirent, mais elle ne recula pas, ne montra pas le moindre signe d'inquiétude. Alors, Matthew termina son geste et plongea son visage vers le sien. Il s'arrêta une petite seconde à peine avant que leurs lèvres se touchent, suffoqué par l'intensité de l'instant. Puis, enfin, il déposa un baiser furtif sur sa bouche. Il recula la tête. Son baiser était une question, à laquelle Eleonor répondit en se mordant la lèvre puis en tendant son cou gracile et en l'embrassant en retour.

Le feu devint volcan. Un volcan commun à leurs deux corps qui, dans un même mouvement, se rapprochèrent progressivement l'un de l'autre jusqu'à se toucher. Sa main gauche tenait toujours le poignet d'Eleonor, la droite son cou, et il dut se retenir d'attraper sa taille pour l'amener complètement à lui : il dut se retenir pour ne pas la dévorer là, au milieu d'une ruelle sombre d'une ville obscure.

Sentant l'ardeur emporter toute raison, il recula le plus doucement possible et brisa leur baiser.

Eleonor prit une grande inspiration comme on reprendrait son souffle après l'avoir longuement retenu.

— Peut-être est-il temps de rentrer chez nous, Eleonor Evans ? Si vous acceptez...

Il ne pouvait être certain qu'elle avait compris le sous-entendu. Cela étant, le sourire timide mais éclatant de son épouse semblait approuver l'idée.

Et c'est à pas vifs qu'ils regagnèrent leur calèche.

21

Une fois la porte fermée derrière eux, Matthew attrapa le chapeau d'Eleonor et ce dernier vola dans la pièce. Il prit du recul pour contempler cette femme – étrange alliage : la légèreté de la plume et l'ardeur du feu –, époustouflé par la vision. Ses cheveux en bataille, à nouveau libérés de toute entrave, encadraient son visage d'ange rieur. L'intelligence pétillait dans ses yeux, et sa bouche entrouverte disait la fièvre qui l'avait saisie elle aussi. Mais elle ne bougeait pas, debout, immobile dans le salon. Matthew n'osait pas retirer plus que le couvre-chef. À vrai dire, il n'osait plus rien faire de crainte de l'effrayer. Le désir flottait dans l'air comme un parfum entêtant, un fumet délicieux. Derrière lui se trouvait la porte du bureau de feu son père. Alors, sans un mot, il commença à reculer, les yeux rivés à ceux d'Eleonor. Deux pas plus loin, elle comprit où il se dirigeait – où il l'invitait à le suivre. Un sourire adorable vint se former sur son visage et elle se mit à avancer pour le rejoindre.

Lorsque la deuxième porte claqua derrière elle, Matthew ne put plus contenir ce qui explosait en lui. Il fondit sur elle et l'embrassa sans prendre le temps de mesurer ses actions. Il n'était plus apte à réfléchir, encore moins à se raisonner. La façon dont Eleonor accueillit son baiser, sans pudeur, sans retenue, ne fit que mettre de l'huile sur un feu déjà ardent. Les deux mains autour de son visage, il aurait pu rester ainsi, jouant lèvres à lèvres, souffle à souffle, des heures durant. Mais la respiration d'Eleonor se fit si courte – par manque de souffle ? par excitation ? – qu'il calma son ardeur et recula la tête. Ses mains glissèrent le long de son cou, de ses épaules, de ses bras jusqu'à saisir les doigts d'Eleonor, qu'il tira légèrement pour la mener à travers la pièce. Leurs yeux ne décrochèrent pas, et il aurait vendu tout ce qu'il possédait pour savoir ce qui se tramait dans l'esprit si bouillonnant de cette jeune femme. De sa femme… Ils arrêtèrent leur déambulation lorsque le dos de Matthew buta sur l'immense bureau au centre de la pièce. Sans réfléchir, il inversa la situation : en attrapant sa taille fine, il la retourna pour l'acculer contre le meuble. Puis il réalisa la brusquerie de son geste.

— Je suis désolé, dit-il dans un souffle.

— De quoi ? s'enquit-elle sincèrement.

— Je suis ivre et j'ai envie de vous comme je n'ai ja…

La poitrine d'Eleonor se souleva imperceptiblement. Elle attendit la fin de phrase, la tête légèrement penchée, mais celle-ci ne vint pas.

— Ne soyez pas désolé, finit-elle par dire. Je suis ivre aussi et j'ai envie de…

Elle non plus ne savait visiblement plus comment finir ses phrases. Mais Matthew avait entendu dans sa réponse la permission qu'il attendait. Alors il lâcha la taille d'Eleonor et entreprit de la libérer de sa veste afin d'enlever l'une des nombreuses couches qui les séparaient. Il la fit glisser sur ses épaules puis le long de ses bras et elle tomba au sol. Enfin, délicatement, tentant de ne pas se laisser emporter par la précipitation, il retira le premier bouton de sa chemise d'homme, puis un deuxième, puis les suivants. Du bout des doigts, il en décala un pan jusqu'à découvrir la nudité d'Eleonor. À sa grande surprise, elle ne portait ni corset ni brassière. Elle ne portait rien, et devant lui se dévoilèrent alors deux seins menus, ronds et ravissants. Eleonor trembla. Il leva les yeux sur son visage pour vérifier. Non, elle ne tremblait ni de froid ni de peur. Ses lèvres étaient serrées l'une contre l'autre. Ses yeux, pétillants, étaient pleins de curiosité- quoique laissant percevoir une légère gêne, de s'offrir à la vue d'un homme, peut-être.

Matthew se décida à équilibrer le jeu. Il se défit de sa propre veste, retira les premiers boutons de sa chemise, puis l'attrapa par le col sur sa nuque et la fit passer par-dessus lui.

À présent, il était torse nu, sa chemise à elle était grande ouverte : ils étaient sur un pied d'égalité. Il ne put s'empêcher d'esquisser un sourire tandis qu'Eleonor leva timidement une main et vint la déposer à plat sur le torse de Matthew. Ce contact le surprit. Le frémissement intérieur ne fit qu'augmenter lorsqu'elle se mit à parcourir sa poitrine, les muscles de son ventre, les creux, les pleins. Elle n'avait jamais touché un corps d'homme, d'après ce qu'il avait compris. Ses gestes étaient ceux d'une exploratrice venant défricher un terrain inconnu, son expression, celle d'une femme aussi troublée qu'avide de découvertes.

Puis, n'y tenant plus, il l'embrassa à nouveau. Au fur et à mesure que l'intensité de leur baiser montait en puissance, leurs deux torses se rapprochèrent jusqu'à ce que leurs peaux nues se frôlent. La caresse furtive des tétons d'Eleonor sur sa poitrine plongea Matthew dans un état de pure folie. Ses mains descendirent à l'aveugle et tâtonnèrent sur la fermeture du pantalon que portait Eleonor. Ses mouvements étaient précipités, maladroits, désespérés. Il brûlait de lui retirer encore un vêtement, de s'approcher de son intimité. Il avait conscience de l'ironie de la situation : s'il enlevait tous les jours son pantalon, il ne l'avait jamais fait sur le corps d'un autre.

Il brisa leur baiser et recula la tête pour mieux voir ce qu'il faisait, un sourire amusé aux lèvres. Les boutons cédèrent, et c'est en regardant Eleonor droit dans les yeux qu'il fit glisser pantalon et sous-vêtements le long de ses jambes, jusqu'à les lui retirer complètement. Tous deux semblaient retenir leur souffle. Eleonor portait toujours sa chemise ouverte sur les épaules. Matthew la lui laissa, comme un dernier rempart devant son envie de la posséder entièrement. Scindé en deux, s'il désirait plus que tout la dévorer, la prendre, là maintenant tout de suite, il voulait cependant apprécier le chemin, quitte à être consumé en route par le désir. Il se plaça devant elle, debout.

— Si j'avais cru un jour enlever un pantalon à une femme

pour avoir l'honneur d'accéder à son corps, finit-il par dire avant de se mordre la lèvre.

— Si j'avais cru un jour me faire retirer mon pantalon par mon époux...

— Votre époux, répéta-t-il à voix basse en s'approchant encore.

D'un seul élan, il attrapa Eleonor par la taille, la souleva et l'assit sur le bureau derrière elle. Puis, sans la quitter des yeux, il posa sa main au niveau du genou.

— Votre *époux* a-t-il la permission de faire ça, Lady Evans ?

Sa main entreprit de remonter l'intérieur de sa cuisse. Tout frissonna dans le corps de la jeune femme. Elle attrapa le rebord du bureau, serra fort. Il termina son chemin, alla jusqu'au bout de son intention et sa main se logea sur l'entrejambe d'Eleonor. Les yeux de celle-ci furent traversés par un éclair d'étonnement alors que les doigts de Matthew trouvaient le point de non-retour, là où résidait la jouissance des femmes, où les hommes rêvaient de se perdre.

Ce qu'il fit en se mettant à la caresser, d'abord doucement, puis de plus en plus vite. Eleonor se cambra malgré elle, sa respiration se fit saccadée, tous les muscles de son corps se tendirent, et la vision de l'embrasement sur son visage emplit Matthew du plus exquis sentiment qu'il ait jamais connu. Il n'osa rien toucher d'autre, rien entreprendre, de peur de la troubler dans son ascension. Alors il continua à la caresser jusqu'à ce que son corps, traversé par l'éclat de jouissance, se crispe entièrement et qu'elle referme les cuisses sur sa main par réflexe. Sur le visage de la jeune femme l'étonnement fit place à un sourire extatique.

Cette fois-ci, Matthew avait usé tout ce qu'il possédait de patience et de plaisir du jeu. Cette fois-ci, ni lui ni son membre ne pouvaient attendre une seconde de plus.

Avec beaucoup plus d'aisance, il retira son propre pantalon. Une fois nu, il examina l'expression d'Eleonor. Étrangement, elle ne semblait pas choquée par sa nudité.

Il revint à elle et, très délicatement, il écarta ses jambes du bout des doigts puis vint se placer entre ses cuisses. Il arrêta tout une seconde et prit l'expression la plus sérieuse possible malgré sa respiration haletante et le feu qui le brûlait.

— Vous êtes sûre de voul… ?

— J'ai rarement été aussi sûre de vouloir quoi que ce soit, le coupa-t-elle.

Il ne put s'empêcher de sourire, un sourire qui partait du fond de sa poitrine, qui naissait autant du désir primaire que du plaisir qu'il avait à partager ça avec elle. Pas avec une femme, avec elle. Pas avec une femme, avec sa femme.

Il inséra alors son sexe en elle, d'abord un tout petit peu. Il fit une pause, laissa la vague passer puis, une main posée au creux de son dos, il la pénétra entièrement. L'explosion fut instantanée. Il déposa un baiser sur ses lèvres, mais dut s'arrêter lorsqu'il entama d'aller et venir en elle tant les sensations devenaient débordantes. Il abandonna toute velléité de l'embrasser, de la découvrir. Il fit simplement glisser la chemise qui tombait déjà à moitié sur ses épaules délicates, l'enlaça entièrement de ses deux bras, colla son torse contre sa poitrine autant qu'il le pouvait et, tâchant de ne pas être trop brusque, continua à entrer en elle et sortir. Le mouvement de ses hanches se fit de plus en plus rapide, de plus en plus sec. À son oreille, il pouvait entendre le souffle d'Eleonor entrecoupé de gémissements, infimes, retenus. Un son si délicieux qu'il dut se mordre les lèvres pour ne pas se laisser aller trop vite. Dans son dos il sentit la main d'Eleonor s'agripper puis les ongles de la jeune femme s'enfoncer dans sa peau. La pensée, le réel, le bureau, tout fut englouti par le brouillard de plaisir qui ne cessait de monter. Instinctivement, il donna trois coups de bassin plus francs, plus intenses. La tête d'Eleonor, calée dans sa paume, bascula en arrière. Sa bouche était entrouverte, son souffle devenu fou et ses yeux mi-clos. La vue de son visage acheva de le faire flamber et, au quatrième coup, alors qu'il entendait une plainte incontrôlable sortir de la bouche de la jeune femme, qu'il était persuadé qu'elle avait atteint le sommet, il retira à contrecœur son membre d'elle et se laissa aller à la délivrance.

Les minutes qui suivirent furent comme les vapeurs de l'opium. Un nuage sans forme, sans temps, un espace cotonneux où rien d'autre n'existait que la sensation de leurs corps toujours collés l'un contre l'autre, de leurs respirations qui reprenaient progressivement un rythme apaisé, de l'odeur de son cou et de ses cheveux dans lesquels sa tête était enfouie, de ses bras toujours agrippés à son dos, de ses cuisses à elle, qui l'enserraient, refusant de le laisser partir.

Matthew Evans, comte de Richmond, croyait connaître les plaisirs de la chair, la rencontre de deux êtres dans leur pure nudité, la complicité de l'instant, les tressaillements des corps, les poitrines essoufflées par le plaisir et l'effort.

Matthew croyait. Mais, à cet instant précis, il comprit qu'il ne connaissait rien et qu'il avait tout à découvrir. Tout à découvrir de la vie, tout à découvrir d'elle.

22

Cher Matthew, chère Eleonor,

Votre équipe d'espions est charmante et pour le moins efficace. Il ne leur aura fallu que deux jours pour tout savoir de la vie de George et même dénicher un petit quelque chose en plus, mais j'ai le regret de vous annoncer que, malgré cette avancée, nous sommes pour l'instant dans une impasse.

Nous savons tout de sa façon de se nourrir (mal), de traiter ses domestiques (monstrueusement), de recevoir des jeunes demoiselles à des heures indues (tristement attendu) et de l'inexistence totale de sa femme (certains domestiques la pensent morte et enterrée dans la cave de la demeure, à la suite d'une cérémonie sacrificielle sataniste). Il ne doit pas être si discret que ça car tout le monde a remarqué la présence régulière et nocturne de ce fameux Sir Boggart, mais personne ne sait qui il est.

La seule information un peu pertinente vient du valet de pied de George qui aurait dit à la cuisinière qui aurait alors raconté à la sœur de Miss Cooper que notre cher George a été surpris en train de faire une crise de nerfs devant un interlocuteur inconnu. La conversation portait sur une histoire de débarquement et de barque, et il a été entendu en train de crier le nom Désile Tilly à plusieurs reprises. Personne dans sa demeure ni dans la tienne n'a jamais entendu parler d'un M. Tilly. J'ai moi-même fait des recherches à Londres mais rien n'en est sorti : ni dans notre cercle d'amis, ni chez Coco, ni même dans le registre de votre compagnie, que je suis allé consulter. (Sache que la sécurité de tes bureaux laisse à désirer.)

Peut-être que ce nom te dira quelque chose ou qu'il résonnera quelque part à Liverpool ?

Vous voilà avec deux fantômes sur les bras. J'espère que l'enquête avance plus sûrement de votre côté.

En tout cas, nous ne baissons pas les bras. Tom est si investi par sa mission qu'il parcourt les écuries de toute la région le matin, tient vos écuries à lui tout seul la journée et s'occupe de Prudence à la nuit tombée. Cette dernière va beaucoup mieux selon Mrs Downey, et le bébé est en pleine forme, selon Juliet. (Il est fort bruyant au demeurant, ce qui est bon signe m'a-t-on dit). Votre maisonnée est une fourmilière au plus fort de son activité. À croire qu'ils n'ont absolument pas besoin de vous pour fonctionner à plein.

Aussi nous sommes sur le pied de guerre et revenons vers vous si une autre information surgit de notre équipe de fins limiers.

Amicalement,

Votre serviteur,

Clayton.

Eleonor tendit la lettre à Matthew qui la relut pour la troisième fois.

La calèche buta sur un caillou, projetant ses occupants violemment en avant. Le bras de Matthew vint instinctivement se placer devant Eleonor pour prévenir une chute. Ce faisant, sa main se posa sur la hanche de la jeune femme. Instantanément, la tornade de désir se réveilla en elle. La nuit passée ensemble était juste là, à l'arrière de ses pensées, cachée dans les recoins les plus intimes de son corps. Pendant une petite seconde, alors même que la calèche avait retrouvé ses esprits,

Matthew demeura ainsi, le bras en travers de la poitrine de la jeune femme, la main posée sur sa hanche. Puis il lâcha prise et rendit, à regret, sa liberté au corps d'Eleonor. Celle-ci prit une inspiration discrète puis revint au sujet qui les occupait.

— J'imagine que vous n'avez jamais entendu parler de ce Tilly non plus ?

— Vous imaginez bien.

Il soupira.

— Peut-être que Maggie aura des informations sur Boggart et sur un M. Tilly. Espérons.

Eleonor crut percevoir une franche lassitude dans sa voix.

Ils avaient passé une partie de leur nuit à même le tapis, devant le foyer, une couverture lancée sur leurs corps nus. Puis ils s'étaient résolus à remonter dormir quelques heures de plus et se rafraîchir. Il aurait été plus qu'inconvenant de se faire surprendre par Ruth au petit matin. Ils s'étaient alors retrouvés dans leurs chambres respectives. Elle n'avait pas trop compris ce qui avait motivé cette décision. Debout dans le couloir, à moitié habillés, ils s'étaient séparés brutalement, poussés par l'absence de choix ou la confusion – alors même qu'ils venaient de partager une nuit aussi intense qu'intime. Elle ne savait pas non plus comment l'interpréter. Revenaient-ils au statu quo de leur contrat de départ ? Elle n'avait pas la réponse, ni n'arrivait à déterminer ce qu'elle désirait elle-même. Mieux valait ne pas trop ressasser tout cela et peut-être juste chérir le souvenir de la veille.

Cependant, depuis ce matin, Matthew semblait distant, presque fermé. Probablement ruminait-il simplement les déboires de leur enquête qui n'avançait pas assez vite à ses yeux.

La calèche s'arrêta quelques mètres avant la maison close qui, à cette heure de la journée, était « close » au sens propre. La lanterne rouge pendait au-dessus du porche, éteinte, la devanture de l'immeuble paraissait bien morne sans le filtre de la nuit, et la porte fermée donnait un air de prison impénétrable à l'établissement.

Matthew avait fait parvenir une note annonçant leur visite afin qu'ils n'aient pas trop à attendre devant la porte.

Effectivement, la seule passante avait regardé Eleonor les yeux pleins de consternation de voir une femme distinguée debout sur le perron d'une maison de passe.

Maggie les invita à entrer promptement. Après un temps d'hésitation, elle ne les mena pas dans les salons, mais dans la partie habitation de l'immeuble. Elle était étonnamment jeune pour une tenancière. Étonnamment belle aussi. Son attitude était, comme celle de beaucoup de patronnes de bordel, assurée, presque provocatrice. Mais elle ne dégageait pas cet air sympathique et espiègle qu'Eleonor avait toujours apprécié chez les tenancières qui l'avaient accueillie.

Ils entrèrent dans la première pièce du couloir, un petit salon.

— Je ne vous propose pas de vous asseoir. J'ai rien trouvé pour vous. Désolée, annonça-t-elle abruptement.

— Rien ? s'étonna Matthew. Aucun Sir Boggart dans aucune maison de la ville ?

Eleonor perçut un éclair de malaise chez la femme, au point de penser un instant qu'elle mentait.

— Non. Rien.

— Pas même un homme avec une cicatrice à la mâchoire ?

Maggie secoua la tête de gauche à droite, faussement désolée. Était-elle juste antipathique, ou franchement malhonnête ? Eleonor remarqua alors un mouvement au fond du salon. La porte menant à la pièce suivante était entrouverte. Dans l'entrebâillement, on pouvait apercevoir la silhouette d'une jeune fille.

— Alors peut-être avez-vous entendu parler d'un M. Tilly ?

Le plus discrètement possible, Eleonor se décala légèrement pour mieux voir la figure fantomatique sans alerter Maggie. La tenancière secoua à nouveau la tête.

— Non, ça m'dit rien non plus.

Le visage de la mystérieuse espionne avança dans l'entrebâillement au point de se découvrir, et ses yeux rencontrèrent ceux d'Eleonor. Elle ne détourna pas le regard, au contraire, elle fit un geste de tête sec sur le côté, comme pour l'inviter à la suivre.

Eleonor avait beau réfléchir, elle ne voyait pas comment s'échapper sans attirer l'attention. Lorsqu'elle revint à la conversation en cours, elle s'aperçut que Matthew avait repéré le cirque qui se jouait dans le dos de la tenancière. Elle pinça les lèvres, perdue. Les filles de joie n'avaient pas le droit de sortir en journée, elle le savait, et si certaines trouvaient des techniques pour le faire en catimini – ou avaient une tenancière qui regardait de l'autre côté – ce n'était pas le cas de toutes, et sûrement pas celui de Maggie.

Soudain, Matthew attrapa Eleonor par le bras puis accrocha un sourire de politesse sirupeux sur son visage.

— Si nous pouvions vous embêter pour une dernière chose ? demanda-t-il à Maggie. Mon épouse aurait besoin d'emprunter vos latrines, ou votre cabinet de toilette si vous en possédez...

— Bien sûr que nous en avons, s'agaça-t-elle. Au bout du couloir. Vous avez besoin qu'on vous accompagne ? demanda-t-elle à Eleonor avec le regard de dédain de celle qui méprise les princesses.

— Non ça ne sera pas nécessaire, je vais me débrouiller. Merci.

Eleonor jeta un regard à la porte du fond. La jeune fille avait disparu. Elle se précipita vers la sortie, croisant les doigts pour que celle-ci ait entendu leur échange. Une fois dans le couloir, elle avança de quelques pas, incertaine de ce qu'elle devait faire : aller jusqu'au cabinet ou attendre devant la porte de la pièce voisine où se trouvait supposément la fille. Comme rien ne se passait, elle poussa jusqu'au fond du couloir. Au moment où elle s'apprêtait à entrer dans le petit cabinet, la porte de la dernière pièce à sa gauche s'ouvrit. Une main en sortit, attrapa le bras d'Eleonor et la tira à l'intérieur. Toutes les pièces devaient communiquer entre elles car elle y découvrit la jeune fille.

Légèrement vêtue, elle portait sa chemisette de nuit sur le bord de ses épaules et ses cheveux lâchés. Si l'inquiétude dans ses yeux était criante, y grondaient aussi une colère et une indignation que seule une femme ayant sauvegardé sa dignité pouvait charrier – la tête haute et le corps droit.

— Nous n'avons pas beaucoup de temps, il faut pas qu'elle vous voie là, la grognasse. Vous cherchez Sir Boggart, c'est ça ?

— Oui.

— Pour quoi faire ?

— Il est mêlé à une sombre histoire que nous essayons d'élucider.

— Ça m'étonne pas, cracha-t-elle avec une grimace. La Maggie, elle ment, il vient souvent ici. Je suis bien placée pour l'savoir.

Un pur dégoût s'étalait sur son visage.

— Moi, il m'a jamais rien dit mais j'ai un gars sur le port qui m'aime bien. Qui vient souvent. Je lui ai dit que le gars, le Boggart, il était pas correct. Alors il l'a suivi au pub l'autre soir, il l'a fait boire, il voulait lui casser la gueule mais il sait plus trop comment s'est finie la soirée. En tout cas, il avait un œil au beurre noir, mon p'tit. C'est pas une flèche, vous savez.

Eleonor se demanda un instant où allait ce monologue décousu mais patienta.

— Bref, chais pas si ça peut vous aider mais il a déblatéré toute la soirée sur une cargaison qui allait le rendre riche, et qu'il devait aller chercher dans le Sud. Un truc fragile ou je sais pas, compliqué à transporter. Il se souvenait pas trop mon gaillard.

— Merci, c'est déjà quelque chose. Et un M. Tilly, ça vous dit quelque chose ?

— Non, ça m'dit rien, désolée.

Eleonor sourit. C'était déjà énorme. Elle ne savait comment remercier la jeune fille pour le courage dont elle venait de faire preuve : trahir sa patronne dans ce genre de milieu était pour le moins risqué. Puis elle se souvint. Matthew insistait pour qu'Eleonor ait de l'argent sur elle, son propre argent. Elle n'avait jamais eu aucune raison de s'en servir, c'était donc une petite fortune qui se trouvait dans sa bourse. Elle la sortit de son manteau et la déposa dans la paume de la jeune fille.

— S'il est vraiment gentil, votre gars au port, partez dans la nuit et recommencez à zéro tous les deux. Je suis sûre qu'il y a mieux à vivre ailleurs.

La jeune fille regarda rapidement le contenu de la bourse et en fut tellement choquée qu'elle resta un long moment bouche ouverte, regardant Eleonor sans y croire.

— Je dois y aller. Merci encore.

La jeune fille l'attrapa avant qu'elle pût sortir.

— Vous savez, j'ai pas fait ça pour l'argent. Il est pas propre, le type. Y a des pervers mignons. Lui, il est pas mignon...

— Je sais..., se désola Eleonor. Je sais.

Elle aimait que Matthew marche vite. C'était peut-être l'un des plus difficiles ajustements qu'elle avait eu à faire en passant de Leo à Eleonor : se tenir droite et marcher doucement. Les bureaux de Liverpool étaient encore loin sur le port, ils avaient donc une bonne raison d'avancer à grands pas.

Mais Matthew avait l'air soucieux. Ce qu'ils avaient découvert grâce à la jeune prostituée n'avait pas réussi à chasser son humeur morose. Quelque chose clochait.

— Vous voulez bien qu'on s'asseye un instant ?

— Ici ?

Eleonor regarda autour d'elle : le port frémissant, les passants pressés, les ouvriers affairés, les navires majestueux, trônant les uns à côté des autres, si nombreux qu'ils en bouchaient l'horizon. Et la mer, dont le bruit discret était étouffé par le tumulte des docks mais dont l'odeur remontait aux narines au gré du vent.

— Oui, ici. Ça fait un an que je n'ai pas côtoyé la mer, les ports et leurs habitants.

Elle pointa du doigt deux bittes d'amarrage sur lesquelles ils vinrent s'asseoir. Mais elle ne sut comment poser la question qui lui brûlait les lèvres. Alors elle décida de parler d'autre chose.

— Je n'ai plus l'argent que vous m'avez donné. La bourse non plus d'ailleurs.

Il fronça les sourcils.

— Je l'ai donnée à la jeune fille. Pour lui offrir une chance de partir, une chance de vivre, avoua-t-elle.

— Vous avez bien fait.

Puis ce fut tout. Le silence se réinstalla.

— Quelque chose ne va pas ? demanda-t-elle finalement.

Matthew ne parut pas étonné par la question. Il frotta ses deux mains sur son pantalon, les yeux rivés sur ses chaussures, sans cacher son trouble.

— C'est la nuit d'hier qui..., tenta-t-elle le cœur serré. Vous regrettez peut-être ?

Cette fois-ci, il leva brusquement la tête vers elle.

— Non, pas le moins du monde. Enfin, si...

Un nœud se forma dans le ventre d'Eleonor. Son visage se décomposa malgré elle. D'un grand geste de la main, Matthew l'arrêta.

— Je suis juste désolé d'avoir...

Il s'interrompit, passa la main dans ses cheveux.

— D'avoir... ? insista-t-elle.

— Ce n'est pas comme ça que devrait se dérouler une première fois, finit-il par dire dans un souffle. Une première fois mérite un lit, un gentleman sobre et un peu de décorum. Vous méritez des draps et un homme décent...

Eleonor manqua d'éclater de rire mais se retint. Elle ne put néanmoins s'empêcher de sourire, amusée, soulagée.

— Vous vous méprenez, Matthew. J'ai dormi dans des hamacs humides, sur de la paille, à même le plancher. Je ne vais pas me formaliser pour un détail de confort. Je ne suis même pas certaine d'apprécier le confort... Tout est trop moelleux dans votre monde, trop lisse. Moi, les bittes d'amarrage, le bois brut d'un bureau et un tapis rugueux, cela me convient parfaitement.

Il la regarda longuement, incertain. Le cœur de la jeune femme se mit à battre la chamade. Se remémorer la nuit précédente, en parler à voix haute, tout était presque trop.

Matthew alla pour parler, pour argumenter, mais elle l'en empêcha en secouant la tête.

— Je vous assure, vous n'avez aucune inquiétude à avoir. Je n'ai pas besoin de tant de considération. De tant de protection.

— Je sais, souffla-t-il. Je ne sais juste pas comment je suis censé être votre mari, comment vous protéger, si vous n'avez pas besoin de protection, avoua-t-il avec une sincérité déconcertante.

Puis il se leva, balayant par là même la conversation. Elle aurait aimé lui répondre, lui faire comprendre qu'il lui offrait un compagnonnage – et des découvertes inattendues – et que c'était bien mieux que sa protection. Mais il avait clairement clos la discussion.

— Allons-y. Il est temps de jouer la seule carte que j'ai dans la manche : ma double position de comte et d'armateur. Il est temps de réclamer des informations au lieu de les quémander. Si le monde s'avère à ce point véreux, il n'y a pas de raison que je m'acharne à rester correct.

Puis il reprit la route de ses immenses pas. Du coin de l'œil, Eleonor contempla sa posture, ses épaules, les traits parfaits de son visage, ses cheveux légèrement ébouriffés par les embruns, ses mains puissantes qui, toujours, contrastaient avec la douceur de ses gestes. Cet homme était un équilibre subtil entre puissance et délicatesse, un mélange rare qui insufflait à présent en Eleonor un sentiment qui la dépassait.

23

Il posa le journal sur ses genoux et se frotta les yeux.

Trois heures. Cela faisait trois heures qu'ils lisaient, furetaient, analysaient. Il parcourut des yeux le bureau où son père avait mené ses affaires des années durant, à présent plongé dans la pénombre de la nuit. La pièce était tapissée de documents, de carnets et de cartes. Eleonor se trouvait en son centre, assise à même le tapis, à l'endroit exact où ils avaient dormi la veille. Comme à son habitude, elle avait retiré ses bas et était pieds nus. Une indécence charmante, une liberté qu'elle se donnait sans en avoir réellement conscience. Chaque fois qu'il jetait un coup d'œil dans sa direction, Matthew était assailli d'images de son corps nu, de ses lèvres entrouvertes. Et chaque fois, malgré leur beauté indéniable, il chassait les tableaux qui défilaient dans sa tête et replongeait dans sa lecture.

Ils étaient repartis des bureaux de la compagnie du Globe avec autant de dossiers qu'il était possible d'en fourrer dans la calèche. Trois ans d'archives concernant ses propres navires, ceux de George, mais aussi ceux des autres armateurs de la compagnie.

Le secrétaire avait frôlé la crise cardiaque : ce n'était absolument pas légal de sortir les documents sans autorisation préalable, encore moins ceux des autres actionnaires, mais Matthew avait exigé et Matthew avait obtenu.

Tout ça pour rien…

Ils se concentraient à présent sur les informations de

navigation et les registres du *Caliban* qui venait d'accoster. Mais leur exploration des documents soulevait plus de questions qu'elle n'en résolvait.

Les registres de comptes qui répertoriaient la marchandise, les ventes et les achats étaient exactement ceux auxquels Matthew avait accès à Londres. Le journal de bord du capitaine, qu'Eleonor avait déjà lu et que Matthew parcourait à nouveau, n'avait fait que leur confirmer une tentative de dissimulation manifeste. Il était mal tenu, des pages avaient été arrachées – une au milieu du trajet, alors que le navire était à quai aux Antilles, puis de nombreuses sur la fin. Certaines dates étaient illisibles, les informations souvent anecdotiques. Impossible d'en sortir un tableau cohérent de la traversée. Le manque d'informations ne faisait que pointer du doigt le suspect, encore et toujours.

Eleonor était en train d'analyser les cartes de route maritime en les comparant aux bulletins météorologiques et aux vents dominants de la période mais, au vu des soupirs qu'elle poussait toutes les cinq minutes, elle ne devait pas trouver quoi que ce soit non plus. C'étaient les mêmes cartes que celles qu'ils avaient examinées au domaine de Richmond, à la seule différence qu'il s'agissait des cartes originales, et non des copies faites pour les archives de Londres.

Ils furent sauvés du désespoir par l'entrée de Ruth qui, plateau en main, leur apportait un petit souper et une nouvelle carafe de vin rouge. Elle déposa le tout sur un coin du bureau, le seul qui n'était pas envahi de paperasse.

— Les enfants, vous allez vous fatiguer les yeux à force d'ausculter ces bouts de papier. Ce n'est pas en lisant trois fois d'affilée la même chose que vous verrez le texte changer. C'est en prenant du recul qu'on voit les choses différemment.

Eleonor leva les yeux et sourit.

— Mangez quelque chose et allez vous coucher, c'est un ordre.

Ruth se dirigea vers la porte de son petit pas feutré, soupirant ostensiblement.

— Ce n'est pas croyable, ça ne grandit jamais ces bestioles-là, marmonna-t-elle autant pour elle-même que pour se moquer d'eux.

Eleonor, pas franchement décidée à obéir, se replongea dans la carte qui était étalée à sa droite. Matthew attrapa alors le plateau et vint le déposer sur le tapis. Il s'installa au sol lui aussi et entama le pain encore chaud que Ruth venait de leur cuire – une mère n'était ni celle de papier ni celle de sang, c'était celle qui veillait ses enfants jusqu'au bout de la nuit.

Il leur servit un verre à chacun.

— Elle a raison. Ruth a toujours raison. Il est temps de faire une pause.

Eleonor grimaça, mais accepta le verre que Matthew lui tendait avec insistance, suivi d'un morceau de pain et de fromage. Elle les grignota machinalement, perdue dans ses pensées. Ses doigts étaient tapissés d'encre d'avoir pris mille notes et fait mille calculs – tous plus opaques les uns que les autres aux yeux de Matthew. Il y avait quelque chose de magnifique dans ses doigts longs et fins tachetés de bleu. Un peu comme la cicatrice qu'elle portait au ventre. Une histoire, un vécu.

— « Une cargaison dans le Sud », « compliquée à transporter »..., répéta-t-elle pour la énième fois – pour elle-même, pour la pièce, pour le feu, pour qui voudrait bien l'entendre.

— Ça sent la contrebande à plein nez, répéta-t-il lui aussi.

Ils avaient déjà eu cette conversation à plusieurs reprises, à la sortie de la maison close, dans la calèche du retour, ce soir même.

— Oui, mais de quoi, où et comment... Le Sud, c'est grand. Si ça se trouve, ça inclut la France...

— Avec la conjoncture politique actuelle, ça m'étonnerait, fit remarquer Matthew.

— Non, effectivement. Et puis le délai supplémentaire de traversée de ses navires est significatif, mais pas au point d'expliquer un détour par la France... Si ça se trouve, le décalage a lieu aussi de l'autre côté de l'Atlantique, d'ailleurs. Même les choix des routes et des courants sont étranges au large des Antilles. Soit le capitaine et son équipage sont foncièrement mauvais, soit ils ont fait des détours qui ne sont pas notés dans deux zones distinctes. Ici, au niveau des îles Vierges, et ici, au large de l'Angleterre.

De sa main droite, où elle tenait son verre, elle indiqua vaguement deux points sur la carte. Mais, ce faisant, une petite lampée de vin l'éclaboussa. Eleonor jura comme un marin – devant un Matthew qu'à moitié surpris, mais franchement amusé. Elle déposa son verre précipitamment et tendit le bras vers Matthew.

— Votre cravate, vite !

Matthew s'exécuta et retira le tissu de soie qu'il portait au cou. Eleonor le posa sur la carte et épongea au plus vite la tache de vin. Mais elle arrêta soudain son geste, se pencha plus avant, puis recommença à tapoter plus délicatement. À force de se pencher, elle finit à genoux, le nez à trois centimètres du document. Ses yeux se plissèrent de plus en plus, l'un de ses doigts se mit à caresser le papier, et la curiosité de Matthew fut piquée.

— Que se passe-t-il ?

— Il me faut davantage de lumière.

Intrigué, il se leva d'un bond et revint avec un chandelier qu'Eleonor plaça au-dessus de la carte, au niveau de la tache.

— Recouvrir les documents de vin, c'est une chose – je comprends que vous fatiguiez. Mais de là à leur faire prendre feu, se moqua-t-il.

— Regardez...

Matthew s'approcha et finit par repérer ce qu'elle voulait lui montrer.

— Là, le papier ; il a bu le vin plus vite qu'ailleurs, comme s'il était élimé, spongieux.

— Et ça dessine un début de trait, murmura-t-il, abasourdi.

Eleonor glissa de nouveau son doigt le long de la trace puis poursuivit quelques centimètres plus loin, yeux mi-clos, concentrée à l'extrême.

— Il continue, je crois.

Eleonor se redressa pour se remettre en position assise, sonnée. De sa main droite elle tenait la cravate, de la gauche elle se frottait le cou. Ses jambes étaient repliées sous elle. Des mèches de cheveux s'échappaient de partout. La perplexité lui allait bien.

— Vous pensez que c'est quelque chose, ou que nous sommes en train de devenir fous ?

— Ça fait des mois que je suis en train de devenir fou. Alors, un peu plus, un peu moins…

Matthew, les yeux rivés sur la carte, analysa l'indice. Le conseil de Ruth en tête, il se leva complètement pour prendre de la hauteur. Subitement, comme si son esprit travaillait au-delà de sa conscience, un souvenir lui revint en mémoire.

— De l'acétone ! s'écria-t-il.

Eleonor le regarda sans comprendre.

— Ils ont effacé de l'encre avec de l'acétone…

— Qu'est-ce qui vous fait penser ça ?

— Quand j'étais jeune au pensionnat, nous inventions des histoires d'espion. Notre professeur de chimie nous avait appris à effacer une petite quantité d'encre sur du papier. Mais ça l'abîme, ça l'érode un peu.

Le visage d'Eleonor s'illumina. Elle regarda la cravate tachée de vin qu'elle tenait en main, hésitante. Finalement, elle la trempa très succinctement dans son verre, puis se mit à tapoter la carte avec, quelques millimètres de la trace. Le début de ligne se prolongeait au fur et à mesure qu'elle avançait, le vin étant bu par le papier à l'endroit de l'encre effacée.

— J'espère que vous ne comptiez pas rendre la carte…

— Mon épouse l'a malencontreusement fait flamber avec un chandelier… mettons.

Un sourire adorable se forma sur le visage penché d'Eleonor, derrière une mèche de cheveux qui venait caresser le papier. En moins de cinq minutes, son travail minutieux révéla un tracé secondaire sur les derniers milles du trajet. Elle se releva et vint se placer à côté de Matthew. Ils contemplèrent le résultat en silence. La route alternative commençait au sud de l'Irlande. Contrairement au chemin officiel qui traçait une ligne directe vers Liverpool, en diagonale, le chemin secondaire continuait vers le sud de l'Angleterre et ne remontait qu'à la dernière minute.

— Ça n'a aucun sens, finit par dire Eleonor. Pour un bateau de cette taille-là, naviguer si près des côtes c'est une perte de temps et une prise de risque inconsidérée. Mais le détour explique le temps de trajet rallongé.

— Tout à fait. Ils avaient donc une très très bonne raison de le faire… ce qui confirme l'hypothèse de la contrebande. Et explique cette cargaison à récupérer au Sud…

Matthew attrapa le verre d'Eleonor, qu'elle avait en main, pour en boire une gorgée. Ce faisant, leurs doigts se touchèrent. La décharge fut immédiate. Elle partit du bas de sa colonne et remonta jusqu'à sa nuque.

Il ne savait que faire de son désir, depuis des semaines déjà. Et c'était bien pire à présent qu'il avait goûté à sa peau… Il crut voir Eleonor se mordre la lèvre, mais peut-être était-ce son imagination.

Cette dernière se retourna brusquement vers lui.

— Il est temps d'aller se coucher. Ruth a raison. Et puis nous dormirons sur une victoire.

— C'est vrai. C'est déjà ça.

Matthew souffla les bougies tandis qu'Eleonor replaçait la grille devant le feu. Il aurait été bien fâcheux qu'une flammèche vienne brûler leur découverte.

Ils empruntèrent l'escalier ensemble. Leurs pas se firent de plus en plus lents au fur et à mesure qu'ils se rapprochaient des chambres. Ils s'immobilisèrent quand il fut temps de se dire bonne nuit. Mais ce n'est pas la phrase attendue qui sortit de la bouche de Matthew.

— Votre cicatrice au ventre, comment vous l'êtes-vous faite ?

Pour la première fois, Eleonor rougit. Puis elle hésita longuement.

— Une attaque de pirates.

— Vous plaisantez ?

— Non…

Matthew éclata de rire. Néanmoins, il réalisa que pour garder une telle trace, elle avait dû être sévèrement blessée. Il eut l'envie irrépressible de la serrer contre lui, de la protéger – tout en riant de sa vie abracadabrante. À la place, il prit un air sérieux, pencha la tête. Il voulait en savoir plus.

— Nous en avons eu quelques-unes à travers les années,

avoua-t-elle. Mais celle-ci, nous l'avons payée cher. Deux hommes sont morts, j'ai pris un coup de couteau, et nous avons failli couler.

— Diantre...

Le silence se réinstalla.

— Je ne l'aime pas trop, murmura-t-elle.

— Parce qu'elle vous rappelle de mauvais souvenirs ?

— Non. Un peu oui. Surtout, elle est particulièrement spectaculaire.

Sans réfléchir, Matthew posa son doigt à l'endroit en question, comme pour en suivre le tracé.

— Moi je la trouve charmante... Je ne savais pas qu'une cicatrice pouvait être à ce point ravissante.

Cette fois-ci il ne rêvait pas, Eleonor se mordit la lèvre.

Et son cœur remonta de quelques centimètres dans sa poitrine.

24

Eleonor se rendit compte qu'elle était en train de se mordre la lèvre, qu'elle n'avait pas su dissimuler ce qui était en train de la tirailler à l'intérieur. Une bourrasque s'était levée en elle, malgré elle.

Advienne que pourra, se dit-elle alors.

Elle fit un petit pas en avant et se souleva sur la pointe des pieds pour atteindre ses lèvres. La bourrasque se fit instantanément tornade. La main de Matthew glissa de la cicatrice à sa taille, puis à son dos, attirant le corps d'Eleonor à lui. Embarqués par le mouvement, ils vinrent cogner la porte de la chambre de Matthew qui s'ouvrit derrière lui. Sans cesser de s'embrasser, ne faisant plus qu'un, ils virevoltèrent ensemble – une pirouette puis une autre. Elle s'accrocha à sa chemise et sentit sa peau, ses muscles, sa chaleur à travers le tissu. Perdue dans le tourbillon, ne sachant plus comment respirer, ne sachant plus comment penser, elle repoussa légèrement son torse et recula la tête.

Immobiles, toujours agrippés l'un à l'autre, ils se contemplèrent un moment. Sa barbe naissante était légèrement parsemée de roux, tandis que ses yeux étaient noirs. Elle prit conscience pour la première fois qu'il devait avoir du sang étranger par sa mère, ce qui expliquait sa peau un peu brune et la beauté incandescente qui se dégageait de lui : une beauté multiple, plurielle, empreinte de force et de douceur, de joie et de tristesse, du sud et du nord.

Matthew replaça sa paume au niveau de la cicatrice d'Eleonor.

— Une attaque de pirates, vous dites ? chuchota-t-il, un sourire espiègle aux lèvres. Je peux la revoir ?

Bien incapable de parler, elle hocha simplement la tête. Matthew ne la fit pas attendre. D'un geste averti, il fit pivoter le corps d'Eleonor. Elle sentit ses doigts s'affairer dans son dos. Il était visiblement plus à l'aise avec les lacets d'une robe qu'avec un pantalon, car il lui fallut quelques instants à peine pour l'en libérer. Il décala ses deux manches de taffetas, et le tissu glissa le long de son corps. Elle frissonna. Il attaqua le jupon, qui tomba en suivant, puis la brassière. Elle portait, ce jour, toutes les couches de vêtements attendues par une lady, hormis ses bas qu'elle avait retirés. Mais, pour la première fois, elle y trouva un intérêt : à chaque étape, à chaque pan de tissu qu'il lui ôtait, son cœur se déchaînait, une bouffée de chaleur montait jusqu'à son visage et un désir vibrant se logeait dans son bas-ventre.

D'elle-même, elle se retourna pour lui faire face. Alors qu'il s'apprêtait à défaire le nœud qui retenait sa chemise, ils furent coupés par un bruit sourd venant du rez-de-chaussée. Ils se figèrent, tendirent l'oreille, puis un autre bruit, plus léger, parvint jusqu'à eux.

Ils se précipitèrent vers la porte, entamèrent quelques pas prudents dans le couloir. Cette fois-ci, c'est le son distinctif d'un plancher qui grince qu'ils perçurent : pas celui produit par le pas léger de Ruth, mais celui d'un pied lourd et gauche. D'un geste de la main, Matthew arrêta Eleonor. Il mit son doigt sur sa bouche puis retourna dans sa chambre et en revint le tisonnier à la main. Il passa devant la jeune femme. À pas discrets, ils descendirent l'escalier, Matthew en tête, son arme improvisée levée devant lui.

La porte d'entrée de la maison était ouverte à leur gauche, dans le hall, ainsi que celle menant au bureau, à leur droite. Et, devant eux, une statuette gisait au pied d'un guéridon. Matthew intima à Eleonor de l'attendre au pied de l'escalier, tandis qu'il se dirigeait vers le bureau à pas furtifs.

Elle s'exécuta d'abord, mais quelque chose attira son attention à la fenêtre. Malgré noirceur de la nuit, elle crut apercevoir une silhouette. Elle s'approcha, et la silhouette prit forme au bout de l'allée, fonçant en direction des bois. Sans réfléchir, elle bondit jusqu'à la porte, attrapa l'ombrelle qui trônait dans le portemanteau et sortit. Elle hésita une seconde. Si elle attendait Matthew, elle allait perdre la trace de l'inconnu, alors elle se mit à courir. Les nuages épais voilaient la lune pourtant pleine, le vent glacé se faufilait sous sa chemise. Il lui était impossible de voir où elle posait ses pieds nus, attaqués à chaque pas par les gravillons grossiers de l'allée. Elle regretta que ses pieds aient perdu le cal que dix ans sur le pont d'un bateau lui avaient forgé. Mais elle continua de courir. L'inconnu avait bifurqué à gauche, s'était fondu dans les bois, espérant, à raison, que les arbres dissimuleraient sa fuite. Les sens d'Eleonor, habitués à scruter l'horizon, repérèrent çà et là des mouvements de branches, des crissements de feuilles, et chaque fois qu'elle croyait l'avoir perdu, elle retrouvait sa trace. Elle finit par entendre des bruits indistincts derrière elle et pria pour que ce soient ceux de Matthew et non ceux d'un autre assaillant. Elle se risqua à un vif coup d'œil en arrière mais abandonna très vite et se retourna.

Ce ne fut qu'à la dernière seconde qu'elle perçut, à la lueur du reflet sur la crosse, le pistolet braqué sur elle – et l'homme qui la tenait en joue. Eleonor se jeta sur le côté et entendit le coup de feu partir au moment où son corps s'étalait sur le parterre de branches et de mousse des sous-bois. Elle prit une seconde pour être sûre de ne pas avoir été touchée. Une seconde de trop, car l'homme était en train de s'approcher pour tirer à nouveau. La cicatrice devint visible, terrible, déformant un visage déjà tordu par la rage.

La peur se fit lame de glace et transperça Eleonor de part en part. La figure de l'homme se contorsionna un peu plus tandis qu'il levait l'arme pour la viser. Elle avait traversé des océans, essuyé des tempêtes, survécu à des hordes de pirates, et elle allait mourir là, du bras d'un monstre inconnu, seule dans la forêt, une ombrelle à la main.

Soudain, le bruit d'un coup de feu siffla, mais ce n'était pas celui de Boggart. Il venait de loin et avait ricoché tout près de l'homme. Ce dernier prit peur et abandonna son entreprise meurtrière.

— C'est pas fini, petite chienne ! beugla-t-il en faisant volte-face.

Puis il s'enfuit et disparut dans la forêt.

La voix de Matthew qui l'appelait parvint jusqu'à Eleonor. Elle lui répondit pour se situer dans la pénombre et, très vite, il apparut à ses côtés. Il s'accroupit, rangea le pistolet qu'il avait en main, l'aida à s'asseoir. Son visage était livide, sa mâchoire serrée.

— Vous n'avez rien ?

— Non. Je vais bien.

— Bien ?! Vous rigolez ? grogna-t-il. Courir après un intrus seule dans la nuit en petite chemise, avec pour unique arme une ombrelle, ce n'est pas ce que j'appelle aller bien. C'est ce que j'appelle être dérangée.

Il était en colère, une colère sourde, rampante, incontrôlable. Même ses gestes, alors qu'il aidait Eleonor à se relever, étaient brusques et saccadés.

Sans attendre, ils retournèrent se réfugier dans la demeure. À chaque pas, des douleurs aiguës se réveillaient sous ses pieds. Eleonor tâcha de respirer pour recouvrer son calme, chasser la peur qui la cisaillait encore.

Une fois à l'abri, Matthew ferma la porte derrière eux. Eleonor s'immobilisa, bras ballants, au milieu du salon. C'est le regard de Matthew qui lui fit baisser la tête et constater son piètre état. Ses pieds et ses jambes étaient recouverts de boue, du sang coulait de l'un de ses orteils, sa chemise était déchirée par endroits, et elle se doutait que son visage et ses cheveux ne devaient pas avoir plus fière allure. Elle s'effondra sur le premier fauteuil venu.

Matthew ne dit rien mais il était clair qu'il était fou de rage. Contre elle, contre l'homme, contre le monde. Il n'avait pas tort, ce qu'elle venait de faire était pour le moins imprudent, même pour elle.

Il alla au bureau et revint avec le reste de vin qu'ils y avaient laissé. Elle accueillit le verre avec soulagement. Plus Matthew la regardait, plus la colère semblait le quitter pour laisser place à une franche inquiétude.

Il approcha un fauteuil, s'installa en face d'elle, penché en avant.

— Vous n'avez rien ? Vous êtes sûre ?

— Sûre. Des égratignures.

Il regarda son pied ensanglanté.

— Et une petite coupure...

Il secoua la tête, las.

— Vous avez vu qui c'était ?

— Oui. C'était Boggart.

— J'imagine que ma balle ne l'a pas atteint ?

— Non. Mais, vu la distance où vous étiez, elle n'est pas passée loin.

— J'aurais pu vous toucher, se lamenta-t-il.

— Vous m'avez surtout sauvé la vie, avoua-t-elle. Je suis désolée de l'avoir suivi...

— Vous êtes folle...

Il n'y avait pas d'agressivité dans sa phrase. Seulement une forme de panique essoufflée. Il était à bout de course, de même qu'Eleonor qui soupira.

— Je sais...

Matthew but son verre d'une traite puis planta les yeux sur Eleonor.

— Il a pris la carte.

— Ça ne m'étonne pas. Ça veut dire que nous nous sommes approchés trop près d'une information si sensible qu'elle justifie le risque d'entrer par effraction dans une demeure habitée.

— Et qu'il n'a aucun scrupule à tuer..., siffla-t-il. Il vous a dit quelque chose ?

— Rien. Juste un charmant « Ce n'est pas fini, petite chienne ».

Les yeux de Matthew se transformèrent en flammes, mais il ne dit rien. Il réfléchit longuement. Eleonor replia ses jambes, les plaça sous elle. Un frisson de froid la parcourut. Sans un mot, Matthew retira sa veste et la lui tendit.

— Il sait que nous sommes sur sa piste. Et, maintenant

qu'il a récupéré la carte, il sait aussi que nous avons découvert l'existence de la route secrète. Vous avez vu son visage. Il a essayé de vous tuer une première fois et a conclu avec un « c'est pas fini »...

Il prit une grande inspiration.

— Il faut partir à présent, nous ne pouvons pas rester là. Je dirais même qu'il faudrait partir tout de suite, je ne veux pas courir le risque de dormir une nuit de plus ici. Il est clairement déséquilibré, donc imprévisible. On ne sait jamais ce qu'un homme fou est capable de faire.

— Je suis d'accord.

— Vous êtes en état de monter à cheval ?

— Après une brève toilette, oui.

— Vous avez toujours vos habits de Leo ? Ça sera plus rapide que si vous montez en amazone...

Eleonor haussa les épaules.

— On ne peut pas monter en amazone plus de quelques heures, de toute façon.

— Très bien. Soignez vos blessures, enfilez de quoi monter, moi je vais réveiller Ruth et l'obliger à aller frapper chez une voisine. Ça ne va pas lui plaire...

Il finit son deuxième verre et le reposa.

— Nous rentrons à Londres. Retour à la case départ, se désespéra-t-il.

— Non. Ça n'a aucun sens.

Matthew leva les yeux sur elle, sourcils froncés.

— Il n'y a rien à découvrir de plus à Londres, et Boggart sait très bien où nous habitons...

— Je sais bien. Mais nous n'avons pas pléthore de choix.

— Si. Nous en avons un, en tout cas.

Eleonor se leva brusquement, enfila la veste de Matthew, un éclair d'espoir soulevant sa poitrine.

— Je sais où nous allons. Si nous partons tout de suite, nous y serons demain après-midi.

Matthew fronça les sourcils plus fort, Eleonor se redressa plus droit.

— Il nous faut de l'aide, et je sais où la trouver.

PARTIE 4

Toutes voiles dehors

25

Ils sortent de la boutique de cire les mains vides. Leo est furieuse. Baga a l'habitude. Des regards en biais. Des réponses monosyllabiques. Du jugement. Leo ne comprend pas comment il supporte ça. Elle n'a pas pu se retenir, elle a vociféré des insultes sur le marchand, a claqué la porte en sortant.

Baga pose la main sur le haut de son crâne en une petite caresse amicale. Il n'ouvre pas la bouche, c'est son geste qui dit : « Ne t'en fais pas, Capucin. Le monde est tel qu'il est. Ne t'en fais pas pour moi. »

Leo sait bien qu'au fond le monde n'est pas acceptable tel qu'il est. Que Baga fait ça pour la décharger de la haine et de la rancœur.

Elle lui en est reconnaissante. Elle prend une grande inspiration, laisse l'air lourd et humide entrer dans ses poumons.

De l'autre côté de la rue, une jeune fille – de son âge peut-être – se fait réprimander par sa mère : elle a sali sa robe.

Leo baisse les yeux sur son pantalon rapiécé.

Pour la première fois depuis longtemps, elle se demande ce que ce serait d'être une fille, une femme. Ce qu'aurait été sa vie s'il en avait été autrement.

Elle chasse la question comme on chasse une mouche. Elle ne veut pas savoir. Elle préfère remonter la rue pavée avec son ami, profiter du jour tombant, de la brise qui vient souffler sur l'écrasante chaleur.

Baga essaye de lui offrir un de ses sourires qui sont comme un pansement sur le monde.

Elle se posera des questions un autre jour.

26

Matthew avait entendu parler de Conway, connue pour son château et ses colossaux remparts datant du XIIIe siècle surplombant l'embouchure de la rivière homonyme. En approchant de la ville, lorsque, sortant du sous-bois, dans le doux soleil du début de printemps, ils virent se dessiner les vingt et une tours et les murs de onze mètres de haut, ils furent époustouflés par le tableau. Eleonor proposa une dernière halte pour désaltérer les chevaux exténués par le voyage nocturne.

Ils grignotèrent le dernier morceau de fromage, assis sur un muret de pierre, dévorant du regard la vue devant eux, et Matthew prit conscience de l'incertitude des événements qui les attendaient. Il avait consacré les douze heures précédentes à avancer, à fuir le danger sans regarder en arrière, à protéger Eleonor à tout prix, à galoper vers une destination inconnue, pour aller chercher de l'aide auprès de personnes tout aussi inconnues. Depuis toujours, sa vie n'avait été que cheminements tracés à l'avance. Son enfance, ses étés à Liverpool, ses repas, sa scolarité, l'université, travailler auprès de son père, assister à des mondanités ; tout était toujours prévu et organisé, rien n'était laissé au hasard, encore moins spontané.

Depuis qu'il avait épousé Eleonor et qu'ils s'étaient lancés dans leur périple, sa vie était devenue une avalanche d'événements imprévus auxquels il fallait s'adapter.

Ce qui supposait, aussi, de s'adapter à une femme capable de courir après un homme armé en pleine nuit, avec pour seul vêtement une chemise et armée en tout et pour tout d'une ombrelle. Plus il revoyait l'image d'Eleonor étalée de tout son long dans les sous-bois, ayant évité la mort de peu, plus il était pris de l'envie de cogner sur quelqu'un ou quelque chose, de se trouver un ennemi palpable. Pas ces fantômes sans visages qu'ils chassaient depuis plusieurs semaines.

Il était en colère contre elle aussi, d'être à ce point imprudente. Mais une partie de lui était admirative, voire émerveillée par sa pugnacité, son courage et sa résistance.

Oui, il aurait préféré l'enfermer dans un salon, avec un livre et du fil à broder, la mettre à l'abri du monde. Mais on n'emprisonnait pas une lionne dans une cage pour la protéger du chasseur : on la lançait après ledit chasseur pour qu'elle défende elle-même son territoire. Eleonor était une lionne. Il avait grandi dans un monde de moutons et se retrouvait à présent face à une lionne – magnifique, féroce, indomptable.

Et il la suivait aveuglément depuis hier soir. Pour la première fois depuis son enfance, il obéissait au plan de quelqu'un d'autre et avait cédé les rênes.

Ils reprirent la route, d'un pas tranquille, jusqu'à arriver au pied des remparts qu'ils contournèrent. Aux abords du port de pêcheurs, Eleonor demanda son chemin, tête penchée pour dissimuler les traits de son visage. On lui indiqua une petite route qui longeait la côte et les éloignait du château et de son agitation. La maison qu'ils cherchaient était à l'écart de la ville, isolée, plantée en haut d'une falaise. Plus ils s'approchaient, plus il était évident qu'il s'agissait d'une petite habitation modeste, entourée d'un terrain relativement conséquent.

Une silhouette masculine apparut, sortant de la maison et traversant la cour les bras chargés de bûches. L'homme s'immobilisa en les voyant approcher.

À la droite de Matthew, le visage d'Eleonor se métamorphosa. Elle arrêta net sa monture. Avant qu'il ait eu le temps de formuler une question, elle avait déjà sauté de son cheval d'un bond – qu'elle laissa là, rênes pendantes –, s'était mise à courir en direction de l'homme, jetant son chapeau en chemin. Au départ raide, méfiant, ce dernier lâcha finalement le bois qui s'éparpilla au sol dans un fracas, puis avança vers elle, de plus en plus vite. Lorsqu'ils furent à la même hauteur, sans prendre le temps de ralentir, Eleonor lui sauta dans les bras. L'homme l'attrapa au vol comme si elle était une simple plume et la fit tournoyer dans les airs.

Matthew était descendu de son cheval, avait attrapé celui d'Eleonor et avançait vers la scène de retrouvailles, le cœur serré par l'émotion contagieuse.

Celui qui devait être William s'avérait bien plus jeune qu'il ne l'avait imaginé. Au vu des anecdotes d'Eleonor, et du fait qu'il était second d'un navire, Matthew s'attendait à voir un loup de mer dans sa quarantaine. Mais c'était un homme fringant d'une petite trentaine d'années, aux cheveux poivre et sel mais au corps sec et aux traits anguleux, qui se trouvait devant lui – les bras toujours pleins d'une Eleonor haletante. Quelque chose le tirailla intérieurement.

William la reposa et la maintint à bout de bras pour mieux l'observer. Matthew remarqua soudain les larmes qui, dans leurs yeux respectifs, embuaient leurs regards mais n'osaient couler. Puis William prit une grande inspiration.

— Leo…, murmura-t-il, incapable de parler. C'est bien toi…

Eleonor hocha vigoureusement la tête, sourire radieux aux lèvres, yeux de plus en plus humides.

— BAGA ! hurla-t-il à pleins poumons en direction de la maison. Regarde-moi un peu ce que la marée nous a amené !

Il ne fallut pas une minute avant qu'un second homme sorte de la maison. Il avait les cheveux coupés ras, la peau noire, les épaules larges, et son visage se transforma à la vue d'Eleonor, illuminé d'un sourire peut-être aussi radieux que celui de la jeune femme. Il accourut lui aussi. Eleonor lâcha William pour venir se plaquer contre le torse de Baga qui l'enlaça comme on étreint un enfant.

— Notre Capucin nous est revenu…, dit Baga, la voix forte et posée.

Il s'immobilisa, recula, l'observa un moment.

— Je voulais dire Lady Evans. Toutes mes excuses.

Il singea alors une révérence burlesque à laquelle Eleonor

répondit d'un coup de poing sans retenue sur le biceps, qui y rebondit comme s'il s'agissait d'une pichenette.

William prit enfin acte de la présence de Matthew.

— Lord Evans, j'imagine ? demanda-t-il en tendant la main.

— Oui. Matthew fera très bien l'affaire.

— Ça tombe bien, ici on accueille tout le monde à condition qu'ils ne soient pas de la haute. On s'embarrasse pas des titres en mer.

Amusé par l'insolence de la réponse, Matthew acquiesça d'un sourire poli. C'était cohérent avec la Eleonor qu'il connaissait. Il salua Baga qui ne dit mot, visiblement plus impressionné par le comte que son ami.

— Entrez dans notre humble foyer, vous avez sûrement besoin de boire ou de manger quelque chose. Tu as l'air d'avoir essuyé un typhon, Leo...

— Les chevaux ont encore plus besoin de soins que nous, je pense, dit-elle en les indiquant d'un geste de la main.

William s'approcha d'eux.

— Mon Dieu, quelles merveilles ! Si vous les avez abîmés, je vous sers à dîner aux cochons. Entrez, je m'occupe d'eux et j'arrive.

L'intérieur de la maison, étonnamment chaleureux, contrastait avec la sécheresse de la falaise où elle était posée, fouettée par les vents furieux. Les restes d'un dîner – bien arrosé au vu du nombre de cadavres de bouteilles – trônaient sur la table. Des objets en tout genre – majoritairement marins – habillaient la cheminée. Les meubles étaient de bois sombre et le feu vif.

Baga, debout au milieu de la pièce, semblait perdu dans sa propre maison. Il alternait entre un sourire chaque fois qu'il posait le regard sur Eleonor et un rictus craintif lorsqu'il croisait celui de Matthew.

— Chui désolé. On a pas grand-chose.

Il tourna sur lui-même en scrutant le salon et les restes sur la table. Eleonor s'approcha de lui, posa la main sur son avant-bras.

— J'vous aurais bien proposé du thé, Lord Evans, mais on a pas de thé. On a du...

— Détends-toi, Baga, tonna William en passant le pas de

la porte. C'est pas un propriétaire de champs de coton, c'est l'ami de notre Leo...

Bizarrement, Matthew eut l'envie brûlante de corriger « ami » en « époux », mais il se retint.

— Pas besoin de thé, je vous assure, dit-il à la place.

— Un peu d'eau fraîche à boire et un peu d'eau tiède pour nous rincer, ça nous ira très bien, Baga, enchaîna Eleonor.

William déposa au sol les deux sacs d'affaires qu'il avait trouvés solidement harnachés aux chevaux.

— Baga, tu leur laisses ta chambre ? La mienne est, disons, moins bien tenue...

— Ça m'étonne, tiens, lança Eleonor en rigolant.

William s'approcha de la jeune femme et, dans un geste de tendresse, posa une main sur sa tête. Ses doigts glissèrent jusqu'à attraper une mèche.

— Dis donc ça t'en fait des cheveux... Plus que moi maintenant.

— C'est moins pratique, crois-moi.

Puis, sans pouvoir se retenir, il l'attira jusqu'à lui et la serra fort, le menton posé sur le haut de son crâne.

— Allez, toi qui nages maintenant dans l'opulence, je veux savoir ce que tu viens foutre ici, avec tes deux vieux compagnons de tempête. Va te débarbouiller, je vous trouve des draps propres quelque part.

Il s'interrompit soudain, regarda alternativement Matthew et Eleonor. C'est à cette dernière qu'il s'adressa finalement, l'air sérieux.

— Une chambre pour deux, ça vous va, ou chacun une ?

— Une chambre, ça ira très bien, Will. On ne va pas vous faire dormir avec les chevaux parce qu'on débarque chez vous sans prévenir.

— Je me souviens avoir plus d'une fois assumé la responsabilité de tes conneries et dormi dans la cale à ta place, alors le foin des chevaux...

Eleonor lui offrit un sourire espiègle, faussement désolé. Puis elle porta son attention sur Matthew pour la première fois depuis leur arrivée.

— J'y vais en premier, je me dépêche et vous cède la place.

Ça vous va, Matthew ? Je vous laisse avec ces deux sauvages. Ils montrent les dents mais ne mordent pas…

Et elle le laissa, effectivement. Matthew hésita une seconde puis, devant le silence persistant de William et Baga, il décida de sortir. Clairement, le premier faisait preuve d'une certaine défiance à son égard, l'autre d'une forte appréhension – la compagnie des chevaux lui parut finalement plus agréable. Alors qu'il brossait la croupe encore en sueur de l'un des étalons, il essaya d'analyser le sentiment qui le tiraillait aux tripes depuis leur arrivée. La vue d'Eleonor dans un autre environnement le perturbait, l'intimité flagrante qu'elle partageait avec ces deux hommes, mais aussi la joie étincelante qui s'était allumée en elle à la seconde où ses pieds avaient touché terre. Rien n'était complètement surprenant, mais tout était étrangement déconcertant. Il ne voulut regarder la pointe de jalousie qui grondait en lui. Alors, il secoua la tête et se concentra sur sa tâche. Ils avaient une mission à accomplir, voilà ce sur quoi il devait se focaliser. Avancer et sortir de cette situation qui était passée très brusquement de mystérieuse à dangereuse.

Eleonor souleva sa jupe pour monter sur un tabouret et atteindre une bouteille en haut d'une armoire. Matthew hésita à se lever pour l'aider, mais se retint.

— Mais comment tu fais pour monter les escaliers ? Et grimper aux arbres ? Ou courir… ?

C'était peut-être la troisième blague que faisaient William et Baga depuis qu'ils avaient vu Eleonor revenir au salon dans les vêtements de rechange qu'elle avait apportés, à savoir une robe. Ses cheveux étaient cependant lâchés. Et, comme elle ne cherchait pas à tenir la posture attendue d'une lady, elle semblait bien plus gênée par sa tenue que d'ordinaire. Ici, dans ce petit cottage perdu, avec ses amis marins, Matthew se rendit compte qu'elle semblait engoncée, presque costumée.

Elle essuyait cependant chaque moquerie avec grâce et humour, lançant chaque fois une pique bien sentie. Un bal de blagues et de références, duquel Matthew était exclu.

En revanche, alors qu'il avait fallu raconter ces dernières

semaines d'enquête, il était revenu dans la conversation. William et Baga avaient repris leur sérieux, de plus en plus conscients de la tournure inquiétante qu'avait prise la situation. À présent, Matthew venait de retracer de mémoire la carte et les deux routes distinctes qu'ils y avaient découvertes, la réelle et la fictive. Il avait reconstitué grossièrement les côtes d'Angleterre et d'Irlande, placé les villes principales, et quelques îles.

— Eh beh, vous êtes pas mauvais en géographie, s'extasia Baga devant l'œuvre de Matthew.

— Vous avez une mémoire incroyable, renchérit Eleonor. Je n'aurais jamais été si précise.

Oui, il avait une bonne mémoire visuelle, et la culture attendue d'un jeune comte. Mais à quoi bon, si c'était pour se retrouver devant un plan totalement abscons, sans aucune idée de sa signification cachée.

William tira la carte à lui et l'examina avec attention. Eleonor avait prévenu Matthew de ne pas trop poser de questions sur les activités actuelles des deux hommes. Elle ne savait pas précisément en quoi elles consistaient, mais tels qu'elle les connaissait, s'ils n'étaient pas retournés en mer, ils devaient très probablement tremper dans la contrebande maritime d'une manière ou d'une autre.

— Bon, clairement, ils s'approchent des côtes pour décharger quelque chose d'illégal. Mais où ? se demanda William à voix haute.

— Ça bouge pas mal dans la pointe sud ces temps-ci, ajouta Baga. J'ai entendu dire qu'ils creusaient de nouveaux tunnels entre les criques et les maisons. Pour faire passer la marchandise directement au village sans emprunter les routes.

— Elle a dit quoi votre prostituée ? « Une cargaison fragile ? », demanda William.

— « Compliquée à transporter… »

— Y a pas mal d'œuvres d'art qui débarquent de France depuis quelques années. C'est vrai que certains s'y refusent tellement c'est risqué à transporter. Ça n'aime pas l'eau, ni le sel, ni la chaleur…

— C'est ce que nous avons pensé aussi, commenta Matthew.

— Et vos mecs, là, ils s'appellent comment ? Celui qu'a osé essayer de toucher à Leo et celui dont vos domestiques ont entendu le nom ?

— Boggart pour l'assistant à la cicatrice, mais c'est clairement un pseudonyme..., répondit Eleonor. Et l'autre Tilly. Lui, on n'a aucune idée de qui ça pourrait être, ou du rôle qu'il joue dans cette histoire.

— Ce n'est pas courant comme nom, Tilly, jamais entendu, s'étonna William en s'adossant lourdement à son siège.

— Son prénom encore moins : Désile..., renchérit Matthew. Jamais rencontré de Désile.

Soudain, dans le silence de la pièce, le rire éclatant de Baga résonna. Tout le monde se tourna vers lui et le regarda se taper le ventre.

— Désile... Tilly..., répéta-t-il sans pouvoir s'arrêter de rire. Will ! Des îles... Scilly !

Le visage de William s'éclaircit puis ce fut au tour de Matthew de comprendre. Les cours de géographie de sa jeunesse revinrent à sa mémoire et il comprit la référence. Bientôt, les trois hommes, ravis d'avoir percé l'énigme, étaient hilares devant sa simplicité.

— Vous voulez bien m'expliquer ? s'agaça Eleonor.

William se tourna vers elle.

— Ce n'est pas quelqu'un, c'est quelque part...

— Des îles en Angleterre ? Moi je peux vous citer toutes les îles des Antilles du nord au sud, mais je n'y connais rien à vos côtes anglaises. C'est où ? C'est quoi ?

— Ça, c'est vrai que t'étais bonne pour lire les cartes, se remémora Baga.

— Les îles Scilly sont à la pointe sud-ouest de l'Angleterre, lui expliqua Matthew. Un groupement de cinq petites îles à peine peuplées, d'après ce que j'en sais.

— Exactement, s'exclama William, si peu peuplées et tellement isolées que les douaniers n'ont toujours pas daigné y poster des hommes ! Et puis elles sont pas faciles d'accès... Paraît que la contrebande y prolifère dernièrement comme du chiendent sur une tombe abandonnée.

Baga attrapa la plume de Matthew et dessina trois petits points sur sa carte. Tous ensemble, ils se penchèrent au-dessus.

— Ça colle avec le détour du *Caliban*..., dit Eleonor. C'était même ce qui m'étonnait dans son trajet, pourquoi il se rapprochait si tôt des côtes...

Pour la première fois, un soulagement traversa Matthew. Son regard croisa celui d'Eleonor et il y perçut le même sentiment : enfin un indice concret, digne de ce nom. Enfin quelque part où chercher. À travers la table, il lui sourit et elle lui rendit son sourire.

— Bon, on sait où on va. Reste à savoir comment. Traverser la moitié sud du pays à cheval va nous prendre presque un mois..., se désespéra Matthew.

— Vous faut un bateau, et je sais où en trouver un, annonça Baga avec un grand sourire.

— Cross ? demanda William en fronçant le nez.

— Pour une bonne somme il emmène qui veut, où il veut... Sans poser de questions.

— C'est un filou, j'l'aime pas.

— Exactement, un filou peu regardant, avec un bateau et un équipage. Il est au port, Marjolaine me l'a dit.

— Très bien, soupira William. On va pas faire nos difficiles.

— On ? s'étonna Eleonor.

— Je viens avec vous, annonça-t-il comme si c'était la chose la plus évidente au monde. Je sais pas ce qu'il manigance, votre George, mais s'il se paye des assistants capables de tuer c'est qu'il trafique de la grosse marchandise. D'ailleurs, de la contrebande d'art venant des colonies, je me demande bien ce que ça peut être.

Matthew se crispa. Clairement, William venait pour protéger Eleonor, considérant probablement qu'il ne suffisait pas. Il n'eut pas le temps de se demander ce qu'il en pensait vraiment : Eleonor acquiesça. Puis elle posa un regard interrogateur sur Baga.

— Non, Capucin, moi je viens pas. Je serais un boulet à vos pieds. La population noire aux îles Scilly doit approcher de zéro. Pour la discrétion, on repassera...

Eleonor parut déçue mais ne le contredit pas. Il n'avait pas tort.

— Demain matin je te trouve une robe plus discrète, proposa William. Je suis sûr que Marj, la voisine, te prêtera quelque chose. Et vous, monsieur le comte, il va falloir aussi qu'on vous dégote quelque chose. Vous passez pas inaperçu non plus avec votre ...

D'un geste désinvolte de la main, il pointa la tenue de Matthew, sans cacher son dédain. Il n'avait pas complètement tort. Même si sa tenue actuelle n'était pas franchement celle attendue par un comte, mieux valait ne pas étaler le moindre signe de richesse.

— Oui. Je prendrai ce que vous avez.

Il se retint de proposer de payer, persuadé que le geste serait perçu comme une insulte.

Sur ce, ils débouchèrent une autre bouteille pour fêter ça.

Au fur et à mesure de la soirée Matthew se fit de plus en plus discret. Ce n'était pas tant lui qui faisait profil bas qu'Eleonor qui se trouvait au centre, plaisantant joyeusement avec ses deux comparses, dont les rires semblaient chargés d'une grande mélancolie et d'une infinie tendresse. La jeune femme faisait de grands gestes, se levait régulièrement de table pour imiter William ivre se bagarrant dans une taverne mal famée de la Dominique, ou Baga sous la tempête abreuvant d'injures un marin trop aviné. Les éclats de rire n'étaient entrecoupés que de petites gorgées de vin et de silences pensifs. Eleonor était flamboyante et drôle, insolente comme le petit dernier d'une fratrie. Lorsque l'un de ses compères entamait une histoire, aussitôt, elle reprenait la parole, finissant l'anecdote pourtant mille fois racontée, devant un William et un Baga éclatant de rire de plus en plus fort à mesure que le vin faisait son œuvre. Était-ce là la véritable Eleonor ? Libre, drôle, pleine d'une folle énergie vitale, piquante comme une pluie d'été ? Matthew l'observait, la découvrait, avec plaisir – avec aussi un peu d'envie.

Enfin ils se mirent tous les trois à discuter de la nouvelle vie d'Eleonor, appelant le manoir de Matthew « le château ». Elle raconta en détail, avec un humour noir mouillé d'acide, les différentes mondanités. Matthew rit de bon cœur à certaines anecdotes, mais plus la soirée avançait plus le pincement au cœur qu'il ressentait se faisait douloureux.

— Dix plats à chaque service ?

Baga éclata de rire. William leva les yeux au ciel.

— Je vous jure, les gars, la tête qu'a faite la vicomtesse quand j'ai lâché que certains ne mangeaient que de la pomme de terre... Elle était outrée. C'était elle qui était outrée !

— Un marin français m'a raconté y a un an que Marie-Antoinette a proposé qu'on distribue de la brioche aux Français quand on lui a dit que le peuple n'avait plus de pain, renchérit Will. Si c'est vrai, ça lui a valu de perdre sa tête...

Eleonor rit.

— Quand on dit que le monde d'un bateau est un cirque sur l'eau, je peux vous jurer que celui des aristocrates ne l'est pas moins. C'est eux qui sont déguisés en clowns, se désespéra-t-elle.

— T'as pas accepté la proposition de mariage de William, Capucin. C'est toi qui as creusé ta tombe et cousu ta propre robe, fit remarquer Baga en resservant des verres. T'as voulu suivre ta tante et te marier dans la noblesse.

Un froid tomba dans la pièce. Baga lui-même se rendit compte de la brusquerie de sa réflexion et s'arrêta dans son geste. Matthew mit une seconde avant de comprendre ce qu'il venait de dire.

— Je n'ai jamais voulu me marier dans la noblesse ! rétorqua-t-elle. Je n'avais pas le choix. C'est elle qui avait ma tutelle.

— Tu sais très bien que si tu nous avais demandé, on t'aurait protégée, Leo, intervint William avec un sérieux empreint de tristesse. On serait venus te chercher, dans n'importe quel château du monde...

Matthew se raidit. Un boulet tomba dans son ventre.

— Protégée de qui ? De moi... ?

La question était sortie de sa bouche malgré lui. William haussa les épaules avec nonchalance.

— Pas de vous en particulier, d'un mariage arrangé... de votre monde.

— Mon monde est peut-être une prison dorée. Mais la pauvreté aussi comporte des barreaux, siffla-t-il.

— Peut-être, approuva sincèrement William. Mais certaines prisons sont plus supportables que d'autres. Plus sincères. Le ventre est vide, mais le cœur est plein. Leo n'est pas faite pour les dorures, et je crois que vous le savez aussi bien que nous, sinon vous ne seriez pas là ce soir.

Matthew émit un petit rire cynique, douloureux.

— Ce n'est pas moi qui ai inventé les règles, ni moi qui ai fait les choix à sa place. Si Leo n'existe plus ou n'a plus d'endroit où exister, ce n'est pas ma faute.

— Non, effectivement. Mais là où vous vous trompez, c'est que Leo existe encore et existera toujours. Avec ou sans robe.

Matthew posa les yeux sur Eleonor qui ne disait rien, ne bougeait plus, assise sur sa chaise, les pieds posés sur le rebord, les genoux repliés sous sa robe. Elle n'était pas gênée, elle était perdue. Si elle ne rétorquait rien, c'est qu'elle ne pouvait contredire William. Que William avait raison quelque part.

Matthew comprit soudain que quelque chose grondait en lui et qu'il serait incapable de le contenir si la conversation continuait en ce sens. Alors il se leva.

— Je vais prendre l'air.

Personne ne l'arrêta.

Une fois dehors, malgré la nuit noire, tout s'éclaira. Leo et Eleonor n'étaient pas deux personnes distinctes, deux costumes qu'elle enfilait au gré des circonstances, c'était une seule et même personne, vivant en conflit à l'intérieur d'elle. Surtout, debout devant les étoiles, bercé par le bruit des vagues s'écrasant contre la falaise, il fut frappé – poignardé – par une épiphanie : bien qu'elle n'eût jamais mis les pieds dans cette maison, elle était chez elle ici, avec eux. Sa famille, c'étaient eux. Dans ce salon, à la lumière d'une seule bougie, le rire au bout des lèvres, elle était resplendissante, comme libérée de ses chaînes. Ici elle vivait pleinement, tandis qu'avec lui, dans son monde à lui, elle marchait engoncée dans une robe trop étroite pour elle, dans une vie trop étriquée.

Il n'avait jamais eu la conviction qu'il faisait le bon choix en l'épousant. Pour la première fois, alors même qu'il commençait à entrevoir quelque chose de sincère dans leur mariage – un possible, une perspective qui lui réchauffait le cœur – il se demanda si ce n'était pas un mauvais choix pour elle. Une porte qui s'était refermée sur elle. Un piège qu'elle n'avait pas vu venir.

Et la colère, cette vieille amie, gronda en lui. Une colère mêlée de tristesse, douloureuse.

Il entendit des pas derrière lui et se retourna. Eleonor avança jusqu'à lui.

— Je suis désolée si vous avez été blessé par ce qui s'est dit. Je...

— Je n'ai pas besoin de vos excuses, j'ai besoin de la vérité, répondit-il froidement. Vous êtes malheureuse à Richmond ? Vous êtes si misérable que cela ?

Eleonor ouvrit la bouche, mais rien ne sortit. L'absence de réponse était une réponse en soi. La pire qui soit. L'aveu qu'elle ne pouvait même pas admettre sa vérité. Alors la colère se mit à cogner en lui comme une bête en cage.

— Il est hors de question que je sois votre prison, dit-il sèchement. Que je sois la prison de qui que ce soit ! Je vous ai demandé votre accord avant de vous épouser, je vous ai laissé la possibilité de dire non. Je sais que le mariage suppose un contrat à vie, mais je me moque d'un bout de papier. On le déchirera s'il le faut ! Si vous voulez partir, vous pouvez...

— Je n'ai jamais dit ça !

— Non ? cria-t-il soudain. Et pourtant, dans tout ce que vous dites, dans tout ce que vous faites, vous sous-entendez que vous êtes prisonnière, que vous êtes mon épouse par contrainte ! Moi non plus je ne voulais pas d'un mariage, moi non plus je ne m'imaginais pas être enchaîné à quelqu'un pour le restant de mes jours.

— Je ne suis pas prisonnière de vous, je suis prisonnière de ce que la société attend de moi ! s'énerva-t-elle. Toutes les femmes le sont ! Simplement, moi, j'ai connu autre chose, je sais qu'il existe une autre façon de vivre. Je sais que la liberté existe, et c'est impossible à oublier.

Des larmes montèrent aux yeux d'Eleonor et quelque chose se fendit à l'intérieur de Matthew. La rage devint une lave coulant dans ses veines, une brûlure intérieure insupportable. Il tenta de ne pas exploser, mais le magma fuyait de partout.

— Alors je vous rends votre liberté, Leo, fulmina-t-il. Parce que, être un mari n'était déjà pas fait pour moi, mais être un geôlier est hors de question ! Hors de question, vous m'entendez ! On payera un notaire, un juge s'il faut, on fera de faux papiers. Vous pourrez l'épouser, votre William. Épouser une autre vie que celle que je vous offre.

Tous deux trop absorbés qu'ils étaient par leur dispute n'avaient pas remarqué la présence de William, qui se trouvait à présent à quelque pas d'eux. Droit, bras croisés, regard glacial.

— Vous désirez ? grogna Matthew à son intention.

— Personnellement, à part la sécurité de Leo, je ne désire rien. Rien de vous en tout cas.

— Parce que maintenant je suis un danger pour elle ?

— Chais pas, à vous de me le dire…

Matthew fit deux pas vers William et s'arrêta devant lui, le corps tendu, les épaules raides, les poings fermés.

— Je n'ai jamais levé la main sur une femme et ne le ferai jamais. En revanche, sur un homme, je n'ai aucun problème à le faire, cracha-t-il plein d'acide. Ça vous soulagerait de cogner un comte ? De cogner celui qui a capturé votre Leo ?

William décroisa les bras et franchit le pas qui les séparait. Mais, avant qu'ils aient le temps de déraper, la voix d'Eleonor s'éleva. Forte. Définitive.

— Ça suffit !

Ils se tournèrent vers elle, presque étonnés par l'autorité contenue dans un si petit corps.

— Vous êtes ridicules.

Elle vint jusqu'à eux et posa sa main à plat sur le torse de William.

— Rentre, Will. S'il te plaît. Je ne crains rien. D'une part, tu m'as appris trois façons de tuer un homme à mains nues. D'autre part, je n'ai pas peur de mon mari. Je n'ai rien à craindre de lui.

Entendre Eleonor l'appeler son mari fut comme la gifle de trop pour Matthew. Sa colère, brûlante, se transforma instantanément en une tristesse glaciale. Toute la tension disparut d'un coup, remplacée par une lassitude, un vide. Le sentiment était si intense qu'il prit conscience à cet instant précis d'une vérité qu'il ne voulait pas s'avouer. Il pensait avoir signé un contrat, mais son cœur était venu s'y joindre, des sentiments étaient nés malgré lui, en catimini. Et savoir Eleonor malheureuse n'en rendait la douleur que plus aiguë.

William, réticent, finit par céder. Mais, avant qu'il ait le temps de se retourner, Matthew intervint :

— Ce n'est pas la peine, c'est moi qui m'en vais. C'est moi qui m'en vais, répéta-t-il à voix basse.

Sans un regard pour Eleonor, il dépassa William et fonça vers la maison.

27

Eleonor déboula dans la chambre et ferma la porte derrière elle. Matthew était debout à la fenêtre alors même que la nuit noire n'offrait aucun paysage. Il regardait le vide. Il se retourna lentement en entendant la jeune femme arriver. Avant qu'il puisse dire quoi que ce soit, elle l'arrêta.

— J'aimerais que vous vous taisiez et que vous m'écoutiez.

Étonné, Matthew avança de quelques pas vers elle et décroisa les bras. Il paraissait si las, si fatigué de se battre qu'Eleonor eut du mal à se lancer. Mais il était hors de question de le laisser croire que c'était lui l'ennemi et que l'épouser n'avait pas été un choix de sa part.

— Peu après la mort de mon oncle, quand on a compris que ma tante voulait me rapatrier pour me trouver un époux, William m'a demandée en mariage. Il l'a fait par amour, mais pas forcément celui que vous pensez. Parce que c'était mon ami, ma famille et qu'il voulait me protéger. Ça aurait été une forme de contrat, un peu comme le nôtre. Je n'ai aucune idée de ce à quoi cela aurait mené, si notre relation aurait évolué ou non. Et, effectivement, j'ai failli dire oui. Mais j'ai refusé finalement. Car m'épouser signifiait pour lui abandonner sa vie de marin, abandonner sa liberté afin de pourvoir à nos besoins. J'aurais gagné ma liberté au détriment de la sienne. Et non, je ne regrette pas ma décision. Je ne veux pas les perdre, Baga et lui, je ne peux plus perdre qui que ce soit, mais je ne désire pas venir vivre ici non plus. Je ne suis pas sûre de savoir en quoi consiste vraiment notre arrangement, mais je ne veux pas le briser.

Matthew l'écoutait attentivement mais elle pouvait voir à ses yeux plissés qu'il restait sceptique, sur ses gardes, tel un homme meurtri.

— Vous avez compris que ma proposition était sincère ? demanda-t-il. Si vous désirez que nous trouvions un arrangement qui vous libérerait, je chercherai une solution...

La tristesse qui accompagnait sa phrase pétrifia Eleonor. La générosité de sa proposition, offerte avec calme et abnégation, l'étouffa d'une forme de reconnaissance qui ne fit que renforcer sa conviction.

Cet homme était d'une grandeur rare, et la Terre portait si peu d'hommes comme lui.

— Vous n'êtes pas une prison, Matthew Evans, encore moins un geôlier. Vous ne m'avez jamais contrainte à rien. Vous avez même accueilli mon étrangeté, mes caprices, mes secrets. C'est vrai que c'est difficile, c'est un combat constant d'être confrontée à votre toute-puissance, d'être confrontée aux inégalités flagrantes, de me plier aux règles. Mais je ne suis pas malheureuse auprès de vous. Je ne suis pas malheureuse du tout, je suis en colère. Et je crois qu'au fond vous aussi vous êtes en colère. À cause du monde, de l'injustice, de la violence, de la bêtise des hommes.

Elle s'approcha d'un pas, d'un tout petit pas qui voulait dire beaucoup. Qui voulait offrir l'apaisement.

— Je crois que, peut-être, nous pourrions trouver un espace pour être en colère ensemble. Je ne peux pas vous dire à quoi ressemblera notre mariage, en quoi il pourra évoluer, mais ce que je sais c'est que... je chéris l'amitié naissante qui est en train d'y éclore...

Elle se mordit les lèvres, hésita, une boule au ventre, puis laissa échapper un aveu inconvenant mais ô combien réel.

— Et que vos mains sur mon corps ne me déplaisent pas.

En réalité, ce qu'elle ressentait à l'intérieur d'elle était bien plus qu'une amitié naissante. Et dire que leurs rapports charnels ne lui déplaisaient pas était un doux euphémisme… Mais c'était tout ce qu'elle réussit à dire, à avouer.

Les yeux de Matthew passèrent du scepticisme à la surprise, puis à une étrange expression qu'elle ne put interpréter. Il baissa la tête, presque vulnérable. Une gêne tout en délicatesse. La tension se relâcha d'un coup, et la fatigue des dernières quarante-huit heures tomba sur Eleonor comme un couperet.

— Peut-être pouvons-nous clore la conversation pour ce soir ?

Matthew hocha la tête, visiblement épuisé lui aussi.

La jeune femme regarda autour d'elle, incertaine de ce qu'elle était censée faire à présent, hormis se préparer au coucher. Elle hésita une seconde – la chambre de Baga n'était qu'une minuscule pièce, sans paravent ni recoin – avant de se rendre compte du ridicule : il l'avait vue nue il y avait à peine quelques jours. Elle se retourna donc et commença à retirer les lacets de sa robe en se contorsionnant comme à son habitude.

N'entendant plus Matthew dans la pièce, elle pensa une seconde qu'il s'était retourné par pudeur, mais la présence dans son dos la détrompa. Matthew se trouvait juste derrière elle et, du bout des doigts, il retira la main d'Eleonor et entreprit de défaire ses lacets. Ses gestes étaient lents, délicats et, plus il avançait dans son entreprise, plus elle se dénudait, plus elle pouvait sentir ses mains frôler sa peau. Le désir explosa en elle, un frétillement au bas-ventre qui remonta d'une flèche jusqu'au thorax.

Soudain elle fut submergée par une fatigue écrasante, par les traces du tsunami émotionnel de la soirée et par cette attirance nouvelle qui se saisissait d'elle avec une impétuosité débordante. Elle ne se sentait pas capable de se laisser aller, pas capable d'ouvrir une porte de plus ce soir.

Lorsque la robe fut défaite, elle la maintint contre sa poitrine et se retourna, prête à expliquer à Matthew qu'elle désirait plus que tout explorer avec lui ce territoire inconnu, mais pas ce soir. Ce ne fut pas nécessaire. Ce dernier lui offrit un sourire – un sourire si tendre que son cœur se souleva – puis il s'éloigna de lui-même. Il s'assit sur le lit, dos à elle, et commença lui aussi à retirer ses vêtements. Elle en profita pour se déshabiller et enfiler une chemise de nuit. Lorsqu'elle fut prête, Matthew, en caleçon, torse nu, souffla les bougies. Et tous deux se faufilèrent sous les draps.

Voilà qu'ils étaient allongés dans le noir côte à côte dans le même lit, mari et femme, pour la première fois. Tout dans l'attitude de Matthew montrait qu'il n'avait pas l'intention de se proposer à elle, encore moins de s'imposer. Elle chassa le doute, le conflit entre désir et fatigue, puis la valse des émotions laissa place à un calme, une véritable sérénité qu'elle n'avait pas éprouvée depuis longtemps. Une seconde durant, elle crut même sentir son corps bercé par le roulis du bateau qui lui manquait tant.

Et, alors que Morphée l'enveloppait doucement de son voile, une main attrapa la sienne sous la couverture.

Sa main attrapa la sienne.

Eleonor sourit dans le noir, pour elle-même, et plongea dans un doux sommeil.

Le lendemain ils parcoururent à cheval la distance qui les séparait du port de Caernarfon. Eleonor, poids plume, montait tantôt avec Matthew, tantôt avec William pour alterner le surpoids imposé aux deux chevaux.

Très vite, cet exercice lui fit comprendre une différence notoire sur laquelle elle n'avait jamais mis le doigt. D'un côté les bras de William, familiers, étaient sécurisants, offerts par un homme dont elle n'avait jamais eu peur, lui procurant un sentiment éminemment réconfortant. De l'autre, lorsqu'elle chevauchait devant Matthew, ses deux bras l'enlaçant au niveau de la taille, son souffle sur sa nuque, la chaleur de son torse contre son dos, tout prenait feu en elle. La massivité de son corps était une protection elle aussi, mais une protection doublée d'une puissance troublante. Il allumait la flamme en elle.

Elle aurait pu passer des journées ainsi, des semaines, à ne plus jamais redescendre de ce cheval. Chaque fois qu'ils sautaient à terre, la séparation était un arrachement.

Puis ils arrivèrent devant l'*Augusta*, un brick à deux mâts

portant quatre voiles carrées chacun. Eleonor renfila une tenue de femme pour la traversée – déguiser son identité lui paraissant à présent une contrainte bien trop compliquée à maintenir plusieurs jours d'affilée. Ils se firent passer pour un couple de marchands et leur collaborateur, appelés par des affaires douteuses et urgentes au sud. Effectivement, il ne fut pas difficile de convaincre le capitaine Cross de les mener jusqu'aux îles Scilly, surtout compte tenu de la somme que Matthew lui offrit. Chaque fois qu'il sortait sa bourse, Eleonor réalisait de nouveau à quel point il était immensément riche et à quel point l'argent n'était pas un enjeu pour lui. Elle perçut même le sourire mi-moqueur mi-estomaqué de William à la vue de la somme.

La relation entre les deux hommes s'était apaisée mais ne s'était pas réchauffée pour autant. Ils étaient cordiaux et prêts à collaborer lorsqu'il s'agissait d'organiser les plans d'action. Eleonor savait que l'animosité de William naissait d'une pulsion de protection. Pour ce qui était de Matthew, plus froid et en retenue que d'ordinaire, elle ne savait pas mais il était clair que les doutes et crispations de la soirée de la veille ne s'étaient pas totalement évaporés. Elle décida de les ignorer et d'espérer que le temps fasse son œuvre.

Étrangement, quand elle mit le premier pied à bord, tandis que le bateau s'éloignait de la côte et qu'elle retrouvait son élément naturel, c'est vers Richmond que ses pensées se dirigèrent. Matthew avait envoyé des nouvelles à Clayton avant de partir, laissant la lettre au soin de Baga. Elle se demandait comment allaient Prudi et le bébé. Si la maisonnée prenait soin des siens. Alors même qu'elle ne le connaissait que depuis peu, Tom lui manquait. Elle se promit de poursuivre son apprentissage des jeux de cartes à son retour, en plus de celui de la lecture. Peut-être même le proposerait-elle à tous ceux qui le désiraient : Juliet, Prudi, des femmes du village.

Les mains accrochées au bastingage, le vent giflant son visage, cela la frappa : elle projetait son retour. Après tout ça, il y aurait un *retour ;* à une vie dont elle pouvait tracer les contours, mais dont elle ne parvenait à percevoir le tableau final. Le tout auprès d'un époux avec lequel tout était en train de se redessiner. Pour former quoi ? Un mariage ? Un mariage ordinaire dans une vie ordinaire ?

Ce fut la voix du capitaine Cross qui la sauva de ces questions sans réponse. Il s'était mis à mugir des ordres à un matelot trop aviné, accompagnant sa vocifération d'un coup de pied dans les côtes. Le capitaine, un homme bourru et peu aimable, leur avait dit que s'ils pouvaient maintenir une vitesse de neuf nœuds ils seraient aux îles Scilly d'ici quelques jours. Eleonor en doutait fort. Le temps était certes au vent, mais il semblait vouloir se gâter, la mer montrait des signes de colère, et le bateau et son équipage n'inspiraient pas confiance. Elle n'avait pas eu besoin d'en parler à William, un seul regard leur avait suffi à partager leur inquiétude. Le capitaine avait l'air hargneux plus que de raison. Le bateau avait été robuste un jour, sans doute, mais il était à présent fort dégradé. De plus ses marins, peu scrupuleux, semblaient plus occupés à boire qu'à tenir le cap. Et, aux yeux d'Eleonor, ils naviguaient dangereusement près des côtes pour une mer si agitée.

Leur cabine était plus que sommaire, mal tenue. En revanche, ils avaient obtenu des draps propres et un peu de viande sous prétexte de la présence d'une femme. Une ironie qui ne lui avait pas échappé : des deux, c'était Matthew qui n'avait jamais connu de draps sales et la tambouille d'un bateau. Le premier soir, ils s'effondrèrent tous les deux. À la dernière minute, alors qu'ils étaient engoncés dans un petit lit, leurs corps éminemment proches l'un de l'autre, Matthew avait enveloppé Eleonor de son bras. Ballottés par un roulis cette fois-ci bien réel, ils s'étaient enfoncés dans un sommeil de plomb. Et, pour la seconde fois, elle s'était endormie un sourire aux lèvres.

Le lendemain, les choses ne s'arrangèrent pas. Ni la météo ni l'humeur furibonde du capitaine. Eleonor et William se retinrent de demander à consulter le tracé de la route, les choix de navigation, de refaire les calculs. Ni l'un ni l'autre ne connaissaient les côtes d'Angleterre. Sans outils et sans cartes, ils ne pouvaient avoir d'avis, ils naviguaient à l'aveugle, se laissant mener sur l'eau par un homme en qui ils n'avaient pas confiance. Et ils détestaient ça. Le soir même, ayant probablement senti l'agacement monter chez les deux marins frustrés, Matthew chaparda une bouteille et des verres. Ils s'installèrent tous les trois dans la cabine du couple, à même le sol, et burent plus que de raison.

L'alcool joua son rôle et l'atmosphère morose se fit peu à peu joyeuse. Les langues se délièrent, et les trois compagnons partagèrent rires et anecdotes plusieurs heures durant. Matthew s'avérait tous les jours un peu plus érudit. Sa culture générale était époustouflante et son penchant pour la philosophie humaniste bien réel. William ne manqua pas d'étonner Matthew lui aussi : il ne venait pas du milieu de la marine mais de la petite bourgeoisie qu'il avait fuie à ses seize ans. Il était donc bien plus éduqué qu'il n'en avait l'air.

Surtout, les deux hommes montrèrent ce qu'Eleonor connaissait d'eux, leur point commun : un goût pour la plaisanterie, le sarcasme et le vin – l'un comme l'autre ne se vexant jamais des boutades qu'ils s'envoyaient mutuellement. Dans l'évidence de cet instant partagé, elle était appelée Leo par l'un, Eleonor par l'autre, et personne ne s'en offusquait. Le tableau lui réchauffa le cœur, et quelque chose de possible se dessina devant elle : un espace où ses deux mondes, au lieu de se repousser, cohabiteraient.

La nuit était bien entamée, quand William s'éclipsa et ferma la porte derrière lui. Le dernier regard qu'il posa sur Eleonor était plein de sous-entendus. La jeune femme y vit un amusement grivois – face à ce qu'il imaginait qu'il pouvait se passer entre eux. Mais aussi, les traces de l'inquiétude de la laisser aux griffes d'un homme.

Lorsqu'elle se retourna vers Matthew, elle ne vit pas de griffes. Elle vit un homme beau à tomber, dont le maintien était bien trop droit pour être celui d'un marchand, et la barbe trop désordonnée pour être celle d'un comte. Elle vit surtout ses mains, mates, puissantes et fines à la fois. Elle le vit, lui, et sut – au regard qu'il posa sur elle, à la détonation dans son ventre – que cette fois-ci aucune fatigue, aucun questionnement, aucun doute ne serait plus fort que le désir.

Eleonor offrit le premier pas en avançant jusqu'à lui et répondit ainsi à la question qu'il n'osait poser. En retour, il lui décocha ce sourire espiègle qui la faisait craquer. Et ses yeux d'homme se mirent à crépiter du feu qu'elle leur connaissait. Un feu de vie, un feu désinvolte mais sincère, un pétillement.

Elle ouvrit la bouche pour parler sans trop savoir ce qui devrait se dire. Matthew la sauva. Il plaça les deux mains dans son cou et l'embrassa. Il l'embrassa longuement, sans retenue, entièrement dédié à leurs lèvres qui se rencontraient, qui se cherchaient, qui se trouvaient. Ce faisant, leurs corps se rapprochèrent jusqu'à finir l'un contre l'autre. Le bras droit de Matthew glissa dans son dos jusqu'à l'enserrer entièrement. Eleonor grimpa sur la pointe des pieds, s'accrocha à ses épaules et crut un instant qu'elle allait déchirer ses vêtements. Puis, naturellement, prise dans l'élan, elle enroula ses jambes autour de la taille de Matthew. Alors qu'elle était ainsi perchée dans ses bras, ils ne faisaient plus qu'un. D'un mouvement souple, il tourna sur lui-même et plaqua Eleonor contre la paroi. Au même moment, le roulis du navire se fit plus puissant et le corps de son époux fut projeté contre le sien. Leurs lèvres se retrouvèrent d'elles-mêmes. Mais Matthew bifurqua et entreprit de descendre, parcourant son cou et ses épaules de baisers. Il décala sa robe du bout des doigts pour accéder à sa peau, puis tira jusqu'à faire glisser la bretelle. Le désir se fit si féroce que leurs vêtements se transformèrent en un insupportable obstacle. Au-dehors, le bruit du vent semblait faire écho à l'ardeur qui les animait. Le bateau craquait, des claques d'eau venaient s'écraser contre la coque. Ne pouvant la déshabiller davantage, Matthew lâcha Eleonor et c'est elle qui prit les devants : elle fit tomber la veste le long de ses bras massifs, retira les boutons de sa chemise et défit son pantalon. Lorsqu'il ne lui resta plus que son caleçon, elle se mordit les lèvres et s'en rendit compte. Il sourit et ôta sa dernière couche de vêtement de lui-même.

Puis, comme pressé par un temps impétueux, dévorant, il

la retourna et arracha tout : les lacets, la robe, la brassière, le jupon, la chemise. Moins d'une minute après, elle était nue. Elle ne désirait qu'une chose, c'était retourner dans ses bras, là-haut. Elle n'eut pas même à exprimer quoi que ce soit car Matthew l'attrapa et, avec une fluidité déconcertante, il la souleva et la remit là où elle se trouvait : les jambes d'Eleonor calées sur ses hanches solides, ses bras l'enlaçant entièrement, la houle les enveloppant – comme si la mer elle-même voulait participer à leur fougue. Ils s'agrippèrent l'un à l'autre autant pour se rapprocher que pour s'empêcher de choir.

Mais à présent il n'y avait plus rien entre eux, plus la moindre couche de tissu pour faire entrave. Au contact de leurs peaux nues l'une contre l'autre, de son sexe brandi contre son entrejambe, Eleonor retint son souffle, surprise. Matthew poursuivit son entreprise là où il l'avait laissée : il recula légèrement le torse de la jeune femme, qui trouva le mur pour support, ses lèvres glissèrent de son cou à sa poitrine puis entre ses seins. Il se dirigea vers l'un de ses tétons, qu'il embrassa très légèrement, puis mordilla. Le bateau eut un soubresaut. Elle serra les cuisses autour de sa taille, terrassée par un plaisir inattendu. Jamais elle n'aurait imaginé qu'une bouche sur son téton pouvait provoquer cela. Ses ongles s'enfoncèrent dans les épaules de Matthew qui leva la tête et l'embrassa de nouveau – un baiser empreint d'une passion à en faire perdre la tête.

Au fur et à mesure que la rencontre de leurs corps gagnait en intensité, le bateau se mit à danser une valse fiévreuse, au point que Matthew dut s'accrocher au montant du lit à leur droite pour les stabiliser. Et, ballottés par la tempête, par les cahots de leur abri, par les grincements du bois et le cri du vent déchaîné, ils firent l'amour.

Il inséra son membre en elle, très lentement tout d'abord. Comme la fois précédente, il fit une pause une fois à l'intérieur d'elle, prit une discrète inspiration, tête baissée. Eleonor l'interpréta comme une tentative de maîtrise de soi qui la fit chavirer plus encore. Puis il plongea les yeux dans les siens et sans la lâcher, ni du regard ni de ses mains qui la maintenaient en l'air, coincée contre le mur, il commença à entrer en elle et en ressortir. Alors qu'elle se croyait déjà au bord du précipice, la chaleur en elle continua de monter. Un gémissement sortit de sa bouche malgré elle, sa tête bascula en arrière, ses yeux se fermèrent. Plongée ainsi dans le noir, elle ne savait plus ce qui l'étourdissait à ce point : le bateau qui se balançait ou le plaisir qu'elle éprouvait. Quand elle les rouvrit, Matthew la contemplait, le souffle court, la bouche entrouverte, serrant les lèvres plus fort à chaque coup de hanches.

Le navire, comme emporté par la même ardeur qu'eux, se mit à tanguer si fort qu'ils manquèrent de tomber à la renverse. Alors Matthew la mena jusqu'au lit, se plaça au-dessus d'elle et reprit ses va-et-vient. Eleonor s'agrippa à la barre qui maintenait le lit à la paroi, au-dessus de sa tête. Tout chavirait – à l'intérieur, à l'extérieur –, le monde n'était plus qu'un tourbillon, de plus en plus rapide, de plus en plus entêtant. De sa main gauche, Matthew attrapa l'un de ses seins. De l'autre, il souleva légèrement la taille d'Eleonor comme pour mieux aller à sa rencontre. Un coup. Deux coups. Trois coups. Au quatrième, tout explosa en elle, le monde disparut, le temps se figea. Quelques secondes durant, le réel n'était plus.

Quand elle revint à elle, elle comprit qu'il s'était retiré à la dernière minute et se tenait, essoufflé, perdu, au-dessus d'elle. Il s'effondra à ses côtés et, enfin, ce fut le vide. Le vide le plus délicieux qu'elle avait jamais connu. Ils se laissèrent bercer un temps par cet espace cotonneux où, sans parler, sans bouger, sans signifier d'aucune manière la présence de l'autre, ils étaient à deux. Ensemble.

Une secousse plus violente que les précédentes surprit Eleonor. Matthew s'accrocha au lit. Ses sourcils se froncèrent. La suivante, plus sèche, la fit s'asseoir d'un bond sur le lit.

Elle connaissait les mouvements d'un bateau, elle savait lire leur intensité, leurs angles, leur amplitude.

— Quelque chose ne va pas.

Puis les cris sur le pont, hurlés avec tant d'urgence et de

force qu'ils arrivaient distinctement jusqu'à eux, achevèrent de la convaincre.

Encore fébrile, encore chancelante, elle passa par-dessus Matthew et sauta sur ses pieds.

Non. Quelque chose n'allait pas.

28

Matthew eut du mal à la suivre tant elle enfila ses vêtements à la hâte. À chaque seconde qui passait, le bruit de la pluie paraissait plus fort et les balancements du bateau plus violents. Eleonor courut dans l'escalier, suivie de près par un Matthew franchement inquiet : si Eleonor paniquait, c'est que la situation était préoccupante.

Quand ils arrivèrent sur le pont supérieur, le spectacle qui s'étalait devant eux était chaotique. Tout s'était accéléré à une vitesse fulgurante. La petite tempête était devenue monstre où le ciel et la mer semblaient s'être rejoints pour faire déferler une colère divine. La mer, comme boursouflée, venait jeter ses vagues contre le navire, s'y écrasant en flots continus, sans rythme cohérent, impossibles à anticiper. Une pluie diluvienne s'abattait sur le bateau et ses habitants. La panique sur le pont était totale. Les marins couraient partout, des ordres indistincts fusaient. Les cheveux trempés collaient aux visages hagards. La confusion était telle que Matthew aurait eu bien du mal à distinguer ceux qui tentaient de sauver le bateau de ceux qui fuyaient sans avoir nulle part où aller.

Au milieu de ce fracas, Eleonor se mit à arpenter le pont, yeux plissés, dos courbé, jusqu'à ce qu'elle trouve ce qu'elle cherchait. William se tenait accroché à un cordage, dangereusement près du bastingage, cherchant un horizon qui n'était plus.

— Y a une brèche dans la coque ?

— Évidemment qu'y a une brèche. Ce con joue avec le feu

depuis des jours. Je suis remonté soûl comme un cochon, mais j'ai tout de suite vu qu'on naviguait dangereusement près d'une zone de rochers.

Eleonor s'approcha du bord et se pencha. William, de sa main libre, attrapa l'arrière de sa robe, qui n'était déjà plus qu'un bout de tissu collé à son corps.

— Putain, on y voit rien, cracha-t-elle. C'est la pleine lune pourtant...

— T'as vu ce qui nous tombe dessus ? De toutes les façons, on voit jamais le ciel dans ce putain de pays.

Eleonor regarda autour d'elle, analysa les voiles, scruta le noir. Matthew avait beau faire de même, il ne voyait que des ombres déchaînées danser dans le ciel au rythme des bourrasques.

— Pourquoi il a hissé les grands-voiles, il est fou ?

— Je te renvoie la question, grogna William.

— Il va tous nous tuer ! On fonce droit sur un rocher !

— C'est ce que je me tue à te dire ! hurla-t-il, autant par colère que pour que sa voix porte par-dessus les vagues.

Sans un mot de plus, Eleonor et William avancèrent à tâtons en direction de la proue. Le dicton si souvent répété par son père résonna dans la tête de Matthew : « Une main pour l'homme, une main pour le bateau. » Il avait peu navigué dans sa vie, mais assez pour comprendre la gravité de la situation. On pouvait colmater une petite brèche dans la coque, une tempête dans un brick solide était dangereuse, mais surmontable. En revanche s'ils venaient à recevoir un autre choc, plus sérieux, plus rien n'était garanti.

— Qu'allez-vous faire ? cria-t-il à Eleonor tandis qu'ils atteignaient le pont arrière où se trouvait le capitaine Cross.

— Je ne sais pas, improviser.

William fonça sur l'homme qui avait perdu son air bravache mais continuait de vociférer sur son équipage comme s'ils étaient responsables de la situation. Comme si les pauvres matelots avaient eux-mêmes déchaîné les quatre vents. Une forte dispute éclata entre le capitaine et William. Le vacarme ne permit pas à Matthew d'entendre ce qui se disait – solidement agrippé qu'il était à un hauban – mais les corps ne mentaient pas : celui de William se tendit à l'extrême et celui du capitaine se transforma en boule. Une boule rageuse, trop fière pour admettre son erreur.

Finalement William, tête baissée contre le vent, revint jusqu'à eux.

— Ça ne nous regarde pas qu'il dit. Fils de putain, explosa-t-il. Périr dans une tempête minable, ça nous regarde pas peut-être ! Il veut accélérer et barrer en espérant que ça passe... Mais la misai...

Soudain, une vague gigantesque croula sur le pont, l'eau salée de la mer vint se mêler à celle de la pluie, fouettant les visages et ébranlant les poulies, les cordages, les gréements entiers. Tous trois s'accroupirent et laissèrent passer la déferlante. Matthew remarqua sur le visage d'Eleonor un air qu'il lui connaissait bien : celui qu'elle avait lorsqu'elle était frappée par une idée.

— La manœuvre pour culer de Miles, rappelle-toi, Will ! s'écria-t-elle soudain. Il avait inventé une manœuvre pour culer en pleine tempête !

William se mit à réfléchir intensément. Eleonor perdit patience. Toujours accroupie, elle s'approcha de lui.

— On met la misaine au poisson. On déborde le point d'écoute à contre. Et, quand le lit du vent sera passé, tu inverses la barre. Faudra être précis sinon on va manquer à virer.

— T'es un génie, Capucin. Mais dans tous les cas faut remonter la grand-voile.

Il reporta le regard sur le capitaine Cross qui battait des bras, grognait, ostensiblement dépassé.

— Il va jamais vouloir, ce gougnafier...

Matthew observa alternativement les deux marins et le capitaine puis prit en hâte – comme il savait si bien le faire – une décision dangereuse et stupide.

— Dans mon monde à moi, ce n'est pas le capitaine le vrai patron d'un bateau, lâcha-t-il en s'éloignant. C'est le propriétaire...

Matthew se dirigea droit vers Cross, l'attrapa au col avec une telle poigne que son corps se souleva à quelques centimètres du sol. Puis il se pencha à son oreille.

— Votre bateau, avec une brèche, il vaut quoi ? Deux mille livres ? Je vous en donne trois mille.

Le capitaine parut plus perdu que jamais. Matthew sentant l'urgence monter en flèche, n'attendit pas la réponse, il balança une droite dans le visage de Cross avec toute la force dont il disposait. Ce dernier s'effondra aussi sec, son corps lourd heurta le sol, inerte, dans un bruit mou, étouffé par le brouhaha. Puis, devant les yeux éberlués du second, de deux marins plantés là, Matthew sortit des pièces de sa bourse et les fourra dans la poche de l'homme évanoui. Il accompagna son geste d'un « voici un petit acompte ». Il se tourna vers le second, qui tenait la barre comme si sa vie en dépendait.

— Le capitaine Cross est en incapacité, annonça-t-il aussi fort que possible. Je viens d'acheter le bateau. En tant que propriétaire, je nomme William Murphy ici présent capitaine, Eleonor Evans, second. Faites passer le mot. Si on s'en sort vivants, tous les marins ayant suivi les ordres sans broncher seront récompensés d'une prime. Les autres seront débarqués au premier port venu. Est-ce que c'est clair ?

L'ex-second, au bord de l'apoplexie, hocha la tête avec force puis envoya le matelot à sa droite annoncer la nouvelle.

D'un geste de la main, Matthew indiqua la barre à William et Eleonor qui le regardèrent tous deux, éberlués.

— Je n'y connais rien en bateau mais je m'y connais en commerce et en politique… D'une part, tout s'achète. D'autre part, ces hommes ont peur pour leur vie, si vous affirmez que vous savez comment les sauver, ils vous suivront.

William acquiesça vivement, un sourire amusé aux lèvres, et sauta récupérer la barre, suivi d'Eleonor qui offrit à Matthew un sourire de connivence au passage – trempée jusqu'à la moelle, cheveux dégoulinant sur les épaules, courbée contre les éléments, elle était la plus belle femme au monde. Les deux amis se concertèrent une minute dans une langue parfaitement inconnue de Matthew puis se mirent à lancer des ordres, tous aussi inintelligibles.

Tout le monde s'affaira tandis que Matthew se tenait à l'écart pour ne pas être dans le chemin. Un marin paniqué accourut.

Il hésita une seconde devant l'ancien second et William. Ce dernier se redressa pour signifier qui était le patron.

— Capitaine... La drisse, elle est coincée ! Au niveau de la vergue à bâbord !

— C'est pour ça que ce con a laissé la grand-voile... Allez la décoincer !

— Par ce temps ?

— Non, vous attendez qu'il fasse beau, abruti !

William se tourna vers Eleonor. Cette dernière comprit instantanément le message implicite et regarda en direction du mât.

— J'espère que t'as pas perdu la main, Capucin..., hurla William contre le vent.

La peur dans les yeux du marin pourtant aguerri était palpable, et Matthew comprit alors ce qu'il attendait d'elle.

— Toi, donne-lui ton pantalon, cria William au premier mousse venu.

L'homme, interloqué, prit une seconde avant de s'exécuter. William lança son couteau à Matthew qui comprit ce qui était attendu de lui. Il s'approcha d'Eleonor. Cette dernière avait déjà enfilé le pantalon sous sa robe et retiré son jupon. Matthew entreprit de couper la partie qui composait la jupe.

— Vous allez vraiment monter là-haut ?

— Il faut bien que quelqu'un le fasse...

Matthew, ne voulant pas même penser à ce qui allait se dérouler sous ses yeux, se mit à déchirer des pans entiers de tissu.

— Ne vous inquiétez pas, je l'ai fait mille fois, ajouta-t-elle avec un maigre sourire.

— Par ce temps ?

Elle regarda autour d'elle. Le ciel s'était encore noirci, le vent sifflait entre les mâts, les vagues passaient par-dessus la coque pour s'écraser sur le pont, et les coups de lame émettaient un bruit sourd contre le flanc du navire.

— Oui... Enfin, presque.

William apparut derrière eux.

— Matthew, vous la sécurisez.

— Pas le temps, Will ! répliqua Eleonor.

— J'veux pas le savoir. Je suis le capitaine, et tu suis les ordres, gronda-t-il avec une autorité ne laissant pas la place à la contestation. Va t'accrocher, il arrive.

Eleonor ravala ses réserves et partit en direction du mât.

— Vous attrapez la drisse, celle qui passe dans la poulie près du mât, pas celle qui s'en éloigne, expliqua William à Matthew. Vous savez faire un nœud de chaise ?

— Je connais les capacités de chargement et les prix d'à peu près tous les navires existants, on n'a pas besoin de plus pour diriger une compagnie marchande. Parlez-moi une langue que je connais..., s'énerva Matthew.

William réfléchit une seconde, les yeux plongés dans ceux de Matthew.

— Vous l'aimez, la Eleonor, si j'me trompe pas ? Alors vous tenez la corde qu'elle va vous donner aussi fort que vous le pouvez, toujours tendue. Si la corde se soulève, vous vous soulevez avec. La seule consigne : ne lâchez pas ou vous la perdez. Ou on la perd...

L'affolement dans les yeux de William confirma l'intuition de Matthew : Eleonor jouait sa vie en montant là-haut. Il ne lui en fallut pas plus, il fila jusqu'à elle. La jeune femme s'était harnachée avec une corde qui, effectivement, passait en haut du grand mât dans une poulie et retombait jusqu'au sol. Matthew en attrapa l'extrémité. Une boule se forma dans son estomac.

— Vous ne faites pas de folie, Leo... Je me suis pris d'une certaine affection pour vous – et pour Eleonor, mon épouse – je serais très très fâché de vous perdre en mer...

Il lui attrapa le bras.

— De vous perdre avant de vous avoir vraiment rencontrée.

Il ne voyait pas comment exprimer plus clairement son inquiétude sans risquer de la rendre contagieuse. L'humour était tout ce qu'il avait. Eleonor sourit, émue, puis mit un premier pied sur l'échelle de cordage. Matthew fut subitement pris d'une panique comme il en avait rarement vécu. De sa main encore libre, il attrapa la jeune femme au cou, la tira à lui et déposa un baiser sur ses lèvres.

Surprise, Eleonor prit une seconde pour le regarder.

— De toutes les façons, Tom serait fou de rage si je ne rentrais pas. Je redescends dans quelques minutes, saine et sauve. Je vous le promets.

Rentrer... Rentrer à la maison, voilà une perspective qui paraissait aussi séduisante qu'incertaine.

Elle entama son ascension. L'échelle de cordage manquait de se retourner à chaque pas. Très vite, elle fut à deux mètres au-dessus de lui, trois mètres, quatre mètres, avec une agilité qui éclairait sans conteste son surnom de Capucin. Mais plus elle avançait dans son ascension, plus Matthew avait l'impression de la perdre dans le noir, et plus il était clair que les choses se compliquaient.

Les mouvements de la houle, amplifiés en haut du mât, obligeaient Eleonor à s'arrêter de plus en plus souvent, à s'accrocher de toutes ses forces aux cordages pour ne pas dégringoler complètement. Quand elle fut à deux doigts de la hune, une bourrasque couplée à une vague fit pencher si violemment l'*Augusta* qu'Eleonor lâcha prise. D'un coup, la corde se tendit et souleva le corps massif de Matthew qui, quelques secondes durant, le cœur battant, pendit au bout à la force des bras. Puis, remerciant le ciel pour leur nette différence de poids, il redescendit jusqu'au plancher. Il leva la tête, réussit à apercevoir Eleonor qui se balançait dans le vide. Il retint son souffle jusqu'à ce qu'elle parvienne à rattraper l'échelle.

Une fois la hune atteinte, elle ne poursuivit pas vers le perroquet. Elle bifurqua à bâbord et entreprit de longer la vergue jusqu'à son extrémité, en équilibre sur une corde. Matthew libéra du lest pour la laisser avancer à l'horizontale et s'éloigner de la poulie. Mais, ce faisant, leur système ne sécurisait plus grand-chose : si elle perdait l'équilibre et lâchait prise, elle tomberait de plusieurs mètres et se retrouverait sur un balancier si large qu'elle finirait assurément écrasée sur le mât, ou broyée par les gréements.

Dans la tête de Matthew, plus rien n'existait d'autre que la frêle silhouette de la jeune femme, à peine dessinée ; le vent s'était tu, la mer avait disparu, les cris des marins n'étaient plus qu'un lointain brouhaha qui ne le concernait pas. Tout ce qui comptait, c'était elle : Eleonor, Leo, Capucin, Lady Evans, cette femme qui menait une danse précaire là-haut, là où il ne pouvait ni l'atteindre ni la sauver.

Cette femme que, définitivement, il ne pouvait pas perdre avant même de l'avoir trouvée.

La chanson qu'elle avait fredonnée dans le bar de dockers lui revint en mémoire et se mit à occuper tout son esprit.

« Peut-être qu'au mât d'une barque étrangère
Mon corps un jour servira d'étendard
Et tout mon sang rougira la galère
[...]
Aujourd'hui, fête, et puis demain peut-être
Ma tête ira s'engloutir dans les flots. »

Elle ne se tut que lorsque Eleonor cria aux marins la nouvelle : elle avait réussi, la voile était débloquée. Ces derniers coururent prévenir William, et la jeune femme entama le chemin inverse : elle longea la vergue, atteignit l'échelle centrale et la redescendit. Matthew pouvait de nouveau sentir son poids tirer sur ses bras, sentir sa présence rassurante au bout de sa corde. Jusqu'à ce qu'elle se trouve, pieds sur le plancher, devant lui.

Du sang coulait de sa paume droite, le bout de robe qui lui restait au torse était déchiré, ses bras tremblotaient à cause de l'effort, mais ses yeux pétillaient d'un feu sublime. Celui de la réussite, celui qui prend place après la peur. Celui d'une femme intrépide et féroce.

Sans attendre, il l'aida à se libérer de son harnais de fortune et plaça un bras autour de ses épaules pour la protéger. De quoi ? Il ne savait pas. Il fallait juste qu'il la protège, qu'il la garde à l'abri du danger, qu'il la garde auprès de lui.

Alors, sans lui demander son avis, il la mena vers l'auvent qui surmontait la porte menant au pont inférieur. Autour d'eux, un semblant d'organisation prenait forme, les hommes avaient recouvrer leur vigueur, s'affairant à suivre le plan du nouveau capitaine, mus par ce qui faisait avancer tout homme : l'espoir.

Tandis qu'ils étaient toujours cahotés par les secousses du

bateau en proie aux éléments, à deux doigts de tomber, Matthew attrapa un garde-corps de sa main droite pour les sécuriser et enlaça Eleonor de la gauche. Il la serra contre son corps.

Elle s'abandonna à lui.

29

La tempête avait été vaincue après une nuit folle où espoir et désespoir s'étaient côtoyés comme les deux faces d'une même pièce de monnaie. Mais la peur de la tempête avait cédé peu à peu la place au courage insufflé par le nouveau capitaine et son étrange second. Plusieurs fois ils avaient cru être perdus, plusieurs fois ils avaient rétabli la barre, sauvé le navire des abîmes. Lorsque le vent s'était fait moins puissant, que la pluie et la mer avaient lentement espacé leurs claques, que les matelots avaient compris qu'ils garderaient leur vie, une clameur s'était élevée du navire. Une clameur de joie rageuse, une clameur d'une beauté et d'une force à nulle autre pareilles.

La tempête avait cédé la place à une mer d'huile, ou presque. Les jours qui avaient suivi avaient été d'un calme presque irréel. Puis, au matin du cinquième jour, ils étaient arrivés en vue des îles Scilly. De majestueuses falaises escarpées surplombaient une plage de sable blanc. Un paysage de criques, de roches, un paradis pour les yeux. Mais un enfer pour leurs habitants – tous sur le pont le savaient. Ce coin d'Angleterre, à mi-chemin de la France, avait été abandonné par la Couronne que sa population de pêcheurs faméliques n'intéressait guère. Certains disaient que même Dieu avait oublié ces îles.

Ils avaient débarqué sur l'île St. Mary's, la plus conséquente des cinq du petit archipel. Cela étant, Hugh Town, la « capitale » de l'île, n'était qu'un petit village aux maisons blanches et aux ruelles étroites, dont le port était le seul capable d'accueillir un bateau de la taille de l'*Augusta*. Et la manœuvre n'avait pas été facile.

Edward, un membre de l'équipage qui avait habité là pendant un temps, leur avait parlé de l'usage traditionnel des *gigs* – des petites barques à fond plat qui escortaient les bateaux jusqu'au port –, et Eleonor, Matthew et William avaient très vite perçu l'aspect primordial de leur fonction. Les îles, relativement proches les unes des autres, étaient pour la plupart bordées de cailloux et de récifs, rendant la navigation compliquée, voire impossible, si l'on ne connaissait pas les lieux.

Edward, les yeux pétillants, leur avait raconté la fierté des pilotes de *gigs*, leur importance symbolique et concrète. En plus d'être des guides essentiels, ils étaient utilisés pour le sauvetage des navires de la région. Plus rapides que les bateaux de douaniers, ils étaient également connus pour participer au transport de marchandises de contrebande – contrebande qui ne cessait de fleurir ces dernières années. « Quand on a rien à manger, on utilise ce qu'on a sous la main », leur avait dit Edward comme pour excuser les habitants. C'était un marin débrouillard et sympathique – ayant une détestation profonde pour le capitaine Cross – qui s'était avéré d'une grande aide lors du reste de la traversée. Il connaissait les hommes, le bateau et la région, avait fait tampon avec le nouveau commandement de William et avait été un fort bon compagnon le soir. Son assistance avait continué d'être essentielle lorsque, à leur arrivée au port, il leur avait trouvé un endroit où dormir, faisant jouer les quelques connaissances qu'il avait encore sur l'île.

— Vous êtes sûr qu'on ne va pas la déranger ? demanda Eleonor tandis qu'Edward frappait à la porte de la petite maison de ville.

— Quand on a déjà six enfants et plus de mari, on n'est plus à une bouche près. On m'a dit qu'elle était taciturne mais accueillerait un lépreux s'il avait besoin de son aide. Mais laissez-moi lui parler avant peut-être.

La porte s'ouvrit, tenue par une femme au front suant, à la robe grisée et aux sourcils froncés, tenant un bébé dans ses bras. Elle semblait bien trop jeune pour avoir eu le temps de faire six enfants. Mais, alors qu'elle les faisait entrer et s'éloignait en compagnie d'Edward, Eleonor entraperçut la marmaille aux quatre coins de l'unique pièce du rez-de-chaussée. Trois enfants entre cinq et dix ans jouaient près du feu, et une adolescente épluchait des pommes de terre sur la grande table centrale. Un jeune homme était posté en haut de l'escalier, curieux de voir les invités. Il disparut aussitôt à l'étage. La discussion privée ne dura pas même une minute – la femme jetant un œil régulier aux invités surprises qui patientaient à l'entrée. Matthew et William ne semblaient pas plus à l'aise avec la situation qu'Eleonor. Tous les trois étaient vêtus de manière fort peu distinguée. Eleonor avait enfilé sa robe de rechange – après avoir découpé la première lors de la tempête – et ne l'avait pas quittée depuis. Elle était tachée, pas tout à fait à sa taille, et le tissu s'était rigidifié d'avoir été confronté aux embruns salés. Les deux hommes n'étaient pas rasés, leurs cheveux pas coiffés, leurs vêtements étaient totalement froissés, et Matthew avait une blessure à la main gauche. Personne n'aurait pu soupçonner qu'il s'agissait là d'un aristocrate de la grande noblesse, même sa posture avait commencé à s'affaisser un peu, rouée par plusieurs voyages éreintants. Tous trois étaient harassés, prêts à tout pour un repas chaud et une nuit de sommeil complète.

Finalement, la femme hocha la tête et revint auprès d'eux.

— Vous êtes les bienvenus. Je m'appelle Jane. Voici ma grande fille, Isabelle.

Elle ne demanda pas leurs prénoms, leur indiqua la table d'un geste expéditif et retourna auprès du feu au-dessus duquel bouillait une marmite, son petit toujours posé contre sa hanche.

Edward ne traîna pas non plus. Il les salua et partit.

Sans être froide, la pièce était chargée d'un étrange silence. Même les enfants étaient étonnamment calmes, peu soucieux des intrus, comme si sauver de parfaits inconnus était chose habituelle. Eleonor s'empressa de s'asseoir à côté de la jeune Isabelle puis, sans un mot, attrapa un couteau et entreprit d'éplucher les pommes de terre. La jeune fille sourit timidement tout en déplaçant le saladier entre elles.

Matthew et William, toujours debout à l'entrée, échangèrent

à voix basse. Le premier donna une pièce au second qui s'excusa et sortit aussitôt. Eleonor fronça les sourcils en guise de question mais Matthew se contenta d'un petit sourire.

C'est au retour de William, les bras chargés de victuailles – de fruits, de choux, d'un jambon de la taille d'un jeune cochon – qu'Eleonor comprit. La tambouille serait agrémentée de viande et de légumes ce soir ; c'était la moindre des choses, après qu'ils avaient été imposés à une maisonnée déjà surchargée.

En tant que comte, Matthew aurait pu se faire inviter par la famille la plus riche de la ville, qui les aurait accueillis les bras ouverts, y voyant un honneur. Mais Edward avait bien compris qu'ils cherchaient la discrétion et l'anonymat, et quel meilleur endroit pour passer inaperçus qu'une maisonnette de village ?

Jane déposa le puîné dans un landau en oseille suspendu puis vint aider Eleonor et sa fille à nettoyer et couper les légumes apportés par William. Toujours murée dans son silence, elle ne commenta pas l'abondance de nourriture sur sa table. Mais une lueur dans ses yeux, la façon délicate avec laquelle elle manipulait les aliments était un signe indéniable : cela n'arrivait pas souvent.

Matthew et William finirent par mettre la main à la pâte. Le premier par politesse, même s'il ne devait jamais avoir épluché une pomme de terre de sa vie, le second par habitude – et toute occupation valait mieux que l'oisiveté. Les enfants n'avaient pas bougé du foyer mais commençaient à s'échauffer, se chamaillant pour une poupée de laine, chouinant pour un morceau de pain. Le plus petit s'enhardit et s'approcha d'Eleonor à pas incertains. Il lui tendit un bout de bois qu'il semblait offrir comme un trésor inestimable. Elle le remercia à hauteur de l'importance du geste. Puis il rejoua la scène, en donna un à William, puis un à Matthew, qui jouèrent le jeu avec tendresse. Le regard de la mère s'adoucit un peu.

Au bout d'un moment, cette dernière disparut à l'étage, emportant le bébé avec elle. À son retour elle était accompagnée du jeune homme entraperçu plus tôt, qui s'empressa de saluer poliment puis sortit de la maison.

— Mes deux fils vont dormir chez des amis. Je vous ai préparé leur chambre, annonça Jane.

— Merci mille fois. Nous sommes désolés de déloger vos enfants, nous ne voulons pas être un embarras.

Elle haussa les épaules.

— Ils dormiraient dans leurs *gigs* si je leur en laissais le droit.

— Vos deux fils sont pilotes de *gigs* ?

Elle hocha la tête.

— Ici, si on veut être quelque chose... Ça ne met pas de viande sur la table mais ça permet de gagner un certain statut. Malheureusement, les hommes cherchent plus à obtenir le respect que de quoi subvenir à leurs besoins.

— Ils doivent être très au courant de ce qui se passe sur l'île..., tenta Matthew.

— C'est une île, tout le monde est au courant de tout.

Jane comprit un peu tard le sous-entendu, le besoin d'informations implicite. Elle leva alors des yeux suspects sur les trois invités. Il était clair qu'elle était du genre à porter secours, à accueillir des lépreux, mais leur faire confiance était une autre question. Elle ne pouvait compter que sur elle-même pour se protéger et protéger ses enfants. Trois étrangers aux vêtements déchirés, débarqués d'un bateau inconnu, cherchant asile, étaient prompts à soulever des suspicions. Tous les trois en avaient conscience, Matthew n'insista pas.

Le dîner fut vite prêt. Jane servit ses plus jeunes enfants avant de monter les coucher. Les adultes mangèrent en silence, comme ils avaient fait tout le reste. Les assiettes terminées, sans qu'il y eût besoin de le lui demander, la jeune Isabelle débarrassa puis s'enfuit elle aussi se réfugier à l'étage.

— Merci pour le repas, leur dit finalement Jane sans emphase.

— C'est la moindre des choses. Merci à vous de nous accueillir. Vous êtes d'une grande générosité.

Elle hocha la tête. Les trois comparses se regardèrent. Sans avoir besoin d'échanger, ils avaient chacun conscience de l'impasse dans laquelle ils se trouvaient, à quel point ils avaient besoin d'un point de départ pour poursuivre leur enquête. Tout ce qu'ils avaient, c'étaient des suppositions. Si le bateau de George avait débarqué une cargaison, c'était ici, sur l'île St. Mary's. Mais l'immense *Caliban* n'avait pas pu s'approcher des côtes : pour décharger, des *gigs* ou des bateaux de pêcheurs avaient été utilisés. La dispute de George rapportée par les domestiques mentionnait des barques. Si tous leurs soupçons s'avéraient justes, Boggart était quelque part dans la région, arrivé depuis un certain temps. Mais ils ne connaissaient ni les bars, ni le port, ni l'île et sa géographie. Le temps pressait.

C'est William qui se lança.

— Jane, c'est ça ?

Elle hocha de nouveau la tête.

— Je ne vais pas prétendre vous connaître, mais je me permets de supposer que vous préférez l'honnêteté aux fadaises. Je vais donc vous expliquer notre situation, la raison de notre présence et vous poser une question. Après, ce sera à vous de voir si vous voulez y répondre ou pas. Dans tous les cas, nous vous sommes immensément reconnaissants de l'aide que vous nous avez apportée.

Cette fois-ci Jane ne bougea pas et n'acquiesça pas. Mais elle ne montra pas de signe de refus non plus. Elle posa ses deux mains sur la table et des yeux impassibles sur ses trois invités.

— Nous supposons qu'un navire marchand, le *Caliban*, a mouillé pas très loin des côtes, il y a quelques semaines de cela. Qu'il portait en son bord une cargaison illicite, qu'il a fait débarquer dans vos îles. Probablement celle-ci, et probablement à l'aide de petits bateaux, voire de *gigs*. Que cette cargaison est à présent cachée quelque part dans la région et qu'elle va bientôt être rapatriée sur le continent. Personnellement, je n'ai que faire de la petite contrebande menée par les gens dans le besoin. Quand on a faim, on fait ce qu'on peut pour mettre quelque chose dans ses assiettes. Je sais de quoi je parle. Sauf qu'en l'occurrence l'armateur du navire en question est à la tête d'une fortune indécente. Que c'est un vil personnage qui abuse des femmes et vit en toute impunité. Son assistant – un homme balafré du même acabit – a attenté à la vie d'Eleonor. Nous ne vous demandons pas de vous mouiller et respectons votre discrétion. En revanche, si vous aviez la moindre information concernant cette cargaison ou un type nommé Boggart, nous vous en serions infiniment redevables. Vous nous aideriez à mettre un homme pourri derrière les barreaux.

Pas le moindre signe d'étonnement, pas le moindre clignement d'yeux. Jane resta de marbre, comme si rien de tout cela ne la concernait - ou, à l'inverse, comme si rien de tout cela n'était une surprise, et qu'elle connaissait déjà la raison de leur présence. Puis, sans crier gare, elle se leva du banc. Alors qu'Eleonor était convaincue qu'elle allait quitter la pièce, Jane prit une grande inspiration. Son visage était encore plus fermé que jusqu'alors.

— Il y a une crique à un peu plus de deux kilomètres à l'est. Elle n'est accessible que par la mer, mais du haut de la falaise voisine on peut l'entrapercevoir. Sur la route de Old Town, après la maison effondrée, il y a un petit chemin qui tourne à droite.

Jane s'éloigna de la table.

— On a beau être pauvres et mal éduqués, on est pas des sauvages. On veut pas de ça chez nous.

La sentence était tombée avec la puissance d'un vent de tempête. Une colère sourde étincelait dans ses yeux.

— Votre chambre est la première porte à droite. Je vous souhaite une bonne nuit.

Eleonor regarda avec admiration cette femme s'éloigner, grimper l'escalier, le dos droit, la tête haute. Le courage d'une femme seule, qui se bat et jamais ne flanche, qui ne se plaint pas, ne fait pas de compromis. Qui a porté, bercé, élevé, lavé, nourri six enfants dans des conditions précaires, et qui tient encore debout. La puissance et la résistance étaient censées être l'apanage des hommes, le symbole de la masculinité. Mais, à cet instant précis, Eleonor comprit réellement à quel point c'était la femme qui portait le monde à bout de bras. C'était la femme qui, en silence, sans spectateur pour l'acclamer, faisait preuve de courage et de ténacité.

Pour la première fois, elle envisagea d'être une femme avec fierté.

À ses côtés, Matthew et William ne disaient rien, le regard tourné vers le haut de l'escalier où venait de disparaître Jane.

Eux aussi étaient soufflés par la majesté tout en silence de cette femme.

Matthew se tourna finalement vers Eleonor. Ses yeux étaient sérieux, le sourire qu'il lui offrit délicat. Puis il posa la main sur son genou, une toute petite seconde. Geste de tendresse, de connivence, de soulagement, elle n'aurait su le dire. Mais son cœur tapa plus fort dans sa poitrine.

La nuit avait été courte bien que reposante. Ce n'était pas pour déplaire à Matthew que de dormir pressé contre Eleonor sur un petit lit. William avait pris la paillasse au sol, et tous trois s'étaient endormis à la seconde où leur tête avait touché l'oreiller.

Ils avaient à peine pris le temps d'avaler un petit déjeuner puis s'étaient précipités dehors. Les jours passés sur le bateau avaient réchauffé la relation entre William et lui, même si Matthew percevait encore une certaine défiance dans les yeux du marin. Quoi qu'il fasse, il serait toujours celui qui venait faire entrave à la liberté d'Eleonor. Et, en tant qu'ami, William ne pourrait sûrement jamais se défaire de sa posture de protecteur. Car il était un ami, et un bon – ça, Matthew ne pouvait le nier. Son regard sur elle était toujours tendre, attentif, sincère ; moqueur souvent, autoritaire parfois.

Chaque fois que les bottines d'Eleonor butaient sur un caillou, ou qu'elle devait relever sa robe et son jupon pour enjamber une branche d'arbre, William levait les yeux au ciel. Il ne supportait pas qu'elle soit entravée par sa tenue de femme, et Matthew commençait à se rendre compte qu'il n'avait pas totalement tort : gambader dans les bosquets rocailleux fouettés par les quatre vents s'avérait plus simple en bottes solides et pantalon. Pourquoi les femmes devaient-elles subir des vêtements inconfortables ? Rien ne le justifiait, et pourtant, personne ne le questionnait.

Il laissa de côté ces considérations, lorsque le petit chemin sur lequel ils marchaient – qui n'était plus qu'un vague sentier côtier à peine délimité – s'arrêta complètement. Ils décidèrent de suivre la falaise jusqu'à son extrémité. Si point de vue sur une crique il devait y avoir, c'était forcément là.

Le paysage était époustouflant, les falaises tombaient sur une mer plate, teintée de vert, le ciel dégagé laissait les rayons du soleil raser la végétation côtière, sèche, tachetée d'ocre. La mer s'écrasant sur les rochers en contrebas berçait l'atmosphère d'un bruit sauvage et entêtant. Le vent balayait le paysage, faisait voler les mèches qui s'étaient échappées de la natte d'Eleonor. Depuis le départ en bateau elle avait délaissé les chignons au profit de tresses qui tombaient à l'avant de son épaule gauche. Toujours la gauche, sans qu'il sache bien pourquoi. Le naturel de cette coiffure ne lui allait que trop bien.

William, qui ouvrait la marche, leur fit signe de réduire l'allure tandis qu'ils n'étaient plus qu'à quelques mètres du point le plus avancé, là où la falaise semblait essayer de gagner du terrain sur la mer. Matthew comprit mieux pourquoi lorsqu'il perçut trois petites embarcations flottant au large. Assez près pour être visibles, assez loin pour mouiller sans danger de racler les bas-fonds. Il ne s'agissait pas de *gigs* mais de petits bateaux de pêcheurs. Quoi qu'il en soit, ils étaient la preuve qu'ils se trouvaient au bon endroit.

Arrivés à la pointe, ils s'accroupirent et scrutèrent leur environnement. À leur gauche, dans un renfoncement, une petite plage venait en prolongement d'une cavité plongée dans l'ombre. Ils concentrèrent leurs regards sur cette dernière. À l'unisson, ils eurent un mouvement de recul : quelque chose bougeait dans la pénombre. Pouvait-il s'agir d'hommes postés là pour garder la cargaison ?

Ils restèrent immobiles à observer la zone un long moment. Puis, à leur grande surprise, une silhouette sortit de la grotte et marcha jusqu'à l'eau. Cependant il ne s'agissait pas d'un homme mais d'une femme à la peau noire, qui s'accroupit et plongea ses mains dans l'onde. Matthew fronça les sourcils. Très vite, elle fut suivie d'une autre femme, puis d'une jeune fille qui, au vu de sa carrure, ne pouvait pas avoir plus de quinze ans. Et soudain, six ou sept personnes, toutes noires de peau, exclusivement des femmes, se trouvèrent sur la plage. Leurs gestes étaient lents, et si les traits de leur visage n'étaient pas visibles de si loin, tout dans leur attitude – leurs dos courbés, leurs pas lourds, leurs regards plongés vers le sol – criait la fatigue et la peur.

Matthew n'avait jamais connu la sidération. Et voilà que, à cet instant précis, toute sa capacité de penser fut engloutie. L'incompréhension – ou plus précisément l'incapacité à concevoir – forma un vide, une béance dans son cerveau paralysé.

Il fut tiré de son hébétude par le visage d'Eleonor qui se tourna vers lui. Son expression était un mélange de stupeur et d'épouvante. Elle non plus ne comprenait pas, ou ne voulait pas comprendre. Ses yeux semblaient implorer Matthew de lui donner une explication, de la sauver de ce qui était en train de se former dans son esprit, cette réalité impensable.

La cargaison n'était pas composée d'œuvres d'art, mais de personnes. Ces êtres humains étaient la cargaison…

30

Le cœur d'Eleonor se serra, au point qu'elle crut un instant qu'il allait cesser de battre. Puis ce fut l'inverse, il se mit à tambouriner si puissamment qu'elle pouvait l'entendre dans ses oreilles, sentir le sang marteler ses tempes, ses mains.

Matthew n'avait pas l'air plus vaillant. Sa bouche s'ouvrit puis se referma, son visage se décomposait au fur et à mesure que lui aussi comprenait. William passa une main dans ses cheveux puis un juron s'échappa de ses lèvres.

Eleonor jeta à nouveau un œil du côté de la crique pour vérifier qu'elle n'avait pas rêvé – ou plutôt, dans l'espoir déchiré qu'elle avait rêvé. Mais non. Des femmes et des jeunes filles noires arpentaient la plage, désœuvrées. Elle avait beau chercher, elle ne voyait pas comment une autre explication pouvait être cohérente, autre que la plus horrible de toutes : il ne s'agissait pas de simple contrebande mais de traite d'humains. Pourquoi, comment, dans quel but ? Elle ne pouvait le concevoir. Comment imaginer qu'on fasse venir clandestinement des esclaves des Antilles alors même que la traite venait d'être bannie là-bas ?

Puis une nouvelle silhouette émergea de l'ombre, une silhouette plus petite encore. Une enfant probablement. Mû par l'effroi, le corps d'Eleonor bascula en arrière. Elle se retrouva sur les fesses, mais s'éloigna encore de la falaise en poussant frénétiquement sur ses jambes. Les deux hommes, toujours à moitié accroupis, la rejoignirent. Ils étaient blancs comme un linge, aucun mot ne sortit de leur bouche.

Telle une réponse à une question que personne n'avait posée, Eleonor secoua la tête de droite à gauche. Une négation lancée aux quatre vents.

C'est Matthew qui prit les choses en main : il se releva, l'attrapa par les aisselles pour la remettre debout et, d'un geste de la tête, leur suggéra de s'éloigner. Ils trouvèrent quelques mètres plus loin un rocher dont la forme offrait un abri. Ils vinrent instinctivement s'y réfugier. Pourquoi ? De quoi se cachaient-ils ? Aucune menace ne planait si haut sur la falaise, si ce n'est la vérité. Eleonor secoua à nouveau vigoureusement la tête, cette fois-ci pour reprendre ses esprits.

— Qu'est-ce que c'est que ça ?

William passa une main tremblante dans sa barbe.

— Tu ne vas pas aimer la réponse, mais je crois que je sais.

De toute façon, aucune réponse n'aurait pu rendre acceptable ce qu'ils venaient de voir sur cette plage... Eleonor pencha la tête et Matthew plongea un regard insistant sur William. Ce dernier hésita encore une seconde avant de se lancer.

— J'ai entendu parler d'une pratique qui consiste à faire venir de la main-d'œuvre gratuite depuis les Amériques. Mais j'avoue que jusqu'à aujourd'hui je croyais que c'était une légende.

— Tu... plaisantes ? bafouilla-t-elle.

— Non. D'après ce que j'ai compris, depuis que gronde la possibilité de l'abolition de la traite, des marchands auraient fait venir illégalement des esclaves pour en faire des domestiques et des ouvriers dociles et pratiquement gratuits. Une fois débarqués, ils seraient revendus aux aristocrates et autres fortunés sans scrupule. Isolés de tout, de leur monde, de leur famille, de leurs repères, sans existence légale sur le territoire britannique, et dans l'impossibilité complète de rentrer chez eux s'ils s'évadent, les pauvres n'ont d'autre choix que de subir leur sort.

À sa droite, la main de Matthew forma un poing si serré que ses phalanges prirent une teinte violette. Mais ses lèvres restèrent scellées.

— Putain de bordel de dieu, heureusement que Baga n'est pas là ! rugit William.

Eleonor leva la tête vers son ami. L'idée que Baga aurait pu être témoin de cette scène lui souleva l'estomac. Il avait tant fait pour essayer de libérer des esclaves là-bas, alors voir de ses propres yeux qu'on se mettait à en faire venir ici...

— Rentrons au village et reprenons un peu nos esprits, murmura Matthew entre ses dents. Il faut que l'on réfléchisse calmement à la prochaine étape. J'imagine que les bateaux de pêcheurs ne sont pas là pour faire joli. Ils doivent se préparer à les embarquer. S'ils atteignent le continent, nous risquons de perdre leur trace. Et il faut prévenir les autorités... mais comment ?

Il prit une grande inspiration comme pour se préparer à affronter ce qui allait suivre, à affronter la réalité.

— Jane ! s'exclama subitement Eleonor. Elle a dit « On ne veut pas de ça chez nous »... Elle savait. Elle savait que c'étaient des esclaves. Et elle désapprouve clairement. Peut-être acceptera-t-elle de nous prêter un de ses fils, de l'envoyer sur le continent... ?

Eleonor regarda en direction de l'océan. L'océan qu'elle chérissait tant et qui avait été mille fois souillé d'être le convoyeur involontaire d'esclaves.

— Peut-être qu'elle acceptera de nous aider, soupira-t-elle.

Car de l'aide, ils allaient en avoir besoin.

Jane avait accepté, oui. Sans broncher, sans argumenter, sans même commenter. Comme si elle avait anticipé ce qui arriverait. Comme si, quelque part, elle l'espérait. Elle avait fait venir son jeune fils, lui avait ordonné de voguer jusqu'au continent et de faire parvenir aux autorités la lettre que Matthew avait rédigée. Si un membre de la Chambre des lords exigeait des forces de l'ordre qu'ils viennent, ils viendraient. Mais quand ?

Son autre fils, Charles – pas beaucoup plus âgé mais plus robuste –, avait été mis dans la confidence lui aussi. À son visage fermé, à ses dents serrées, il était évident qu'il savait depuis longtemps ce qui se tramait et ne portait pas la pratique dans son cœur. À peine plus causant que sa mère, il avait cependant accepté de faire le tour de ses collègues pilotes de *gigs* pour rameuter le plus de monde possible.

Une seule chose était claire et limpide dans l'esprit d'Eleonor, de Matthew et de William : ils ne pouvaient pas attendre de faire les choses dans les règles, il leur fallait empêcher Boggart d'emmener les esclaves. Et pour cela il leur fallait des embarcations. Jamais l'*Augusta* ne pourrait contourner l'île St. Mary's et s'approcher de la crique sans s'échouer sur les récifs, même avec l'aide de *gigs*. Et, même s'ils y parvenaient, ce n'étaient pas leurs deux maigres canots qui leur permettraient d'embarquer ces personnes. Ils en avaient compté neuf sur la plage. Mais le double pouvait se tapir dans la grotte.

Ils s'éloignaient à présent du port, où ils avaient essayé eux-mêmes de rallier le plus de pêcheurs possible à leur cause. Edward et deux autres marins étaient venus leur prêter main-forte et s'étaient occupés du village. Mais, pour l'instant, ils s'étaient heurtés à des murs. Tous les habitants de l'île, rompus à la contrebande et au danger qui en découlait, refusaient de se mouiller. Les trois compagnons avaient eu beau leur expliquer que c'était être du côté des autorités que d'aller sauver ces pauvres gens, qu'ils ne risquaient rien, personne ne s'était porté volontaire.

Certains avaient peur, d'autres se fichaient bien de la misère de leurs semblables, englués qu'ils étaient dans la leur. L'égoïsme humain, cet instinct de survie qui pousse l'homme à se protéger au détriment des autres, Eleonor le connaissait. Et si d'habitude elle était encline à le comprendre, parfois même à l'excuser, ce jour-là, elle n'était plus en mesure de le pardonner. Marchant à pas lents sur le pavé, elle était prise d'une colère qui ne désenflait pas et la rongeait jusqu'à l'os. Elle aurait aimé brûler le monde et tous ses occupants.

La main de Matthew se faufila dans la sienne. Surprise, elle leva la tête vers lui.

Peut-être pas tout le monde...

Il lui offrit un petit sourire qui disait tout. Qui disait le désespoir partagé, mais aussi qui lui rappela qu'elle n'était pas seule. Si désespoir il y avait, il était un peu moins lourd à porter d'être partagé. Elle serra fort ses doigts, et ils continuèrent leur ascension vers le pub du port, le Mermaid, où ils devaient retrouver Charles et Edward pour faire le point.

Mais alors qu'ils approchaient, il apparut, sortant du bar, chapeau à la main, cicatrice au visage. Boggart se trouvait là, devant eux, regardant frénétiquement à droite puis à gauche. Il semblait agité, ses gestes erratiques trahissaient une grande nervosité. Son corps et son visage malingres, même à cette distance, respiraient la veulerie et la méchanceté. Cinq hommes sortirent à sa suite.

Le cerveau d'Eleonor n'eut pas le temps de réfléchir. Son corps réagit pour elle et, éperdue, fulminante, elle se précipita en avant, prête à fondre sur l'homme. Mais la main de Matthew qui tenait la sienne la retint, puis le corps entier de William se posta devant elle. Il déposa sa paume sur le haut de sa poitrine pour asseoir son objection. Un « Leo » susurré mais autoritaire s'échappa de ses lèvres. Eleonor baissa la tête.

Soudain, elle avait onze ans, et le second de son oncle, de toute sa force d'homme, lui faisait barrage. Soudain elle se refusait à réfléchir, à être raisonnable, elle voulait foncer tête la première et qu'on la laisse tranquillement défouler sa colère. Arracher les yeux de cette vile créature. Lui mettre un couteau sur la carotide. Lui hurler tout ce qu'elle pensait de lui.

Mais elle n'avait plus onze ans et elle savait que cela ne mènerait à rien. Qu'à trois contre six, en pleine journée, ils avaient tout à perdre et rien à gagner. Et surtout, que les femmes seules sur cette plage, abandonnées à la folie des hommes, ne seraient pas sauvées pour autant.

— Eleonor..., souffla la voix de Matthew derrière elle. Venez.

Matthew, tirant légèrement sur son bras, l'amena jusqu'à lui. Puis, sans lui demander son avis, il enfouit le visage d'Eleonor dans le creux de son épaule et l'enlaça de ses deux bras, la main dans ses cheveux, les lèvres posées contre son front.

Tout à coup, Eleonor fondit en larmes. Le mensonge, la fatigue, tout craqua, et elle se laissa aller à la vérité de ce qu'elle ressentait. L'accumulation de pertes, de souffrances, de colère sortit en flot. Plus ses épaules étaient prises de secousses, plus

Matthew serrait son étreinte. Lorsque la vague fut passée, elle essuya ses larmes et se décolla. Elle regarda longuement Matthew, son mari, et William, son meilleur ami. Ils partagèrent un sourire désolé, un peu mouillé, qui la fit se sentir moins seule.

Finalement Matthew se redressa.

— On y va. Tant pis si nous n'avons pas d'embarcation. Nous les sortons de là ce soir. Nous chercherons où les cacher en attendant de trouver une meilleure solution. Avec des cordes et des piquets, s'il le faut. Avec Edward et Charles. Avec qui veut bien.

William acquiesça.

— Des bras, il y en a sur place, fit-il remarquer. Il ne faut pas sous-estimer la détermination d'une femme bafouée. Ou d'une Leo en colère…

Matthew esquissa un sourire devant la boutade de William. Dans leurs yeux brillait une résolution féroce. Ils se mirent à faire la liste de tous les outils qui pourraient servir à faire escalader la falaise à des femmes probablement diminuées par la fatigue, la maladie et la faim. À émettre des hypothèses sur leur nombre.

Un souffle d'espoir s'immisça en Eleonor tandis qu'elle regardait ses deux compagnons collaborer épaule contre épaule. Plus les jours passaient, moins Matthew ressemblait à un comte, si ce n'est par une certaine assurance qui faisait sa force. Et plus les jours avançaient, plus elle acceptait l'idée de redevenir Eleonor – ou plutôt, une nouvelle Eleonor, à réinventer.

Auprès de lui, du moins.

Le jour de son mariage, elle ne savait pas qui elle épousait. Depuis se dévoilait un personnage complexe, profond, protecteur, sensuel, mû par une colère juste.

Une personne avec qui elle envisageait sans difficulté de passer le reste de sa vie…

31

Trouver la meilleure façon de descendre dans la crique depuis la falaise ne fut pas la chose la plus compliquée. Tout ce dont ils avaient besoin se trouvait facilement sur un bateau : maillets, cordes, filets de pêche. On déterra un grand pieu chez Jane, en l'arrachant à la clôture, et on tailla à la hâte de solides morceaux de bois qu'on planterait en guise de piquets. Non, ce ne fut pas le plan qui demanda du travail, mais sa réalisation qui s'avéra périlleuse, pour ne pas dire hasardeuse. Cela étant, ils étaient prêts à tout, l'enjeu était bien trop grand pour laisser la peur prendre le dessus.

On enfonça profondément le pieu tout en haut de la falaise surplombant la crique. Les marins, experts en nœuds, y enroulèrent une corde, l'extrémité fut attachée à la taille de William. Il allait descendre la paroi, y enfoncer des piquets, y accrocher les filets de pêche qui serviraient d'échelle. Le pieu ferait office de dévidoir, empêchant William de tomber dans le vide s'il dévissait. Mais, pour progresser le long de la falaise, il fallait que les autres tiennent la corde et le fassent glisser lentement.

Matthew, Charles, le fils de Jane, Edward et Eleonor s'y attelèrent tandis que William descendait par étapes, harnaché à la diable, balançant parfois dangereusement dans le vide. Il parvint cependant à planter les piquets et à y attacher les filets de pêche qu'il portait sur le dos. Le système était bien peu fiable et s'arrêtait à deux bons mètres du sol. Il leur faudrait sauter et prier Dieu qu'aucun d'entre eux ne se casse une jambe.

La façon dont ils allaient remonter était encore plus incertaine.

Arrivé en bas, William se détacha et fit signe aux autres de descendre. Ce fut Matthew qui prit le risque d'éprouver la solidité de l'échelle improvisée en passant le premier. Jetant un regard silencieux à Eleonor, il se lança à l'assaut de la falaise. À mi-chemin, il souffla : si la structure précaire supportait son poids, elle supporterait sans peine celui d'Eleonor et, à cet instant précis, c'était tout ce qui le préoccupait. La jeune femme prit la suite, dévalant à vive allure, sans paraître hésiter ni se poser la moindre question. Matthew, s'il n'en fut pas surpris – il l'avait vue affronter la tempête –, n'en restait pas moins admiratif. Ce capucin était la femme la plus inattendue qui lui avait été donné de rencontrer.

Eleonor toucha rapidement la terre ferme, et les autres suivirent. Ils se trouvèrent alors dans un renfoncement rocailleux, à l'abri du vent et des regards.

— Et à présent ? lança Eleonor à voix basse lorsque tous furent réunis dans la crique.

— Je suis marin, pas stratège militaire, lui rétorqua William. J'espère que ton comte a une vague idée de ce que nous devons faire maintenant, continua-t-il sans regarder Matthew. Après tout, la guerre, c'est censé être leur grande affaire, aux aristocrates.

Matthew se passa la main dans les cheveux et soupira.

— Et moi, je suis chef d'une compagnie maritime, autant dire que je sais jouer aux échecs sur un plateau ou à la Chambre des lords. En revanche, j'ai rarement eu l'occasion de libérer des esclaves d'une grotte sans issue, répondit Matthew, essayant de détendre une atmosphère bien lourde. De toute façon, vu l'exiguïté de la crique, et le fait qu'une fois que nous aurons quitté ce renfoncement nous serons à découvert, tout ce qu'il nous reste à faire, me semble-t-il, est d'aller chercher ces pauvres gens en espérant qu'ils ne soient pas gardés. Ensuite, ce sera à la grâce de Dieu.

Il sortit son arme et fit un geste du menton en direction du pistolet que William avait à la ceinture, tous deux empruntés au capitaine Cross. Il pria pour que le commandant de l'*Augusta*, à défaut d'être un bon marin, sache entretenir convenablement ses armes.

— Il est pas terrible votre plan, lui rétorqua Edward. On peut même pas vraiment dire que c'est un plan, en fait. Mais bon, on est ici, maintenant. Ceux qui n'ont pas de pistolet, sortez vos maillets, et à la grâce de Dieu comme dit M. le comte.

La petite troupe chemina alors discrètement jusqu'à être totalement à découvert. À quelques dizaines de mètres à peine, au bord de l'eau, se trouvaient plusieurs femmes et quelques jeunes filles. Ce fut la plus jeune d'entre elles qui repéra le groupe. Elle cria et les désigna à une femme – sans doute sa mère. Ce que Matthew, malgré la distance, put lire sur le visage de cette dernière, lui glaça le sang. Une véritable terreur. La mère de la jeune fille hurla, alertant ses compagnes d'infortune. Elles s'enfuirent en direction de la caverne à la recherche d'un abri.

Le groupe accéléra le pas, cherchant à rejoindre les malheureuses au plus vite. Quand ils furent arrivés devant la grotte, ce fut Matthew qui, le premier, en franchit l'entrée. Il avait rangé son pistolet dans sa ceinture et s'avançait mains levées en signe d'apaisement. Trois des femmes lui tombèrent dessus sans crier gare, brandissant des bâtons. L'une d'elles cogna, le touchant à la tête. Le bâton, humide et peu solide, se brisa sur le haut de son crâne. William allait se précipiter à son secours quand Eleonor intervint.

— N'ayez pas peur, n'ayez pas peur. Nous sommes ici pour vous délivrer. Nous avons fait un très long chemin pour cela. Je vous le promets, nous ne vous voulons aucun mal.

— Les Blancs disent toujours ça !

Une voix avait retenti au fond de la grotte. Matthew tâcha d'ajuster ses yeux à la pénombre et découvrit une dizaine de personnes accroupies dans un recoin. Des hommes...

— C'est la vérité, dit Matthew. Nous ne voulons que deux choses : vous délivrer et faire payer l'homme qui vous a amenés jusqu'ici. Je vous promets que vous ressortirez d'ici en hommes libres.

Un rire amer s'éleva parmi la masse de silhouettes indistinctes.

— Alors j'espère que vous avez de quoi nous enlever ça.

Un des hommes – que Matthew, à présent habitué à l'obscurité, pouvait maintenant distinguer – leva les bras. Ses poignets étaient cerclés de métal et un terrible bruit de chaînes avait accompagné son mouvement.

Il regarda alors le visage de ses compagnons et y lut la sidération. Sauf sur celui d'Edward. C'était clairement de la rage mêlée à de la victoire qui apparaissait sur ses traits.

— Moi, je suis pas stratège non plus, mais retirer des chaînes, je sais faire, bon Dieu de bois ! Ce sera pas la première fois que je libère des compagnons aux fers. William, je suis sûr que vous avez pas utilisé tous les piquets. Donnez-m'en un, je vais vous montrer.

William s'empara d'un des trois piquets qu'il avait encore accrochés à sa ceinture. Il le tendit à Edward qui s'en saisit et, son maillet dans l'autre main, avança d'un pas résolu jusqu'au fond. Les femmes reculèrent contre la paroi, les hommes menottés se figèrent. On entendit pendant un temps le bruit clair du fer que l'on martèle, puis un déclic significatif. Des hurlements de joie montèrent du clair-obscur.

— Allez, les autres, venez m'aider, lança Edward depuis la pénombre. Ces pauvres gars sont au moins dix, j'ai jamais libéré autant de prisonniers d'un coup.

William fut le premier à se précipiter, suivi de Charles, que la sidération rendait muet depuis leur arrivée.

Matthew eut du mal à distinguer la manière dont les hommes s'activaient, mais la méthode d'Edward semblait diablement efficace : un deuxième homme fut très vite libéré. Il sortit de la pénombre, hirsute, barbu, au bord de l'épuisement, mais son sourire ressemblait à un soleil levant.

Tandis qu'Eleonor essayait d'entrer en contact avec le groupe de femmes et que William et Charles s'affairaient, Edward s'approcha de Matthew qui le regarda un moment avec un sourire.

— J'ai pas toujours été dans la marine marchande, si c'est ça que vous voulez savoir, lui lança-t-il, répondant à sa question muette.

— Corsaire ? demanda Matthew, surpris.

— Oui, monsieur le comte. Et vous savez le pire ? Eh ben j'ai navigué avec le grand Surcouf. Oui, monsieur, l'ennemi de la Couronne britannique lui-même. Parce qu'on peut pas dire que la Couronne elle nous ait fait grand bien à nous autres, sur ces îles.

Edward semblait parti pour une longue diatribe contre la royauté anglaise quand l'une des femmes cria, désignant au loin une barque de pêcheurs arrivant à vive allure.

Tous sortirent de la grotte : assez pour mieux y voir, mais pas assez pour être vus.

— À cette vitesse, ils auront rejoint la crique dans quelques minutes, lâcha Eleonor, la voix éraillée. Impossible de tous les libérer d'ici là. Encore moins de les faire monter par la falaise.

— Putain de bordel de Dieu ! jura William. J'aurais préféré ne pas avoir à me battre. Surtout quand la vie de tant de gens est en jeu.

— Qui a dit que tu serais seul à te battre ? rétorqua Eleonor. Il n'est meilleur combattant que celui qui défend sa vie.

Matthew suivit le regard d'Eleonor vers l'attroupement de femmes et les deux hommes qu'ils avaient eu le temps de libérer. Certaines restaient en retrait, mais dans la plupart des yeux on pouvait lire la colère et la détermination. Quelque chose dans leur corps – leur torse bombé, leur menton haut – disait à quel point elles étaient prêtes à en découdre.

— Je pense que ces hommes viennent vous chercher, leur lança-t-il. Mais nous allons tout faire pour vous défendre et les empêcher de vous reprendre.

Il tenta de compter les assaillants qui s'approchaient dangereusement.

— Ils sont huit, sûrement armés. Mais ensemble, nous sommes quinze...

C'est alors qu'apparut une image qu'aucun d'entre eux n'oublierait jamais. Une des femmes se tourna vers ses compères et leur susurra quelque chose d'inaudible. Puis tous – femmes à bout de forces, hommes au dos courbé, jeunes filles aux mains frêles, ces êtres que l'on avait asservis et réduits à l'état d'esclaves – se mirent à arpenter la plage en quête de grosses pierres.

L'équipe d'Eleonor et Matthew fit en sorte de rester dans la pénombre pour ne pas perdre l'avantage de la surprise.

La barque se rapprochait et, à présent, l'équipage en était visible. Boggart et sept autres hommes, tous armés de fusils, s'apprêtaient à accoster. Femmes et enfants s'affairèrent à toute allure pour rassembler la moindre roche qui leur tombait sous la main. Puis ils se mirent en ligne, face à la mer, et attendirent l'arrivée de l'embarcation.

Sur le visage de Boggart et de ses acolytes la stupeur se dessinait au fur et à mesure qu'ils approchaient et découvraient l'air déterminé de ces humains qu'ils considéraient jusqu'alors comme moins que rien.

C'est ce moment que l'équipe choisit pour sortir de l'ombre. La stupeur se mua en panique. Et, lorsqu'ils touchèrent terre, la pluie de pierres qui tomba sur eux fut digne de la colère divine. Boggart et ses hommes n'eurent pas le temps de débarquer complètement que les cailloux leur arrivaient dessus avec la force de boulets de canon.

Matthew remarqua que l'un des hommes de Boggart sortait sa poudre à canon sous le déluge de pierres. Aussitôt il fut frappé : ils ne s'étaient même pas donné la peine de charger leurs armes tant ils étaient sûrs que la terreur qu'ils inspiraient était suffisante.

Levant alors le bras, comme il imaginait que devait le faire un militaire commandant à ses troupes, il hurla :

— À la charge !

Tous se précipitèrent sur la barque, Matthew en tête. Il voulait Boggart. Il voulait être le premier à cogner sur cet homme, le premier à humilier celui qui avait failli prendre la vie d'Eleonor, venait chercher des humains comme on récupère de la marchandise. À défaut de pouvoir tirer – dans une telle pagaille, toute balle risquerait de toucher un allié – il se rua sur l'énergumène qui représentait à ses yeux toute l'ordure du monde. Il le fit tomber et le releva. La barque tanguait. Il le jeta à l'eau. Boggart se précipita alors sur la terre ferme, poursuivi par Matthew, tandis que les autres faisaient pleuvoir les coups sur les membres de l'ignoble équipage en un chaos indescriptible.

Les deux hommes étaient à présent sur la grève. Matthew lança un bref regard à la barque où Eleonor, le Capucin, grimpée sur le dos d'un homme, lui assénait des coups de maillet sur la tête, avec une vigueur peu commune. Et, tandis qu'Edward et William avaient pris chacun un assaillant, le reste de la troupe attaquait en masse des gaillards qui ne comprenaient visiblement pas ce qui leur tombait dessus.

Matthew rattrapa Boggart qui, tel un pantin désarticulé, tentait de charger son arme tout en s'enfuyant à toutes jambes. Il eut à peine le temps de réagir qu'un crochet puissant atterrit sur sa mâchoire, suivi d'un uppercut et d'un nouveau crochet qui le laissa pantelant. Si Matthew avait eu quelques difficultés avec la trigonométrie à Oxford, il avait en revanche été très assidu aux cours de boxe.

Il continua à cogner dur, esquivant les tentatives de riposte de son adversaire avec l'aisance et la légèreté d'un papillon. L'homme était visiblement aussi vil que frêle et lâche – ayant sûrement compté toute sa vie sur la magouille et l'argent pour trouver des bras pour le défendre. Lorsque son nez se mit à couler et que sa tête commença à dodeliner, étourdi par les coups, il leva finalement les mains en signe de défaite.

Regardant en direction de la barque, Matthew s'aperçut que le combat avait cessé. Les sbires de son ennemi étaient à présent assis sur la plage, abattus et honteux d'avoir perdu si vite une bataille qu'ils ne pensaient pas devoir mener. On les avait débarrassés de leurs inutiles fusils.

Matthew se tourna alors vers Boggart, le regard plein de mépris, et lui ordonna de rejoindre ses acolytes. L'homme à la cicatrice s'exécuta. Il n'avait pas prononcé un mot. Mais son regard de haine en disait long. Même la défaite n'écrase jamais complètement un cafard.

Matthew s'approcha de William et Eleonor. Ils transpiraient à grosses gouttes, mais leurs yeux brillaient intensément. Les femmes victorieuses ne demandèrent l'avis de personne : elles attrapèrent le maillet et le piquet laissé au sol et allèrent libérer le reste des hommes encore prisonniers au fond de la grotte.

— Et à présent, qu'est-ce qu'on fait ? demanda Eleonor.

Nous avons huit prisonniers et sommes au moins vingt-cinq en tout. Je ne crois pas que remonter par les filets de pêche soit une option... Nous devrions...

Elle fut coupée alors par la voix de Charles.

— Regardez, des *gigs* au loin, regardez !

Tous se tournèrent vers la mer et aperçurent une dizaine de voiles qui glissaient sur l'eau, en direction de l'île. Un frisson parcourut l'assemblée. Que venaient faire ces bateaux ? Étaient-ils amis ou ennemis ?

Le fils de Jane dissipa très vite les craintes de ses compagnons.

— Ne vous inquiétez pas. Je suis sûr que maman est allée engueuler tout le monde après notre départ. Elle a dû rassembler tous ceux qui, comme elle, ne supportaient plus de voir ce qui se passait ici.

— Ça règle le problème des embarcations... Crois-tu qu'ils seront disposés à amener ces gens jusqu'à l'*Augusta* ? demanda Matthew.

Il n'attendit pas la réponse. Du coin de l'œil, il perçut un mouvement à sa droite. Boggart s'était levé et s'approchait, un sourire carnassier aux lèvres.

— Vous croyez vraiment que sauver une poignée de ces esclaves est une grande victoire ? Vous êtes encore plus pathétique que je ne le pensais, ricana-t-il. Tant qu'il y aura des hommes riches, des hommes de pouvoir, il y aura des esclaves et des marchands pour les vendre. Si vous pensez autrement, vous êtes un imbécile.

Matthew s'apprêtait à rétorquer de façon cinglante lorsque, en un éclair, Boggart sortit un couteau de l'arrière de son pantalon et se jeta sur lui en un geste désespéré et purement gratuit. Et puis soudain... Un énorme caillou venant de nulle part le frappa en pleine tête, lui arrachant un cri d'intense douleur. Il tomba à la renverse. Matthew tourna la tête et vit Eleonor à au moins quatre mètres de distance se précipitant vers eux, un deuxième caillou à la main. Il prit un temps avant de comprendre ce qui venait de se passer.

— Il est toujours aussi fort, ce Capucin, lança William en éclatant de rire. Je me souviens que sur le navire elle était championne à ce jeu qui consiste à lancer une pièce dans un crachoir. Elle battait tout le monde à plate couture, expliqua-t-il, c'est comme ça qu'elle gagnait son argent de poche.

Tout le monde rit, doucement, autant pour la blague que soulagé de voir se dessiner la fin de cet étrange affrontement.

Sur ce dernier sursaut, cette ultime pirouette ratée du triste sire à la balafre, les *gigs* accostèrent enfin. Les pilotes en descendirent, accueillis chaleureusement par Charles. Les hommes et femmes épuisés furent répartis sur les bateaux en direction de l'*Augusta*, accompagnés de William et Edward. Boggart et ses compagnons seraient, eux, placés sous bonne garde en attendant l'arrivée des autorités.

Debout sur la plage, Matthew regarda autour de lui.

Au loin, Eleonor, devant l'immensité de la mer, contemplait l'horizon, immobile. Le vent faisait virevolter sa robe, ses cheveux. Le soleil couchant caressait son visage et étalait une ombre immense et élancée sur la grève. Elle était perdue dans ses pensées, son monde à elle. Un monde qui le fascinait.

Quelque chose au sol attira l'attention du comte. Il se pencha et entre les grains de sable ramassa un petit morceau de fer enroulé, formant un cercle de la taille d'une pièce.

Matthew se redressa, regarda alternativement le cercle de fer puis Eleonor, et une idée saugrenue lui traversa l'esprit : il fallait qu'il épouse cette femme.

Alors il fonça sur elle.

Surprise, elle se retourna en l'entendant arriver. Sans préambule, Matthew tomba sur un genou et tendit sa bague de fortune.

— Eleonor, vous êtes la personne la plus courageuse, complexe, têtue, fougueuse, inattendue et brillante que j'ai jamais rencontrée. Vous êtes la femme que je n'envisageais pas de trouver un jour. Je vous promets de l'aventure, des bateaux, des chevaux, des nuits de folie, des matins doux. Je vous promets d'essayer de changer le monde pour vous. Pour que vous vous y sentiez à votre place – si possible, à mes côtés.

Il prit une profonde inspiration.

— Eleonor Leo Thomson, me feriez-vous l'honneur de devenir ma femme ?

Partie 5

Arriver à bon port

32

Leo se faufile parmi les invités, des membres de l'équipage pour la plupart, et finit en jouant des coudes pour rejoindre oncle Miles. Elle soupire de soulagement : le mariage n'a pas encore commencé. Elle n'aurait raté ça pour rien au monde. Elle s'est acheté un nouveau chapeau pour l'occasion, s'est lavé le visage et les mains. Personne jamais n'aurait imaginé que Martin se marierait un jour. Mais le voilà prêt à jurer devant un Dieu – qu'il passe plus de temps à insulter qu'à prier – de rester fidèle et de chérir quelqu'un d'autre que lui.

Pire que ça, il les quitte. Pour de bon. Il se range, va cultiver son potager et élever des poules. Elle a entendu William parier qu'il ne tiendrait pas un an avant de revenir.

Leo, elle, y croit. Après tout, elle n'a que dix ans et le besoin de rêver qui va de pair.

Elle regarde le gros Martin sortir la bague qu'il a fait fabriquer au port, et la faire tourner entre ses doigts maladroits. Alternativement, il regarde sa dulcinée et la bague. Il se gratte la tête, presque embêté, parfaitement perdu. Mais dans ses yeux on peut voir l'amour briller, de celui qui fait faire des folies – comme quitter sa famille, son navire, pour aller vivre une nouvelle aventure avec une femme.

À sa droite, Miles est ému lui aussi, elle le sait. En bon capitaine de navire, c'est lui qui s'apprête à célébrer le mariage. Elle l'observe un moment, il sent son regard sur lui, il dépose une main sur l'épaule de Leo.

*— Toi aussi, un jour, peut-*être.

Elle fronce les sourcils puis hausse les épaules avec nonchalance.

— Peut-être, mais je veux qu'il soit marin alors.

— Vraiment ? Marin ?

D'un geste de la main Miles désigne l'assemblée, éclectique certes, mais dans l'ensemble fort peu engageante.

*— Non, bon, d'accord. Mais je veux au moins que la cérémonie se passe sur un bateau. Et je ne veux pas de robe. Tu me prêteras l'*Elios *à moi aussi, dis, oncle Miles ?*

— Évidemment...

Sa grosse main remonte et vient frotter le haut de la tête de Leo.

— Le principal est de trouver le bon mari. Alors, le mariage sera celui que tu décides d'avoir.

33

Quelques tables de bois placées dans le jardin du domaine, deux tentures pour protéger les convives les plus âgés du soleil. Des bouquets de fleurs sauvages et de quoi boire et manger. Rien de plus. Voilà ce sur quoi avait insisté Eleonor : rien de grandiose ni de clinquant. Après tout, ils étaient déjà mariés, ce n'était qu'un repas pour réunir les amis, pour déclarer au monde leur amour nouveau, leur amour naissant – qui, chaque jour, prenait plus de place dans le cœur d'Eleonor, le faisait gonfler souvent, se serrer parfois.

Elle regarda la petite foule autour d'elle et se dit que tout était parfait. Elle voulait un mariage à son image, et c'était le cas. En particulier pour ce qui était des convives. Éclectique n'était pas un mot assez fort pour désigner l'assemblée. Ils avaient invité tout le monde. Non pas ceux qui comptaient pour l'image sociale, mais ceux qui comptaient pour eux, sans distinction de classe, d'âge, de couleur de peau. Seule tante Herbert avait refusé l'invitation, et c'était tant mieux – elle aurait fait une crise cardiaque à la vue de ce joyeux mélange, aussi gai qu'incongru.

Même les domestiques étaient là, en tant qu'invités, vêtus de leurs habits du dimanche. Taylor, Mrs Downey, Douglas, Jacob, Juliet, Miss Cooper et le reste de l'équipe s'étaient déridés au fur et à mesure de l'après-midi – et des verres descendus. William avait attrapé Taylor pour qu'il lui fasse visiter les écuries. Les deux hommes étaient à présent engagés dans une discussion endiablée sur les différences entre pur-sang. Baga, non loin, échangeait à voix basse avec Prudi qu'il avait rencontrée la veille. Le sourire sur les lèvres de l'homme émut Eleonor. Peut-être était-ce là l'étincelle d'une nouvelle idylle, d'une nouvelle famille... Un peu plus loin, sous la tenture de lin beige se trouvait Ruth, habillée d'une robe fleurie aux couleurs étonnamment vives. Assise à une table, le menton appuyé sur la main droite, elle dégustait son verre de vin seule, le visage détendu. Clayton posa une main sur son épaule et vint s'asseoir à côté d'elle. Quelques minutes plus tard, ils étaient hilares, leurs yeux pétillants brillant au soleil d'été.

Au buffet se trouvait le plus improbable des duos : Coco, robe rouge honteusement écarlate, et la duchesse de Wharton, au chapeau des plus extravagants, appuyée sur sa canne. Toutes deux semblaient commenter les plats, tantôt fronçant le nez, tantôt se léchant les babines – leurs gourmandises respectives au bord des lèvres. Elles furent très vite rejointes par Tom qui s'empressa de se proposer de les servir. Eleonor lui avait acheté une nouvelle tenue pour l'occasion, qu'il portait avec une fierté tout enfantine. Même Edward et Jane étaient présents, cette dernière ayant laissé ses enfants au soin d'une nourrice pour profiter de la fête.

Enfin se trouvait Matthew, contemplant le tableau, les doigts entrelacés à ceux de son épouse.

— Tu crois que ce serait possible de l'adopter ?

Matthew fronça les sourcils.

— Qui ? Clayton ? Je ne suis pas sûr qu'il soit très enclin à se retrouver avec une nouvelle figure d'autorité sur le dos.

Eleonor sourit, lui donna un petit coup de coude.

— Non. Tom. Je me dis que si nous l'adoptions légalement cela lui ouvrirait des portes. Il est orphelin aux yeux de la loi. Il n'a même pas de nom de famille. Bien sûr, il resterait avec Taylor, c'est lui son vrai père adoptif, mais je ne sais pas... J'ai pensé que...

— C'est une excellente idée. Je ne suis pas certain que ce soit faisable. Ce qui est sûr c'est qu'il ne pourra malheureusement pas hériter du titre. Mais ça changerait la donne pour lui. Il pourrait être scolarisé dans l'école du village.

— Il continuerait à travailler aux écuries de nuit, je n'en ai aucun doute.

Un silence s'installa.

— Et... Nous. Tu..., bafouilla Matthew à voix basse, le regard planté dans les arbres.

— Oui, répondit Eleonor avec un sourire. Un jour, oui.

— Je n'ai pas posé de question, fit-il remarquer.

— Je voudrais bien d'un enfant un jour, oui.

Elle leva les yeux sur son mari. Ce dernier hocha simplement la tête, mais serra plus fort la main de sa jeune épouse.

— On l'appellera Jean-Jacques ou François-Marie, annonça-t-il avec sérieux. Je suis en train de relire Rousseau et Voltaire... de grands hommes.

Eleonor fronça les sourcils en riant.

— Jamais de la vie. De toute façon, ça sera une fille.

— Évidemment que ce sera une fille... La seule d'Angleterre à savoir faire du commerce et des nœuds de chaise.

— Qui saura faire des nœuds de chaise ? demanda Clayton derrière eux.

— Pas toi, ça, c'est sûr..., se moqua Matthew.

Clayton se pencha vers Eleonor.

— Alors, Lady Eleonor, qu'est-ce que ça fait ?

— D'être mariée ? s'enquit-elle sans comprendre.

— Mais non. Ça, c'est d'une banalité affligeante. D'être le plus récent membre de la société abolitionniste de Londres ? Vous étiez parfaite à la cérémonie d'intronisation.

Eleonor rougit. Avoir été admise à la société était peut-être l'une des plus grandes fiertés de sa vie. Sans compter qu'elle n'était que la deuxième femme de l'histoire à y entrer.

— C'est un honneur. Mais pour l'instant je me sens un peu seule, il va falloir faire grossir les rangs féminins. Si quelqu'un s'y connaît en oppression et en injustice, c'est bien nous...

— Je ne peux qu'être d'accord avec vous. La vue de femmes me distrairait des interminables discours de votre mari.

Eleonor mima un petit coup de pied sur son tibia.

— Pas pour la vue, Clayton ! Pour les idées !

— L'un n'empêche pas l'autre..., bougonna-t-il en haussant les épaules. Allez... venez rejoindre l'assemblée. C'est votre journée après tout. Je n'ai pas bien compris pourquoi il fallait vous marier deux fois. Mais vous avez tous les droits, vous les vrais nobles.

Matthew passa un bras autour de l'épaule de son meilleur ami et ils se mirent en route. Eleonor leur emboîta le pas.

Ils s'approchèrent d'un petit groupe qui s'était formé autour d'une table. Visiblement, on y commentait avec beaucoup d'ardeur les aventures rocambolesques du jeune couple. Lorsqu'ils arrivèrent à hauteur de la table, Ruth, le visage rouge et les yeux brillants de curiosité, demanda qu'on lui raconte les péripéties du début à la fin. Les deux époux se plièrent à la demande de bonne grâce devant une Ruth médusée mais tâchant de cacher ses inquiétudes à chaque fois que le récit abordait une situation périlleuse.

— Et à présent ?

— George est sous clé. En attente de procès. Sa réputation est ruinée, bien entendu.

— Comment avez-vous réussi à relier ses méfaits à son navire ? N'importe qui aurait pu débarquer ces pauvres gens à St. Mary's.

— Boggart... Il l'a dénoncé avant même que les autorités aient le temps de poser la question. Ça, plus tous les documents que nous avions découverts. La carte a été retrouvée dans l'auberge où il logeait.

— C'est ça de faire affaire avec des rapaces sans éthique, on ne peut pas magouiller tranquillement, dit Clayton l'air sérieux.

— Tout à fait, il faut savoir choisir ses associés lorsqu'on trempe dans la contrebande, renchérit William.

L'assemblée entière se tourna vers eux, ne sachant pas s'ils étaient sérieux ou pas. Eleonor retint un rire. Elle jeta un œil sur Matthew et vit qu'il était agité.

— C'est vrai pour tous les milieux, dit-il avec désespoir. Même si, pour ma part, je n'avais pas le choix de mon associé et le regrette amèrement. Sans compter que, même derrière les barreaux, il le reste...

Ils en avaient déjà discuté longuement tous les deux, et Eleonor savait à quel point Matthew était chagriné que la moitié de sa compagnie soit toujours aux mains de George. Qu'il n'ait pas la liberté de refaçonner la compagnie du Globe à son image. Cela le rongeait.

— Ses parts ne vont pas être rachetées ? demanda William.

— Si, mais la question est de savoir par qui. Je n'ai malheureusement pas mon mot à dire là-dessus. Très probablement par des gens du même acabit..., se désespéra-t-il. Je vais en racheter une partie mais même avec ma fortune personnelle je n'ai pas les fonds suffisants pour récupérer la compagnie dans son entier. Et je n'aurai alors pas les mains libres pour effectuer les changements nécessaires.

Ces dernières paroles firent tomber un léger voile de tristesse sur la petite assemblée. Un ange passa. Ruth brisa le silence en disant qu'elle allait marcher un peu, le vin commençait à lui tourner la tête. Baga la suivit, arguant que Prudi était seule dans un coin et qu'en un jour comme celui-ci personne ne devait être laissé de côté.

À la table ne restèrent bientôt plus que Clayton, William, la duchesse de Wharton et Eleonor. Matthew, lui, se tenait debout, tout à côté, le regard dans le vague. Le silence mélancolique qui s'était emparé de la tablée semblait ne pas vouloir les quitter. Personne ne souhaitait voir le travail de Matthew avalé par d'autres hommes sans scrupule.

Soudain, un rayon de soleil éclaira le manoir au fond du paysage comme la lumière d'un phare glisse sur l'horizon. Tel un signe, un signal. Eleonor se leva d'un bond.

— Pourquoi ne pas tout vendre, Matthew ?

Il tourna la tête vers son épouse, sans avoir l'air de bien comprendre.

— Vendre tout ce que vous possédez : Richmond, le domaine de Liverpool, le mien...

La plupart du petit groupe regarda Eleonor comme si elle

était devenue folle : personne ne vendait toutes ses propriétés à moins d'être ruiné et de perdre en passant sa réputation.

— Vous seriez prête à être une comtesse sans le sou ? s'amusa-t-il. À avoir l'embarras du titre et des attentes qui y sont liées sans le confort ?

— Oui, évidemment. Je n'ai besoin de rien.

Matthew comprit alors qu'elle ne plaisantait pas. Il la serra contre lui, un sourire ému aux lèvres.

— Ce n'est pas possible, dans tous les cas, dit-il. Sur aucun des trois points. Mes terres sont associées à mon titre, je n'en suis pas propriétaire, mais dépositaire, je ne peux vendre ni l'un ni l'autre. Sans compter que, si je me fiche bien de perdre mon titre de comte, j'ai besoin de rester à la Chambre des lords pour pouvoir y défendre la cause abolitionniste. Enfin, Liverpool est la maison de Ruth, jamais je ne la mettrais à la rue. Et le domaine de Wallington ne m'appartient pas, rappelez-vous, il vous appartient...

Le silence retomba, comme les nuages qui passent et repassent, subtilisant la lumière et l'espoir qui l'accompagne. Et soudain, la voix de Clayton s'éleva.

— Moi, je peux te racheter Liverpool... Et y garder Ruth, bien évidemment.

Eleonor se redressa et se tourna vers son mari.

— Et moi, je peux vendre Wallington. Ce ne sont jamais que des pierres. Et le titre de mon père n'est pas associé aux terres.

Matthew fronça les sourcils, visiblement dépassé par ce qui était en train de se jouer. La duchesse de Wharton – que l'on avait oubliée tant elle avait semblé jusqu'alors totalement indifférente à la conversation – toussota. Tout le monde tourna la tête vers elle.

— En tant que duchesse, il ne me serait pas difficile d'intervenir auprès du Parlement pour faire amender les lettres patentes à votre titre. Avec un peu de stratégie politique et en graissant quelques pattes, nous pourrions sûrement réduire les terres associées au titre afin que vous puissiez les vendre... Voire les dissocier complètement ; mais ça j'en doute.

Tout le monde se mit à réfléchir, les yeux pleins d'étincelles... Puis ce fut au tour de William d'intervenir.

— Moi, je peux vous acheter l'*Augusta*..., dit-il sans y croire.

Il se gratta la barbe.

— Enfin, en dessous du prix du marché et à crédit...

L'assemblée entière éclata de rire devant cette proposition qui n'arrangeait personne hormis William. Eleonor vit quelque chose passer dans le regard de Matthew, une flammèche.

— Eh bien, voilà qui me paraît réglé, annonça Clayton. Et si on vous mariait maintenant ?

Matthew en riait encore des heures après. Et sans doute en rirait-il jusqu'à la fin de ses jours. À la surprise générale, Clayton était allé enfiler une cape noire en guise de tenue de curé, puis avait rameuté l'assemblée sous un haut tilleul du parc du domaine. Il s'était alors lancé dans un numéro fort déplacé, parodiant la solennité des cérémonies de mariage, réinventant l'homélie, les vœux et les devoirs liés à l'union d'un homme et d'une femme. Malgré l'hérésie patente, les invités étaient hilares, les mariés aussi. Seule Lady Wharton tenta de rester impassible. Mais Matthew l'avait vue à plusieurs reprises se cacher derrière son éventail pour parvenir à cacher ses éclats de rire.

La fausse cérémonie terminée, les convives s'égaillèrent à nouveau. Eleonor volait d'un groupe à l'autre, riant à gorge déployée, posant sa main sur l'avant-bras de ses amis les plus chers. Matthew la regardait, de loin.

Lord Evans décida alors qu'il était temps de passer aux choses sérieuses. Cherchant du regard William et Baga, il les trouva près du buffet où ils se faisaient servir un nouveau verre de vin. Il s'approcha d'eux, l'air grave.

— Vous avez une minute à me consacrer ?

— Tant que vous m'offrez à boire, je vous offre toutes les minutes que vous voulez, répondit William.

— Je ne peux pas vous vendre l'*Augusta*, pour la simple raison que vous ne pouvez pas être capitaine de deux navires à la fois...

William se fit soudain sérieux, Baga se gratta la tête.

— Si vous l'acceptez, j'aimerais que vous preniez le

commandement de mon plus gros navire, l'*Othello*. Avec Baga pour second, évidemment. Je compte l'envoyer à travers le monde à la recherche de nouveaux commerces.

— À travers le monde ?

— Oui, pour deux ans. Une exploration de toutes les contrées qui proposent un commerce qui ne repose pas sur l'écrasement d'autres humains. Un commerce éthique, mettons. Voire découvrir des lieux et des richesses qui n'ont pas encore été exploitées...

William ouvrit la bouche, puis la referma. Baga lui donna un gros coup de coude comme pour le réveiller, mais la stupeur était trop grande.

— Je vous laisse y réfléchir.

Matthew s'éloigna en voyant Eleonor venir à sa rencontre. Mais derrière lui il entendit Baga crier : « Bien sûr qu'il dit oui ! Qu'est-ce que tu fous, Will ? »

Il rit pour lui-même.

— Qu'est-ce que vous avez fait pour les terroriser ainsi ? Ils sont tout pâles, fit remarquer Eleonor en arrivant à sa hauteur. De quoi parliez-vous ?

— D'aventures...

Eleonor leva un sourcil amusé.

— Suivez-moi, il y a un point dont il faut que nous discutions, lui lança Matthew de but en blanc.

Il la mena un peu à l'écart, pour être sûr de ne pas être dérangé. Sous un arbre aux immenses branches tombantes – le plus vieux de son domaine, selon Ruth –, il s'arrêta. L'arbre bicentenaire ferait un bon témoin pour ce qu'il voulait lui dire. Il ne chercha pas d'introduction, il se posta devant elle et se lança.

— Vous êtes prête à tout vendre, tout perdre, sans rien gagner en retour, juste pour que je devienne l'unique propriétaire d'une grosse compagnie maritime ?

— Non, pas tout. On garde Tonnerre.

Il esquissa un sourire.

— Et vous dans tout ça ? Vous allez vivre une vie de femme tranquille dans une petite maison ? Vous allez apprendre à broder ?

Elle haussa les épaules.

— Moi, je vous ai, vous.

Elle lui offrit un tendre sourire et il crut que son cœur allait se décrocher de sa poitrine : aimer tant une femme n'était pas possible. Inconcevable. Mais il secoua la tête. Elle était sincère dans sa proposition, mais cela ne voulait pas dire qu'elle en serait heureuse.

— C'est hors de question.

Eleonor fut surprise par l'autorité soudaine de sa voix.

— Prenez le temps d'y réfléchir tout de même, s'inquiéta-t-elle.

— Vous n'avez pas bien compris. Lorsque je vous ai rencontrée la première fois, j'ai mis quinze minutes au moins à cerner ce qui se dégageait de cette étonnante Lady Thomson. Vous n'étiez ni soumise ni apeurée, vous étiez résignée. Il est hors de question que vous vous résigniez à une vie qui ne vous convient pas, qui ne vous ressemble pas.

Il s'approcha d'elle un peu plus. Son air était grave, comme s'il n'avait jamais rien exprimé de plus important que ce qui allait suivre.

— Je n'ai pas dit que je n'accepterai pas les propositions qui m'ont été généreusement faites. C'est effectivement probablement la seule solution pour racheter le Globe. En revanche, lorsque je vous ai demandé de m'épouser sur la plage, je vous ai promis de vous offrir une vie à votre image à défaut de pouvoir changer le monde. Une existence où vous pourriez réinventer qui vous êtes. Leo, Eleonor, les deux. Rien de tout ça...

Le regard d'Eleonor oscillait entre surprise et enthousiasme. Quelque chose était en train de se dérouler ici et maintenant, tous les deux le savaient.

— Surtout, j'ai compris quelque chose en vous côtoyant : je croyais qu'être un bâtard, avoir dans le fond de ma tête la conscience que je ne venais pas vraiment de ce milieu, ou pas complètement, était la raison pour laquelle je ne m'y sentais pas à ma place. Mais en réalité, peu importe d'où je viens, peu importe mon hérédité : je n'aime simplement pas cet univers, je n'aime pas ce monde d'oisiveté et de faux-semblants, où les hommes et les femmes errent en dirigeant un monde qu'ils ne connaissent pas. Je n'aime pas être comte. En fin de compte, c'est un outil, pas un statut. Je peux en faire ce que je veux. Et ce que je veux, c'est vivre pour de vrai, avec vous.

— Mais alors de quoi avez-vous besoin ? Quelle vie pourrait nous convenir, à vous comme à moi ?

Il posa une main délicate sur sa joue et sourit.

— Moi je dirais, une vie d'aventures… Qu'en pensez-vous ?

Épilogue

Tom court sur le pont. Baga l'attrape par le col, l'arrêtant dans sa lancée, manquant de le faire tomber à la renverse. Il le sermonne. Il le lui a déjà dit mille fois : un matelot ne marche pieds nus que lorsque le pont est sec. Tom baisse la tête. Il est impressionné. Il va chercher ses bottes dans la cale, promis.

Baga le regarde partir avec un sourire. Il fera un bon mousse lorsqu'il acceptera de tenir compte du danger. Capitaine William Murphy passe derrière son second, il a tout vu de la scène, il sourit lui aussi : Baga fera un bon professeur quand il cessera d'avoir peur pour ses matelots. Un peu plus loin, accroupi devant un tas de cordages, Edward apprend à Juliet à faire les nœuds de base. Elle lève les yeux sur lui, des yeux brillants. Elle s'applique.

Le reste des matelots s'affaire malgré une mer calme. L'équipage d'un navire ne connaît pas le repos.

Matthew, assis sur le rebord d'un coffre, lève le nez de ses documents : d'interminables registres répertoriant tous les ports qu'ils ont visités, des noms de marchands, d'artisans, des prix à foison, des ventes et des achats. La promesse d'un avenir. Il se frotte la barbe épaisse qu'il a cessé de raser, passe une main dans ses cheveux fous qu'il a cessé de couper. Comme toutes les dix minutes, il lève le nez pour la regarder.

Elle porte une chemise ample rentrée dans un pantalon bouffant. Ses cheveux sont tressés sur le côté et retombent à l'avant de son épaule gauche. Toujours la gauche. L'équipage a mis des mois à s'y faire, à accepter que le timonier soit une femme. Une comtesse qui plus est, qui se fait appeler tantôt Leo, tantôt Eleonor, tantôt Capucin… jamais « Lady ».

De sa main droite, elle tient la barre, de la gauche, elle serre une liasse de feuilles. Elle relit ce qu'elle a écrit la veille au soir. Depuis deux mois, elle a décidé de raconter son histoire. Non pas pour la postérité mais pour la partager avec d'autres. Pour ouvrir des possibles.

Une histoire de marins, une histoire de femme.

Une histoire d'aventures.